JN059624

女の国会

新川帆立

幻冬舎

女の国会

装丁　大久保伸子
装画　中島梨絵

目次

人物相関図

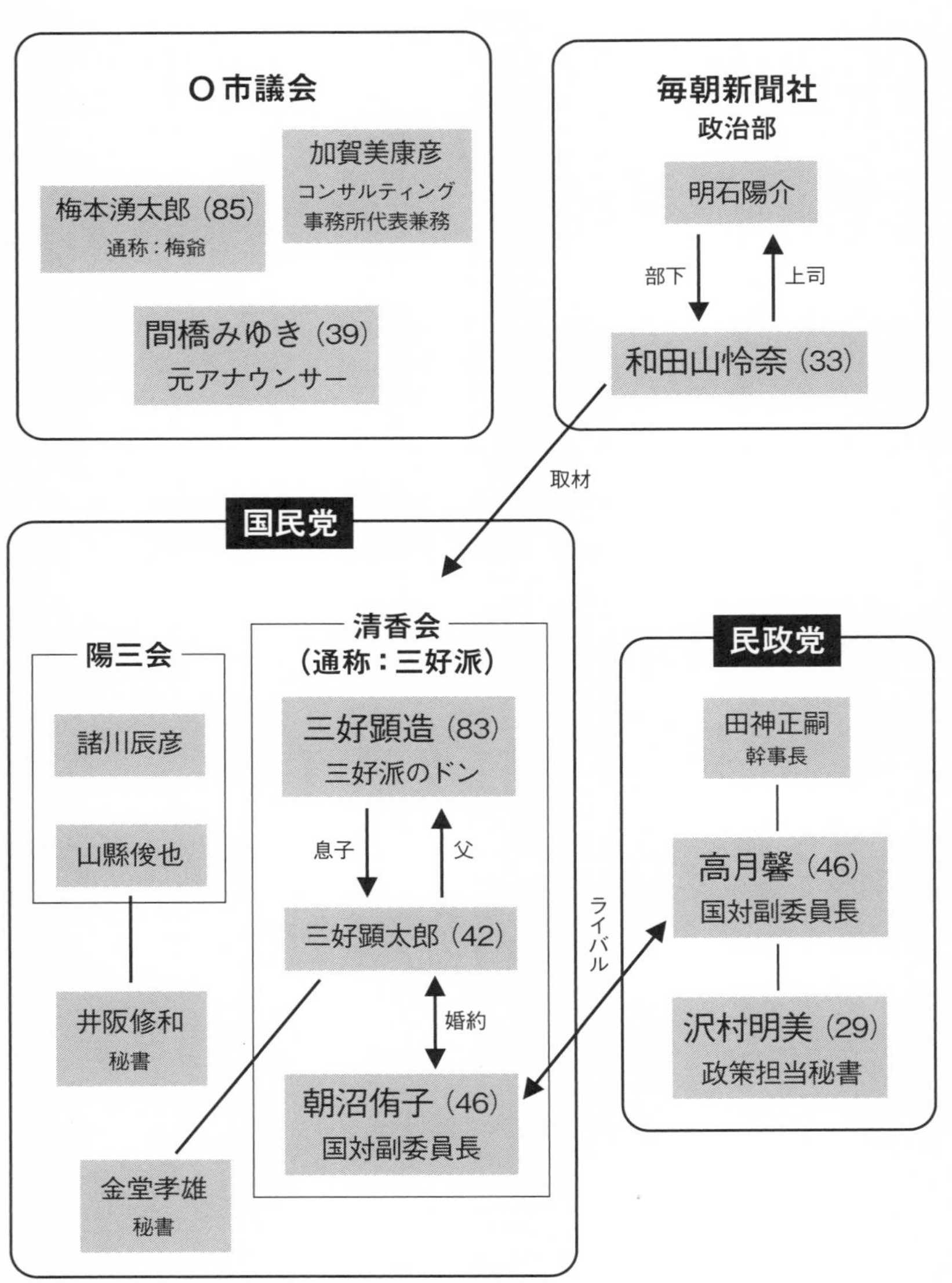

O市議会
梅本湧太郎（85）
通称：梅爺
加賀美康彦
コンサルティング
事務所代表兼務
間橋みゆき（39）
元アナウンサー
毎朝新聞社
政治部
明石陽介
部下
上司
和田山怜奈（33）
取材
国民党
陽三会
諸川辰彦
山縣俊也
井阪修和
秘書
清香会
（通称：三好派）
三好顕造（83）
三好派のドン
息子
父
三好顕太郎（42）
婚約
朝沼侑子（46）
国対副委員長
金堂孝雄
秘書
ライバル
民政党
田神正嗣
幹事長
高月馨（46）
国対副委員長
沢村明美（29）
政策担当秘書

第一章　国会

女に生まれてごめんなさい。

お父さん、お母さん、迷わくをかけました。

わたしは男に生まれたかった。お父さんもお母さんも、そう望んでいたよね。政治家としてやっていくなら、男のほうがだんぜんいいから。

任期が終わるまではガンバろうと思っていたけれど、ダメでした。

家の名前に泥をぬることを、おゆるし下さい。

この秘密を抱えたまま、生きていくことはできない。

1

永田町は雨だった。三月にしては肌寒い。

沢村明美（さわむらあけみ）は傘も持たずに、議員会館を飛び出した。通りでタクシーをとめる。

「天梅（あまうめ）酒店まで」

このあたりを流しているタクシーなら、これだけで通じる。

年配の運転手が「近いね」と舌打ちをしてから車を出した。酒屋には数分でついた。料金を払うと、領収書をもらう暇すら惜しんでタクシーをおりた。

交差点の角にある三階建ての建物には、金字で「永田町　天梅」と刻まれている。

酒と煙草の自動販売機の前を通りすぎて、店の引き戸を開けた。

奥のカウンターに小太りの中年男が座っている。店主の菱田(ひしだ)だ。つるつるの頭と下ぶくれの顔が、七福神の布袋(ほてい)様を思わせる。

「おっ、サワちゃん」

菱田が嬉しそうに頬をゆるめた。

沢村は月に数度、天梅酒店を訪れている。贈答用に酒を買ったり、頂き物のビール券を換金したり、何かと用向きがあるからだ。

「ジュース飲む？」

菱田は瓶入りのガラナを一本取り出して、レジの横においた。

「いえ、今日は」

「まあまあ、ゆっくりしていきなよ」目尻をさげながらガラナの栓を抜いた。

沢村はまだ二十九歳だ。

政策担当秘書としては抜群に若い。しかも女性である。

だからなのか、菱田は何かと沢村を気にかけ、ジュースをおまけしてくれたり、菓子を分けてくれたりする。ガラナを出してきたのも、沢村が北海道出身と知ってのことだろう。

近くの丸椅子に腰かけ、ガラナのつがれた紙コップに口をつける。癖のある甘みが、張りつめた気持ちを少しだけゆるめた。外の雨はざあざあ降りになってきた。

「法案、ダメだったって、本当ですか？」

沢村は単刀直入に訊いた。

「どの法案？」と、菱田は口の端だけ動かして言った。

「性同一性障害者の性別の取扱いの特例に関する法律、の改正案です」

「長い名前をよくスラスラーッと言えるね。サワちゃんはロースクール出身だもんねえ」

ほめそやす口ぶりだったが、沢村の胸は波立った。

ロースクールを卒業したものの、司法試験に三度落ちた。法曹の道は厳しいと悟ったのはそのときだ。

心機一転、第二新卒で就活をしたが、たいてい一次面接で落ちた。「融通がきかなそう」というのが、一番よく聞かれる不採用の理由だった。ただでさえ、「二十七歳、職歴なし」のハンディキャップを抱えている。

転機は、ロースクール卒業生向けの合同就職説明会で訪れた。配られた求人票の中に、国会議員の政策担当秘書の募集があった。資格試験に合格したうえで、国会議員に採用されると、政策担当秘書になれるという。

沢村の場合、司法試験に向けて勉強していたおかげで、政策担当秘書の資格試験はなんとか突破することができた。

ところが第二ステップ、国会議員からの採用が曲者だった。

政策担当秘書の年収は九百万円ほどである。公設第一秘書、公設第二秘書と比べても、一番高い。長年秘書をつとめた年長者がつくことが多く、なかなか席が空かない。

募集が出ていたのは、野党第一党・民政党所属の衆議院議員、高月馨（たかつきかおる）の事務所だけだった。

どういうわけか、沢村は高月に気に入られ、とんとん拍子で採用が決まった。

働き始めてまだ一年ちょっとだ。性同一性障害特例法の改正案は、沢村が扱った一番大きな仕事だった。

「法案は通りそうにないと国民党の議員秘書たちが噂していたって、本当ですか？」

「ああ、ホントだよ。連れ立ってやってきたやつらのうちの一人がね、『あの特例法は、うちの先生が総務会で落とすから大丈夫』って言ってたんだ。もしかしたらこれ、サワちゃんの耳に入れておいたほうがいいかもと思って、電話したんだけど。役に立った？」

「ええ、ありがとうございます」

と言いながらも、視線は腕時計に向けた。

時刻は午前十一時十分である。

与党第一党・国民党の総務会はすでに終わったはずだ。

性同一性障害特例法の改正案は、超党派の議連を組んで原案をつくりあげた。先日、国民党の部会と政調審議会を通したばかりだった。国民党と連立内閣を組む与党第二党・公平党への根まわしもすませている。万全の態勢のはずだった。

「噂話をしていた秘書たちって、誰ですか？」

菱田はすらすらと、数名の秘書の名前と、担当議員名をあげた。さすが永田町の酒屋店主というべきか、人の顔と名前を覚えることについて、菱田の右に出るものはいない。

沢村はジャケットからメモ帳を取り出して、あがった名前を書きつけた。秘書になってからまだ日が浅く、知らない名前も多い。事務所に戻ったら、國會議員要覧と突き合わせて確認するつもりだった。

「法案のこと、高月先生に教えた?」

「とり急ぎメールは入れましたけど」

「けど?」

「先生は今、委員会で質問をしているはずです。メールは見られていないと思います」

「メールを見たら高月先生、暴走するだろうなあ」菱田は口もとに笑みをうかべながら言った。

沢村はうなずいた。苦々しい思いが込みあげてくる。

高月は議連の中心的なメンバーだった。秘書の沢村も議連に同行し、議論の一部始終を目にしている。人権派の高月は、この件にかなり熱心だった。各省庁との交渉を一手に引き受け、反対や懸念を示す業界団体を一つずつ説得してまわった。「土下座するなら話を聞いてやる」と言われれば土下座した。出された湯飲みに目の前で痰を入れられ、「これを飲むなら、協力する」と言われたこともある。高月は迷わず飲んだ。

沢村にとってはカルチャーショックの連続だった。人は理屈で説得されない。文字通り身体(からだ)を張って覚悟を示さないと、話すら聞いてもらえなかった。粘り強く障害を取りのぞき、ようやくすべての根まわしを終えた。

特例法改正案の原案は、沢村がつくった。議連での議論を踏まえて、条文案を書きおこしただけだが、達成感はあった。

自分が書いた条文を見ると、しみじみと嬉しかった。法曹にはなれなかったけれど、法律をつくる手助けができている。やっと社会に居場所を見つけた気がした。

それなのに、こうもたやすく、法案は潰れてしまうのか。

「高月先生、また言うのかな、アレ。ほらアレだよ」

菱田は含み笑いをした。

「先生なら言うでしょうね。アレを。それでまた、テレビやネットで冷やかされるんです」

沢村はため息をついて立ちあがった。

「そろそろ戻ります。先生が委員会から出てきたら、騒ぎになりそうなので」

「とめに行くの？」

「とまるかは分かりませんが」

ガラナの礼を言って店を出る。

雨足は強いままだ。覚悟を決めて歩道に飛び出し、タクシーに向かって手をあげた。どこかからか、湿った土のにおいがした。

2

議員会館から地下を通って、国会議事堂に入った。

入り口に設けられた登院表示盤には、議員の名前がずらりと並んでいる。「高月馨」のプレートは点灯していた。登院時にボタンを押すことで在席を示すシステムだ。

視線を滑らせ、「朝沼侑子（あさぬまゆうこ）」のプレートも点灯していることを確認した。

「お嬢」も登院しているわけだ。

これは波乱が起きるぞ、と覚悟した。

時刻は十二時ちょうど、委員会が終わった頃である。中央のエレベーターからは議員がわっと吐き出された。

その中に、痩せたパンツスーツの女がいた。高月である。

黒髪のショートカットで、丸眼鏡をかけている。遠くからでも、きりきりとした雰囲気が伝わってくる。

本人によると、少しでも印象を柔らかくしようと、スーツの色はいつもベージュにして、かける眼鏡も丸いものを選んでいるらしい。だが、骨ばった身体と高い頬骨のせいで、どこかちぐはぐな印象だ。

高月は一点を見すえ、大股で歩き始めた。

視線の先に、ピンク色のツイードスーツを着た朝沼がいた。

朝沼はいつもパステルカラーのツイードスーツだ。肩につくかつかないかくらいの髪には綺麗にカールがかかっている。笑うとえくぼができる丸顔は可愛らしい印象である。三世議員で、父の朝沼善一（よしかず）は首相経験者だ。だからなのか、三十一歳の初当選時から十五年経つ今でも、「お嬢」の愛称、あるいは蔑称で親しまれている。

「朝沼さん」

高月のよく通る声がした。朝沼はひらりと振り返った。

沢村は急いで高月に駆けよったが、とめる間もなく、高月は続けた。

「私、憤慨しています」

周囲の議員たちが立ちどまり、高月を見た。

ざわりと失笑が広がる。出たよ、憤慨おばさん、と誰かが言った。議員たちは一斉に顔を見合わせ、ニヤニヤと、粘り気のある笑みを交わす。

高月は周囲を一瞥（いちべつ）すると、

「何がおかしいんですか？」

と眉をひそめた。

「私は腹を立てているんです。怒っている人がそんなに面白いですか」

問いに答える者はいなかった。

高月のあだ名は「憤慨おばさん」である。「憤慨しています」が口癖だからだ。

痩せっぽちの四十六歳女性が、顔を真っ赤にして「憤慨しています！」と叫ぶ。その様子が面白おかしくテレビで取りあげられ、ネットでおもちゃにされている。

滑稽なほど純粋で熱心な人だから、そうでない人たちからすると、おかしくて仕方ないのだろう。

高月は朝沼につめよった。

「特例法、総務会を通らなかったんですって？　どういうことですか？　幹部への事前説明はすんでいるとおっしゃっていましたよね」

朝沼は顔を青くした。「いや、それが」と言葉をつまらせ、下を向く。

「どういうことですか。きちんと説明してください」

二人の周りから人が引いて、円形の空間ができあがっていた。

議員たちは二、三メートル離れたところから、ちらちらと二人を見ている。助け船を出す者はいない。ただ、意味ありげな視線を交わしたり、薄ら笑いを浮かべたりしている。意地悪だと思った。

高月も高月で、電話で話すとか、議員会館に戻って個室で話すとかすればいいものを、こうして正面切って問いつめてしまう。あえてそうするのは、コソコソせずに、皆の前で問いただしたほうがいいと思っているからだろう。

「すみません。三好幹事長が急に反対にまわったんです。事前説明のときは反対しなかったのに」

「えっ？　よりにもよって三好さん？」

高月が素直な反応を見せた。

三好顕造は、御年八十三歳にして、国民党の第四派閥「清香会」、通称「三好派」のトップである。四十人ほどの派閥だが、三好本人の立ちふるまいの巧妙さにより、独自の権力を握っている。

「朝沼さんも三好派でしょ。自分の派閥のトップも説得できていなかったの？」

高月の言葉に怒りがにじんでいた。

性同一性障害特例法は、いくつかの国際機関から「人権侵害の恐れがある」旨の勧告を受けている。その後、最高裁で違憲判決が出たことを契機に、法改正の動きが加速した。とはいえ一部の議員から強烈な反対を受け、実際の法改正は困難を極めた。

今回の超党派議連でも、丸一年をかけて話し合いと調整を続けてきた。

国民党内での調整は、国民党側のとりまとめ役である朝沼が一手に引き受けていた。

朝沼は、三好顕造の息子、参議院議員の顕太郎との熱愛報道がある。自分の派閥のドン、しかも義父になりうる人にすら根まわしができていないのは、確かに不自然だった。

「あなた、この法案を通すつもり、本当にあったの？　最初から潰すつもりで参加していたんじゃないわよね」

朝沼が首を横にふった。おびえた小動物のように、わざとらしく身を縮めている。

「とんでもない。私は私なりに、必死に」

「あなたの必死って、その程度なんですか？」

「いえ、本当に」朝沼は肩を小刻みに震わせた。「私は、本当に、一生懸命だったんです」

朝沼の目に涙がたまっていた。

くるぞ、と思ったときには、朝沼はさめざめと泣き出していた。

高月は腕を組んでため息をついた。

朝沼のもう一つのあだ名は、「ウソ泣きお嬢」である。答弁中や演説中によく泣くことからつけられた。

「突然だったんです。三好さんがどうして反対にまわったのか、私にも分からなくて」

高月は呆れたように首をかしげると、いくぶん落ち着いた口調で言った。

「まだ会期は残ってる。スケジュールは厳しいけど、もう一度、三好さんと話してみてくれる？」

朝沼は涙をぬぐいながらうなずいた。

見ていた男性議員の一人が「怖いねえ」と冷やかすように言った。

高月はすぐさま彼をにらみつけ、

「そんなに怖がりさんなら、議員やめちゃえば？」

とかみついた。

男性議員は鼻白んだように口元を歪めて「まあまあ、落ち着いて」と言った。にやけた顔を隣の別の男性議員に向けて「ヒステリーかよ」と小声でもらし、含み笑いを交わした。

高月は片眉をあげただけで、それ以上相手にしなかった。

話が終わる潮時を見計らって、沢村は高月に「先生」と声をかけた。

「次のご予定が」

高月と沢村は連れ立って歩きだす。

廊下の先の記者控室から、数人の新聞記者が顔を出していた。

「また、変な記事を書かれますよ。今日のうちにオンライン記事の一本や二本、出ちゃいます」

沢村が声をひそめて言うと、高月はなぜか得意げな笑みを浮かべた。

「見出しはきっと、『憤慨おばさんVSウソ泣きお嬢　女同士の対決の行方は？』とか、そういうのだよ。どうせ」

参議院議員のうち女性は二十五％程度、衆議院になると十％未満だ。女同士の対決というだけでニュースになる。

うんざりしながら沢村は言った。「女、女って、キワモノ扱いして、何かあればすぐに揚げ足をとってやろうと待ち構えている。減点法で、こきおろしてばっかり」

「仕方ないよ」

と、高月は屈託なく、白い歯を見せて笑った。

「それが民主主義だからさ」

高月は事務所に戻って荷物をつかむと、椅子に腰かける間もなく出ていった。

議員会館からのびている地下道を通って、国会議事堂前駅に向かうはずだ。東京駅に出て、そこから電車で一時間半ほどゆられ、地元のA県へ行く。

この日は金曜日だった。午後に委員会は入っていない。地元の懇親会を三件ハシゴする予定だ。

明日、土曜日には花見会二件、花まつり一件に顔を出し、ダム協会の総会に参加して、農協の懇親会でお酌をする。日曜、月曜も同様に予定がつまっている。

最近はそれでも、落ち着いているほうだった。夏には、一日十数件の夏祭りに顔を出すこともある。

金曜日の夜から火曜日の朝まで地元ですごす。火曜日の朝、駅前で街頭演説をしてから東京に戻り、そのまま登院する。衆議院議員の平均的な動きかただ。

高月は初当選してから十八年間、この生活リズムを守っている。土曜日から火曜日までの週四日は、必ず街頭演説に立つ。演説の内容は何でもいいという。ただ「いつもいる人」「いつも頑張ってるな」と印象づけることが重要だ。

火曜日から金曜日までの永田町滞在期間には、一日十件以上、週に五十件から六十件の会議に出ている。そのあいまにも、党務をこなしたり、陳情にきた人の対応をしたりする。

お昼は弁当をとって、会派のメンバーとランチミーティングをすることが多い。

官僚からレクを受けたり、国会図書館の調査室に問い合わせたりして、政策について勉強する時間も必要だ。

目のまわる忙しさのなかでも、先輩議員や地元関係者に悪い顔はできない。くたくたになって事務所に戻り、秘書のミスを発見したら、つい暴言を吐いてしまう者もいる。その暴言が週刊誌に流出し、スキャンダルになるところまでがセットだ。

高月はまだいいほうだった。

疲れきって不機嫌になることはあっても、暴言を吐いたり、無茶を言ったりはしない。言葉は多少とげとげしいが、秘書に対してだけでなく、先輩議員に対しても同様だった。高月は常にうっすら怒っている。ある意味、情緒は安定していた。

前に事務所の飲み会で聞いたことがある。高月は、十八年前の初当選からずっと、生理がとまっているらしい。常に臨戦態勢で突っ走ってきた。パートナーも子供もいない。いるのは年老いた父母だけだ。介護が必要になったら、どうするつもりだろう。

3

翌々日、日曜日の朝六時半、沢村は早足で議員会館のセキュリティゲートをくぐった。一階正面玄関ではなく、地下道に設置されたゲートのほうだ。

議員会館の正面玄関には報道陣が押しかけているだろう。秘書である沢村にカメラやマイクを向ける者はいないが、顔見知りの記者なら数人いる。彼らにつかまると面倒だった。

日曜の永田町はいつも静かだ。議員に陳情にくる人もいない。職員だけがやってきて、平日やり残した業務をほそぼそとやっている。心なしか空気も弛緩して、地下一階の喫煙室やコンビニでばったり会った職員同士で長い立ち話をしたりする。

だが今日は、そんな余裕はないだろう。朝五時に、高月からの電話で起こされた。

開口一番、高月は言った。「お嬢が死んだ。すぐに出てきて。私も急ぎ、東京に戻る。それまで電話番をよろしく」

「お嬢が死んだ？」

沢村は絶句した。

お嬢こと、朝沼侑子はまだ四十代半ばだ。持病の噂は聞いたことがない。趣味は水泳で、週に三度泳いでいる。それが体形維持の秘訣だと雑誌のインタビューで答えていた。

「さっき党から連絡があった。昨日の夜、毒を飲んで死んだらしい」

金曜日のやりとりを思い出して、ひやりとした。朝沼は高月に問いつめられ、最終的に涙をこぼしていた。追いつめられた朝沼が死を選んだのだろうか。

そう考えたのは一瞬のことで、頭の中ですぐに否定した。

お嬢はそんなヤワな女じゃない。

政治家一家の三代目、生粋のお嬢様で、わがまま放題の人だった。選挙の準備も、後援会の組成も、すべて父から受け継いだスタッフが先まわりしてやった。お嬢は微笑(ほほえ)みながら、御輿(みこし)の上に乗っているだけだ。

東大法学部を出て、財務省で働いていた時期もある。エリートのはずなのに、話してみると頭はからっぽで、自分に都合が悪くなるとすぐに泣いた。

雰囲気を読む力と、権力者に頼る力だけがずば抜けて高かった。

「あいつは妖怪だよ」

と高月が言ったことがある。

「妖怪、オジサン転がし」

そのお嬢が、高月からの叱責を気に病むとは思えない。ちょこっと泣いて、周囲の同情を買って、それでおしまいになるはずだ。高月もお嬢のしたたかさを知っているからこそ、遠慮せずに物を言っていた。

高月は普通のサラリーマン家庭で育ち、短大を出てからは派遣社員として職場を転々とした。二十二歳のとき、父が心臓を悪くした。治療費を負担しようと実家に仕送りを始めたところ、自分の家賃が払えなくなり、食費も尽きそうになる。そんなとき、年越しの炊き出しに救われた。以来、様々なボランティアに参加し、仲間とともにNPOを立ち上げた。

地元A県で出馬しないかと野党第一党・民政党から誘われたのはちょうどその頃だ。一度目の衆院選では惜敗したが、二度目の挑戦で初当選を果たした。地盤・看板・鞄のないゼロからのスタートだった。

高月と朝沼は水と油のように正反対だった。

事務所について、朝刊各紙を確認したが、朝刊には情報が間に合わなかったようだ。

コーヒーメーカーのスイッチを入れて、パソコンの前に座る。

検索窓に「朝沼侑子」と入れると、すぐ後ろに「死亡」「死因」という言葉がサジェストされた。さすがにネットは情報が早い。

「朝沼侑子衆議院議員死去」という見出しで、ネットニュースがいくつも出ていた。各サイトで、朝沼の死亡に関する記事と、死亡前日に朝沼と高月が言い争ったことを伝える記事が並んでいた。

その二つの情報を結びつける者も少なくなかった。
ニュースサイトのコメント欄は荒れた。

shuma　3／19　04：54
この人まだ若いよね？　自○？

ポっちゃま　3／19　05：16
朝沼女史、メンヘラだった説（笑）

takashi0508　3／19　05：18
この人嫌いだったけど、さすがに可哀想。高月のおばさんにいじめられたのかな。ご冥福をお祈りいたします。

こむやん　3／19　05：20
ブリッコおばさん。天罰！

Mikimiki1130　3／19　05：22
これは明らかに高月のせいでしょ。批判ばっかりで、対案を示さない。何でも人のせい。性同一性障害特例法が通らなかったのを、朝沼のせいにして責めた。それで朝沼が追いつめられたわけだ。

44takasaki22　3／19　05：25

高月も高月だけど、朝沼も朝沼。正直、どっちもどっちだし、こういうのをいちいちニュースにするのもどうかと思う。このあいだ成立した予算の審議をもう少しちゃんと中継してほしかった。

たいら丸　3／19　05：30

さすがに、高月氏は脅迫罪とか、何かの罪に問われるべきじゃないのか？　人が一人死んでるんだぞ。

コーヒーの香りがただよってきて、沢村は顔をあげた。

コメントを読んでいると気が滅入る。秘書の沢村でさえそうなのだから、高月本人はどう思うのだろうか。

ニュースサイトのコメントには目を通していないはずだ。だが、高月はいくつかのＳＮＳでアカウントを持っている。確認するのも恐ろしいが、高月に対して批判的なコメントがたくさんついているだろう。

朝七時をすぎた頃から、電話が鳴りやまなくなった。コメントを求めるメディアからの電話には「後日改めてコメントをお出しします」とだけ伝える。

高月を心配する支援者からの電話もあった。後援会長とはたっぷり十分近く話し込んでしまった。地元の支援者たちには、状況を見守るよう伝えておくという。

事務所にきた電話は、ほんの一部だ。関係者のほとんどは高月個人の携帯電話の番号を知っているから、まずは高月のほうにかけるはずだ。直接つながらなかった人だけ、事務所にかけてくる。

八時を回ったところで、高月が事務所に顔を出した。

おはようございます、と挨拶しようとして、沢村は口をつぐんだ。

高月の目が真っ赤に充血していて驚いた。

目の下のクマが濃い。

一見して疲れている様子なのに、全身からたぎるような怒気がもれている。ちょっとでも触れると、かみつかれる。手負いの野良犬のようだった。

「ちょっと一人にして」と言うと、隣の応接室に入って扉を閉めた。

沢村は音もなく立ちあがり、扉にそっと耳を添えた。

国会議事堂内のある政党の事務室前を思いだした。扉の横に『壁耳禁止！』とポスターが貼ってあるのだ。過去に盗み聞きで痛い目にあったのだろう。古い建物なので、通気口に耳をあてれば中の声が聞こえるらしいという噂すらある。

議員会館は最近建て直された新しいものだから、事務所外から盗み聞きされる恐れはない。だが事務所内の、応接室と事務室を仕切っている扉はあまり厚くなかった。

中からは、洟をすする音だけが聞こえる。誰かと電話をしているわけでもない。

お嬢、と高月がつぶやくのが聞こえた。

不器用な人だと思った。

高月が立ちあがる音がしたので、沢村は慌てて自席に戻った。

応接室から出てきたときには、高月はさっぱりとした顔をしていた。

「実家の周りにテレビが張ってたよ」ジャケットをデスクに放りながら言った。「普段の委員会質問のときも、このくらい注目してくれたらいいのにね」

沢村は、何事もなかったかのように、受電した内容を手短に伝えた。高月はうっすら眉間にしわを寄せながら聞いていた。怒っているわけではない。この顔が、彼女の素なのだ。

「ご冥福をお祈りいたします、っていう初期的なコメントは、ＳＮＳにもう投稿しておいた。改めてコメントを出すのは、死亡の状況が分かってからだな」

「党からは何と？」

「国対委員長同士で、簡単に情報共有があった。それによると、お嬢は青酸カリを飲んで死んだみたい。自然死ではないよ。自殺か他殺かは不明だけど、自殺じゃないかって国民党は言ってる。果樹園で使われる殺虫剤には青酸カリが含まれているものがあるんだって。お嬢は、日本果樹園連合会の理事をしていたから、そのつながりで手に入れたんじゃないかって話だった」

「その話、マスコミには？」

「警察は青酸カリとか果樹園の殺虫剤とかまでは発表しないみたいだけど、メディアに話しちゃう政治家はいるだろうね」

コーヒーを持っていくと、高月は黙って受け取った。口をつけながら、窓の外を見つめて目を細める。

薄暗かった空はすっかり明るくなって、衆議院第一別館の背後から蜂蜜色の光がさしていた。室内の陰鬱な雰囲気をあざ笑うような晴天だった。車が走りぬけるさざ波のような音が、遠く響いてくる。

「お嬢、なんで死んだんだろう」

高月は窓際にたたずんで、独り言のように言った。逆光で表情は見えない。

何と答えていいのか分からなかった。

おそらく高月のせいではない。分かっていても、万が一自分のせいだったら、という考えは浮かぶだろう。

お嬢は四十代半ばにして当選五回、少子化担当大臣、法務大臣を歴任し、直近では国対副委員長をつとめていた。

彼女こそが女性初の総理大臣になりうると将来を嘱望されていた。

三好顕造の長男、三好顕太郎との熱愛報道はあったものの、これといったスキャンダルもない。

自殺に追い込まれるだけの理由が見当たらなかった。

「三好顕太郎との婚約の件で、何かあったんでしょうか？」

沈黙が気まずくて、当てずっぽうなことを言った。

三好顕太郎は政界の貴公子とも称され、女性有権者からの人気が高かった。小柄だったが、甘く柔和な顔立ちをしていて、いかにも女性にモテるタイプである。それなのに長い間、女性問題どころか浮いた話一つなかった。

数年前に、お嬢と顕太郎が婚約しているという噂が流れた。一時はお嬢への誹謗中傷が強まった。だが、風当たりは徐々に弱くなり、今となっては祝福ムードのほうが強かった。独身の二人が婚約したところで、何の問題もない。二人とも良家の子女であり、お似合いのカップルとも言えた。

高月は首をかしげた。

「三好家の反対にでもあったのかなあ。でも、それであの女が自殺するなんて、ちょっと想像できないんだ」

そのとき、高月のスマートフォンが鳴った。気づまりな会話から逃れられることに、少しだけ胸をなでおろした。すぐに事務所の電話も鳴った。

それぞれに電話の対応をしているうちに、昼前になった。

高月はスマートフォンを放り出して、机に突っ伏した。その姿勢のまま「ああ」と声をもらす。

「今から幹事長がくるらしい。嫌な予感がする」

幹事長の事務所は、同じフロアの三つ隣だ。間もなく事務所のインターホンが鳴った。

「田神(たがみ)です」インターホン越しに野太い声が響いた。

沢村は事務所の扉を開け、応接室に案内する。

幹事長の田神正嗣(まさつぐ)は、挨拶を挟みもせず、単刀直入に言った。

「謝罪のうえ、国対副委員長をやめてもらう」

「待ってください。どういうことですか」高月が声をあげた。

沢村は話の続きが気になりながらも、応接室の出口に向かった。

後ろから「扉、開けといて」と声がかかる。事務室と応接室の間の扉を半開きにして、デスクに戻った。

沢村も知っておいたほうがいい情報がやりとりされるとき、高月は扉を半開きにする。あとから共有するのが面倒だから、勝手に聞いておけということだ。

「残念ながら、選択の余地はないよ。謝罪のうえ、国対副委員長をやめてもらう」

田神幹事長は、よく響く低い声でかみしめるように言った。

いつもゆっくりと一定のペースで話す。知的で落ち着いていると言われることもあれば、嫌味ったらしいと言われることもある。間近で見ていると、彼はそのどちらでもない。話しかたを固定することで、考えるべきことを減らす合理主義者というのが、正確なところだろう。

「高月さんと朝沼さん、二人とも国対副委員長として毎日バチバチやっていただろ。どうしても、そのイメージで語られてしまうんだよ。さっさと謝って、一旦辞任して、ほとぼりが冷めた頃に再登用するから、それでいいでしょ」

ぱたんと、ノートが閉じられる音がした。田神幹事長が持ち歩いている大学ノートだろう。秘書が印刷した日程表とメモ用の大学ノート、ボールペンとマーカーペンを四六時中持ち歩いている。手離すのは、演説中くらいだ。政策通として知られる田神らしい持ち物である。

「国民党は、朝沼さんの死を、野党の追及のせいにしたいんでしょう。こちらが謝罪したら、思うツボですよ」

「しかし」田神幹事長の深いため息が聞こえた。「国民党はまだ初動をとっていない。こちらが先手を打って謝ってしまったほうが傷は浅い。うちの党本部にも全国の党員からお叱りのメールや電話が殺到している。謝罪なしには地盤がもたないよ」

沈黙が流れた。高月が思案しているのが伝わってきた。

沢村は手元の書類に視線を落としたまま、耳は応接室に向けていた。身じろぎもしなかった。

「謝罪をしろと言われても、謝ることがありません。朝沼さんの死は私のせいではないという前提ですよね。そのうえで、何を謝るんですか」

「政策実現のための議論の過程で、侃々諤々（かんかんがくがく）の議論を交わすことはあり、適切な議連運営だったものの、国民の皆さまに誤解を与える発言があったと」

「ばかばかしい」

高月が大声で言った。虚勢を張っているのだと分かった。

問題が起きた以上、誰かが責任をとり、謝罪をする必要がある。

お鉢が高月にまわってきたのだ。

「ウソ泣きお嬢を泣かせた議員なんて、他にもたくさんいます。彼らはみんな謝罪をするんですか？　田神さんなんて何度泣かせたことか」

「でも、死の直前にもめたのは君だった。個人的に僕は、これを幸運だったと思っている。うちのオジサン議員連中が泣かせていたら、シャレにならんだろ。オジサンが女性をいじめたという構図になって、ジェンダー的にも見栄えが悪い。もっと叩かれていたよ。女性の高月さんだったから、党としてもダメージが最小限になった」

田神幹事長はしんみりと言った。

「敗者に手向ける花などない。朝沼さんはもう死んだ。敗れたんだよ。死んだ人に恩を売っても、何も返ってこない。いいか、余計なことを考えるな。前だけを見て、戦うんだ」

反論を許さない物言いだった。

やはり挨拶もなしに、田神幹事長は事務所を後にした。

事務室に戻ってきた高月は、ひとまわり小さくなったように見えた。

いつもは弾けるような早足で動きまわっている。だから四十半ばをすぎても、大学生のようなハツラツさがあった。だが肩を落として小股で歩いていると、年相応の中年女という感じがする。

新しいコーヒーを高月の机の上においてやる。

高月は大きく息を吐いて、マグカップを手に取った。「二度あることは三度ある」と行書体で文字が書いてある。三期目の選挙に臨むとき、友人が贈ってくれたものだそうだ。縁起がいいはずのそのマグカップですら、今は不吉に感じる。

事務所の壁一面に、地元A県に関するポスターが貼ってある。端のほうには、田神幹事長が満面の笑みを浮かべたポスターがある。その前には、大きな胡蝶蘭がおかれていた。高月の誕生日に、田神幹事長から贈られたものだ。

「あのおやじ、何度晩酌に付き合ってやったことか」足を放り出しながら高月が言った。「普段どれだけお愛想したって意味ないね。何かあると、情け容赦なく責任を押しつけてくるんだから」

沢村はぼそりと言った。「ジェンダー的な見栄えって、一体何なのでしょう」

「知らないよ。国民感情ってやつでしょ。世論調査するわけでもないのに。オッサン連中のメンツを、国民におっかぶせて代弁させているんだよ」

朝沼と高月、女同士の喧嘩として片づけられるのは、党として幸運なのだろうか。男が女をいじめるのはシャレにならないが、女が女をいじめるのはまだマシなのか。

胸のうちにもやもやとした感情が広がったが、それ以上口にすることはできなかった。高月は事態をより深刻にとらえているだろう。言っても仕方ないことを言って、ことさらに気分を害したくない。

窓の外には、白々しいほど青い空が広がっていた。永田町の空は広い。周囲にそれほど高い建物がないからだ。

「まったく、腹が立つ」

高月はすっくと立ちあがった。背中に浴びた日光が後光のようになっていた。

「やってらんないよ。死亡の経緯も出ていないうちから謝罪だなんて」

「謝るんですか？」

高月は腕を組んでこちらを見た。丸眼鏡の奥で、烈(はげ)しく瞳がきらめいている。荒野に凜と立つ女戦士のように、表情は硬く、しかし高揚しているように見えた。

「謝らない」

いつの間にか、声に張りが戻っている。

「ここでテキトーに謝ったら、お嬢に向ける顔がない。あの人、私、嫌いじゃなかった。すぐ泣く面倒なやつだったけど、あれはあれで立派な政治家だった。あの人が自殺したなら、よっぽどの理由があったんだと思う。私にきつく言われたくらいで死ぬとは思えない」

どさりと椅子に腰を落ち着け、どこか遠くを見ながら頬づえをついた。薄い唇には、この状況を楽しんでいるかのような微笑が浮かんでいた。

喧嘩を始めるときの政治家の顔だった。

「幹事長があんな感じなら、党内で味方してくれる人はいない。与党だって全力でこっちのせいにするだろう。みんな敵だよ。敵、敵、敵。もうほんと腹立つ。全員まとめてなぎ倒してやる。永田町なんてめちゃくちゃになればいいんだ」

呪いの言葉のようにつぶやきながらも、頭の中では次の手を必死で考えているはずだ。

永田町で働いて一年ちょっと、知ったことがある。長く生き残る政治家には二種類いる。政策通か、喧嘩屋だ。両方の資質を持っている人が多いが、やはりそれぞれに軸足がある。

高月は政策実現にも熱心だが、オタク的な政策通ではない。根っこの部分は、明らかに喧嘩屋タイプだ。

「先生、もしかして、謝罪のかわりに朝沼さんの死亡の経緯を調べるつもりじゃないでしょうね?」

「そのつもりよ」高月は歯切れよく言った。

「でも、調べようにも、とっかかりすらないでしょう」

「とっかかりは自分でつくるの。お嬢の死因に一番近い人、あるいは、一番関心がある人。いるでしょう?」

問われて、思考をめぐらせた。

「朝沼さんの遺族ですか?」

「遺族といっても、政治家だったお父さんは今ホスピスに入っている。地元のお母さんもあてにならない。政治の世界から遠のいているから。でも他にいるでしょ。政界ど真ん中の遺族が」

「もしかして、朝沼さんの婚約者の」

「そう、三好顕太郎よ」教師のように、人差し指をこちらに向けた。「顕太郎とアポをとってちょうだい」

「しかし、アポがとれるとは思えないのですが」

婚約者を亡くした直後だ。茫然自失するとともに、メディアからの取材が殺到して、対応に追われているはずだ。交流のない野党議員、しかも婚約者を死に追いやったと噂される張本人に会ってくれるとは思えない。

「大丈夫よ。高月から折り入って話がある、と伝えて。必ず食いついてくるはず」

「ですが、あまりにリスキーでは」

沢村は口ごもった。

顕太郎に接触したところで、死の原因が分かるとも限らない。謝罪を拒否し、事態を引きのばしたうえで何もつかめなかったらどうするのだろう。今謝ってしまえば、二、三カ月後には、大多数の国民は忘れてくれる。

亡き政敵への弔意を胸に、わざわざ茨の道を進もうとしている。筋は通っているが、政治家として不器用すぎるのではないか。

――朝沼さんはもう死んだ。敗れたんだよ。

田神幹事長の抑揚のない声が頭の中で響く。

――敗者に手向ける花などない。前だけを見て、戦うんだ。

「お嬢だったら、さっさと謝っただろうね」

高月は唇を歪めた。笑おうとしているのかもしれなかった。だが、笑えていなかった。奥歯をかみしめ、お腹が痛いのを我慢している子供みたいだった。

「お嬢はもう、ウソ泣きもできないんだよ。まだ若かった。これからたくさん、楽しいことがあっただろうに。冷たくなって、硬くなって、今は灰になって。暗くて小さい骨壺に入っている。そんなの信じられる？　わがままで、女王様みたいだった、あの女が」

洟をすする音がした。涙は一滴も流れなかった。高月の目はむしろ爛々（らんらん）と輝いていた。

沢村はそっと祈った。

目の前にいる痩せっぽちの中年女性が、これ以上の傷を負わないですむように。

4

それから二週間のうちに、事態はどんどん悪化した。

週刊誌は「十五年にわたる女の闘い――嫉妬、陰口、裏切り」などと題して、高月と朝沼の間の確執を盛んに報じた。たいていは口論をしたとか悪口を言ったとか、その程度のものだ。記事に嘘は含まれていなかったが、編集に悪意があった。

高月は相手を選ばず口論したし、他人について辛辣な意見を口にした。誰とでも喧嘩していたのである。朝沼との仲が特に悪かったわけではない。

「別にいいじゃん」

事務所で欠伸(あくび)をしながら、高月はあっけらかんと言った。

「もともと攻撃的な女、気の強い女ってイメージで悪く書かれていたんだし。でも考えてごらんよ。国会議員、特に衆議院議員なんて、男も女も、みんな気が強いよ。そうでなくちゃ、小選挙区選に勝てるわけないじゃん」

沢村は、せりあがる不満に蓋をすることができなかった。

「でも男の場合は扱いが違います。攻撃的でも気が強くても、リーダーシップがあるとか、いざというときに戦える男だとか、好意的に語られるわけでしょう」

「まあそうだけどさ。最近はこれでも、だいぶ良くなってきたんだよ。私が初当選したときの記事なんてひどかったよ。少し喧嘩しただけで、『黄色い声を張りあげて、紅い気炎を吐く』なんて書かれたもん。ヒステリックな女が男を焼き尽くすって印象を植えつけたいんだよ」

「印象操作ですか」

高月はにやりと笑った。「言論の自由だよ」

日程表を差し出しながら、沢村は言った。

「三好顕太郎とはまだアポがとれていません。どのメディアもコメントをとれていないし、インタビューや面会すらままならない状況です。ただ私は、三好顕太郎の秘書となら伝手(つて)があるので。調整を再三お願いしているところです」

「三好顕太郎の秘書と沢村さんって、知り合いなんだっけ?」

「はい。わりと年齢が近いので、何かと融通しあっているんです」

「うん、じゃあ頼むよ」高月は日程表の一部分を指さした。「この午後四時からの新聞記者さんって、会ったことあるっけ？」

「いいえ、ないと思います。これまでの面会記録にもありません。そもそも、国民党三好派の担当記者のようですから、野党には出入りしていません。高月先生が色んな記者を呼んで、朝沼さんのことを調べているという噂を聞いて、情報交換を申し込んできました」

「ふうん」高月は不思議そうに首をかしげた。

沢村は、高月の指示を受けて、これまでやりとりのあったメディア関係者に広く連絡をとっていた。朝沼死去に関する情報を集めるためだ。

十数人が情報交換したいと訪ねてきたが、目ぼしい情報は得られていない。情報交換と言いつつ、皆、高月からコメントをとりたいだけだった。

彼らは愛想の良い笑みを浮かべているし、終始和やかに話をする。だが一度社に帰れば、高月の言葉を批判的に紹介する記事を書いた。

高月は、彼らに平然と対応した。「ほんと腹立つ」と言いながら、さほど気にしているふうでもない。むしろ、高月を擁護する記事を書いた記者について「こんなところで逆張りしたって、いいことないのにね」ともらした。敵か味方かではなく、記者としての力量で相手を見ているらしい。どこか超然としたその姿勢が、政治家としての軽やかさ、しなやかさにつながっているような気がした。いくら叩かれても暖簾に腕押し、さらりと受け流してしまう。

午後四時ちょうどに、事務所のインターホンが鳴った。

沢村が扉を開けると、すらりとしたポニーテールの女性が立っていた。三十代前半くらいに見える。

理知的な雰囲気に、グレーのパンツスーツがよく似合っていた。

「毎朝新聞社の和田山（わだやま）といいます」

深く一礼をして、和田山は名刺を差し出した。大手新聞社の政治部所属、和田山怜奈（れな）という記者だった。やはり初めて見る顔だ。

「こちらへどうぞ」

応接室に通し、すぐに煎茶と茶菓子を出した。今日の茶菓子は地元Ａ県の事業者からまとめ買いしてある煎餅だ。必ず地元の品を出すこと、頂き物の使いまわしはしないことを、高月から厳しく命じられていた。

高月と和田山は、見合った。ほんの短い時間だったが、火花を散らしながら、互いを値踏みする視線だった。高月が和田山に着席をうながした。

「お電話をさしあげたのには、理由があります。こちらを、お目に入れたかったんです」

和田山は、スマートフォンの画面を示した。

沢村は身体の前で盆を抱えながら、スマートフォンをのぞいた。

そこには、一枚のメモ紙が写されていた。Ａ５サイズのノートから一枚切り取ったものだ。リングの脇に切り取り線が入っているノートのようで、切り取られた端は綺麗な直線になっていた。

メモ紙には、こう書かれていた。

女に生まれてごめんなさい。

お父さん、お母さん、迷わくをかけました。

わたしは男に生まれたかった。お父さんもお母さんも、そう望んでいたよね。政治家として

やっていくなら、男のほうがだんぜんいいから。

任期が終わるまではガンバろうと思っていたけれど、ダメでした。

家の名前に泥をぬることを、おゆるし下さい。

この秘密を抱えたまま、生きていくことはできない。

「これは?」

高月が尋ねた。

「朝沼さんが亡くなる直前に、私に送ってきました。メールに画像が添付されていて、本文に文字はありませんでした」

応接室の空気は張りつめていた。沢村はその場で棒立ちになった。追い出される気配もない。

高月は沢村を気にする様子も見せず、和田山のほうへ前のめりになった。

「亡くなる直前というのは、どのくらい前ですか?」

「正確な死亡推定時刻を聞いていませんが、朝沼さんが死亡した部屋から本人のスマートフォ

ンが見つかり、ロック画面を解除するとメールアプリだったそうです。現場には、この画像に映っているメモ紙が残されていました。私は警察から事情聴取を受けましたから。その際にあの手この手で聞き出しました」

「それで、毒を飲む直前に送ったのではないかと？」

「毒を飲む直前なのか、直後なのかは分かりませんが、いずれにしても死の直前だろうと思います。つまりこれは――」

「朝沼さんの遺書だと」

高月が引きとって言うと、和田山はうなずいた。

「朝沼さんは遺書をしたため、毒をあおった。狭まる視界の中でふと思い至ったのではないでしょうか。遺書を残しても、警察に押収されて、政局への配慮という名目で、公開されない可能性があると。とっさの判断で、知り合いの記者に送ったのでしょう」

「あなたは生前の朝沼さんと親しかったの？」

いいえ、と和田山は言った。苦々しい声だった。

「私は国民党三好派を担当していて、特に三好顕太郎さんを重点的に取材していました。ご存じかと思いますが、顕太郎さんと朝沼さんには婚約の噂がありましたよね。二人は実際に婚約していました。その関係で私も、朝沼さんを取材させていただく機会がありました。朝沼さんとのつながりはその程度です」

高月は首をかしげた。

「じゃあなんで、朝沼さんはあなたに画像を送ったんだろう？　朝沼さんにはもっと懇意にしている記者さんがいたはずよね」

「いたかもしれませんが、その人はきっと男です。政治記者は九割以上、男ですから。この文面の遺書は送りづらいでしょう」

——女に生まれてごめんなさい。

沢村は唾をのんだ。

小学生が書いたような乱れた文字をしている。もともと達筆な朝沼が、これほどまでに追いつめられていたのかと思うと、胸にきた。

朝沼は政治家の家系に生まれ、政治家として完璧な経歴を歩んできた。

ただ一点、女であることをのぞいては。

彼女にとっては、それほどまでに重い事実だったのだろうか。

「どうしてこれを、私に見せようと思ったんですか」

高月は和田山をじっと見た。警戒しているのが伝わってきた。

「あなたが朝沼さんの死について調べているという噂を聞きました。状況的にも、朝沼さんがどうして死んだのか、一番知りたいだろうと推測します。各社、高月さんが追いつめたかのような報道ですから。高月さんのお役に立てるかもしれないと思って、ご連絡さしあげたのです」

高月はいぶかしげな顔をした。ただの善意、好意で情報をくれるとも思えない。どんな腹があるのか、気になるのだろう。

「この情報を、正規の報道にのせないのはどうしてですか？」

「お恥ずかしい話ですが、上層部にとめられました。今この段階で報道すると、朝沼さんの遺族から名誉毀損で訴えられかねないと。一応、死亡の経緯はまだ伏せられているようですから」

一部の政治家たちからのリークにより、朝沼が青酸カリを飲んで死亡したということは、表沙汰になっていた。だが、自殺なのか他殺なのかを含め、それ以上の情報は出てきていない。警察は捜査を進めているはずだが、政局への影響をおもんぱかってか、ほとんど情報公開がなされていなかった。

「あ、あの」

おそるおそる沢村が声を出した。高月が驚いたように振り返った。だがとめる気配はない。発言を許可されたものと考えて、言葉を続けた。

「公益目的の正確な報道なら、名誉毀損にはならないはずですよね」

ロースクール時代に学んだ内容だった。現役議員の変死なのだから、関連情報は当然公益性がある。和田山が嘘をついていないとしたら、情報としても正確なはずだ。

「もちろん理屈上はそうなんです。ただ、このメモ紙の内容は抽象的ですし、何があったのかよく分からないでしょう。さらに取材をして、確定的なことが分かれば、報道できるのですけど」

「それで、私が何か知らないか、訊きにきたわけですね」高月は鼻で笑った。「残念ながら、私は何も知りませんよ。この遺書を見るかぎり、朝沼さんには深刻な悩みがあったようですが。議連で顔を合わせていても、そんな素振りはありませんでした」

和田山は首をかしげた。

「性同一性障害特例法の改正案、どうして通らなかったんでしょう？　総務会にかける前に、当然根まわしは終えていたんですよね？」

「はい。そう聞いています。総務会では、三好顕造が反対したそうです」

和田山の顔色が変わった。「三好顕造が？　彼は、朝沼さんの一番の支援者だったでしょう」

「朝沼さん本人も驚いていました。事前説明の際には反対されていなかったそうですから」

「つまり、朝沼さんは、三好顕造の急な裏切りにあった」和田山が慎重な口ぶりで言った。

「この遺書は、三好顕造の裏切りに関するものかもしれない」

和田山はスマートフォンの画面を触り、メモ紙に並ぶ言葉のうち「秘密」の部分を拡大した。

「この秘密というのは、何のことでしょう」

「さあ」高月は首を横にふった。

沢村にも見当がつかなかった。

「悠然とされていますね。でもそろそろ動かないと、高月さんもヤバいんじゃないですか？」

和田山がうかがうように高月を見た。「足元も騒がしくなってきているでしょう」

ハハハ、と高月は笑った。「ご心配ありがとうございます」

今朝がたには、高月の地元であるA県の県連会長から、高月に謝罪を要求する電話がかかってきたばかりだ。「対応を検討中です」と言ってやりすごしたが、そう長く引きのばせるものではない。

「せっかくご心配いただいたことですし、一肌脱いでもらいましょうか。ねえ？」

高月がニヤニヤしながら、身を乗り出した。

「あなたのほうで、調べてくださいよ」

和田山が身構えた。「調べるって何をですか」

「これまで分かったことを整理してみましょうか。朝沼さんが毒を飲んで死んだ。遺書がある。悩んでいたらしい。死の直前に、顕造の反対にあい法案を潰されている。顕造と朝沼さんの間で何かあって、死につながったと考えるのが自然です。二人の間に何があったのか、調べましょうよ。あなた、三好派担当で、三好顕太郎についていたんでしょ。情報網、あるんじゃないの？」

和田山は目を伏せた。

「この件について、三好派はだんまりですよ。顕造も、顕太郎も、親子そろって何も言わない。派閥のメンバーも当然、口を閉ざしている」

「顕太郎と直接話したいんだけど、つないでもらえないかしら」

「無理です」

「へえ」高月が面白がるように和田山の顔をのぞきこんだ。「あなたも会えてないんだ。担当記者なのに」

図星のようだった。和田山は唇をかんで、黙っている。

「まあいいや。とりあえず私は他の議員をあたります。ここにいる秘書の沢村には、他の秘書から話を聞いてもらう。和田山さんは記者仲間から情報を集めてくださいよ」

めちゃくちゃな要求だが、高月はいかにも公平な役割分担かのように言った。

「それはちょっと」

和田山は顔をあげ、戸惑った様子で高月を見た。

「簡単でしょ。お仲間の話を聞くだけですよ」

「他の記者に訊くとなると、この画像を見せなくちゃいけないでしょう。それは私としては難しくて」

「特ダネをとられるのが嫌ってこと？」

「まあ、そういうことです」

「そんなことだろうと思った」

高月は鼻で笑った。椅子に深く腰かけ直し、やや尊大にあごをあげて言った。

「記者さんって、どうしてそうも、縄張り意識が強いのかねぇ」

「政治家ほどじゃないと思いますけど」と、和田山は冷ややかに返す。

高月の肩がぴくりと動いた。目が爛々と輝いている。さらに身体を乗り出し、満面の笑みを浮かべて言った。

「最終的には和田山さんの判断ですけどね。いいですよ。もし和田山さんが調査に動いてくれなかったら、遺書の内容について、私ペラペラしゃべっちゃいますよ。え？　そんなことしないと思った？　ハハハ、いざとなったら、何でもやりますよ。あなたが動かないなら、私から公表します。それが嫌だったら、他の記者からも情報を集めてくださいね」

高月は愛想よく笑いながら言った。

他人を脅かすときは、ニコニコ笑いながら話すのがよいと心得ているのだ。相手は戸惑い、こちらの雰囲気にのまれてしまう。

高月は立ちあがると、

「本日はお時間、ありがとうございました」

出口に片手を向け、和田山に退出をうながした。

和田山はムッとした表情のまま腰をあげた。高月をひとにらみすると、

「こちらこそ、ありがとうございました。とっても有益な面会でしたね」

と、皮肉を残して帰っていった。

5

四月半ばの午後一時、本会議場は重々しい空気に包まれていた。

沢村は上階の傍聴席から首をのばし、議長席を見た。

「議員朝沼侑子君は、去る三月十八日に逝去されました。誠に痛惜の極みであり、追悼の念にたえません。総員起立」

江山衆議院議長が言った。

この日はさすがに居眠りをする人がいない。議員たちはそれぞれに無表情のまま腰をあげた。傍聴席に座っていた沢村も起立する。

「衆議院は、我が国のために力を尽くされ、少子化担当大臣、法務大臣の重責にあたられました、議員朝沼侑子君の逝去に対し、つつしんで追悼の意を表し、うやうやしく弔意をささげます」

議員たちは再び席につく。

それを見まわして、江山議長は口を開いた。

「長岡真彦君から発言を求められています。発言を許します。長岡真彦君」

分厚い眼鏡をかけた中背の男が起立し、登壇した。

長岡は国民党国対委員長である。国対副委員長をつとめた朝沼の直近の上司にあたる。追悼演説を行う議員としては穏当な人選である。

「国民党国会対策副委員長、朝沼侑子議員は、去る十八日、心不全のため逝去されました。私は、全議員を代表し、つつしんで追悼の言葉を申し述べたいと存じます。朝沼君は昭和×年、東京都武蔵野市に生まれ、雙葉高校を経て、東京大学法学部に学ばれました……」

本会議場の空気がだんだん散漫になっていく。

ある議員は胸ポケットから名刺入れを取り出し、先ほど受け取ったらしい名刺を広げて見ている。せわしなくスマートフォンを操作する者もいれば、舟をこぎ始める者もいる。

それくらい、凡庸で退屈な追悼演説だった。朝沼の経歴をなぞり、かたちばかりの弔意をささげる内容だ。

死因については「心不全」とだけ触れている。シアン化カリウムを飲んだ結果、シアン中毒になり、最終的には心不全に至ったのだから、誤りではない。だが死亡する際、人は必ず心不全に至る。核心部分を隠すために当たり前のことをわざわざ述べているように思えた。

警察の捜査は順調に進んでいた。

朝沼は自らが理事をつとめる日本果樹園連合会の関係者を通じて、シアン化カリウムを入手したらしい。「環境保護団体からのクレームに対応するために、農薬の勉強をしたい。知人の研究室で解析したいから、少量融通してほしい」という殊勝な理由をつけていた。複数の関係者から確認がとれている。

さらに、朝沼の自宅からは、シアン化カリウムが入った小瓶が見つかっている。小瓶に残された指紋は朝沼のものだけだ。死亡推定時刻は午後十時から十二時である。現場には、遺書らしき走り書きが残されていた。

これらの事情を勘案すると、自殺として処理される可能性が高いと考えられている。

もっとも、週刊誌やインターネットでは、朝沼暗殺説も根強い。

朝沼には反社会的勢力との関わりがあったとか、ゼネコンによる談合に融通をきかせたことがあるとか、後ろ暗い噂とからめて、恨みを持った関係者が毒殺した——などと推測が重ねられている。

よくもまあ、想像たくましく、事実無根の話をつくれるものだと呆れてしまう。

沢村は顔の向きを変え、高月に目をとめた。後ろから四列目の席である。一年生議員が最前列で、当選回数を重ねれば重ねるほど、席順は後ろになっていく。

高月は硬い表情のまま、やや放心した様子で宙を見つめていた。無力感にさいなまれていることだろう。沢村は胸が痛んだ。

高月は、朝沼の追悼演説を行いたいと内々に手をあげていた。

追悼演説というのは、現職の国会議員が物故した際に行われる演説である。もともとは対立政党の議員が弔意を表するのが慣例だったが、最近は同じ政党の者が担当することも増えている。

対立政党議員による追悼という慣例にのっとれば、野党第一党で、国対副委員長として朝沼とやりあっていた高月が演説を行うのはおかしくない。

だが今回は、朝沼の遺族が許さなかった。

「侑子を死に追い込んだ張本人のくせに、追悼演説をさせろだなんて厚かましい」

朝沼の母親は週刊誌の取材に対してそう語った。

世論は厳しかった。高月が追悼演説に手をあげたこと自体、スタンドプレイだとして批判された。

高月の悔しさを考えると、胸がつまった。もし高月が追悼演説をしていたら、こんなおざなりな内容にはならなかったはずだ。

「……ここに、生前の朝沼君の功績をたたえ、もって追悼の言葉にかえたいと存じます」

長岡が一礼すると、議員たちが一斉に拍手をした。沢村も傍聴席から拍手を送ると、そっと席を立った。本会議場を出る。

衆参をつなぐ廊下を歩き、参議院議員食堂に向かった。

廊下の窓から中庭が見えた。中庭には、楕円形の池がある。朱と白が交ざった鮮やかな色の鯉がゆらゆらと泳いでいた。朱色の尾ひれを目の端で追う。黒っぽいスーツを着た男たちが闊歩する永田町で、久しぶりに色を見た気がした。

衆議院の中庭の池には、色とりどりの鯉がいる。

他方、参議院の中庭には黒い鯉しかいない。

いずれも産地から提供されたものらしい。国をゆるがす新法が成立するときも、すっかり寝静まった夜中にも、鯉たちはあそこで泳いでいる。そのさまを想像するたび、不思議な感慨に包まれる。

参議院議員食堂は、シャンデリアの柔らかい光に包まれていた。寄木張りのフローリングは年季の入った艶を帯びている。

白いテーブルクロスがかけられた丸テーブルに、金堂孝雄(こんどうたかお)が座っていた。グレーのスーツを行儀よく着た三十代半ばの大男だ。大学時代は相撲部に所属していたという。

沢村は片手をあげて挨拶すると、カウンターで国会カレーを注文してから、席につく。

「お待たせ」

「いや、待ってないよ」

と言いながらも、金堂は目の前のカレーを食べ始めている。秘書たちは、早食い早足早口と三拍子そろっていることが多い。

金堂は、三好顕太郎の私設秘書である。スケジュール管理と取材、渉外対応を主に担当している。朝沼の死去以来、ほとんど自宅に帰らず働き通しだという。

さすがに疲れがたまっている様子だ。目の下に濃いクマができている。

顕太郎と高月は、衆参も選挙区も、所属政党も役職も異なる。接点は皆無と言ってもいい。だが議員のつながりとは別に、秘書同士の交友関係がある。

中高年の秘書が多いなかで、ともに三十前後の二人は気が合った。

「こないだのさ、会議室の予約。あれ、ありがとなあ」

カレーを食べる手を休めて、金堂が言った。

「いいのいいの。うちの高月先生、会議室の予約も最近はめっきり減ったみたいだし」

「偉くなったんだな」

金堂は口元をゆるめた。

二期目、三期目の議員は多忙を極める。派閥の勉強会や業界団体との会合など、様々な会議の調整を行わなくてはならないためだ。関係者との日程調整、会議室の予約、会場設営、飲食物の調達など、やるべきことは多岐にわたる。

もちろん議員本人ではなく、秘書が行うのだが、一つの事務所では手にあまる。そんなときは、他事務所の秘書たちが手を貸す。

特に会議室は、一事務所につき一日一件までしか予約できない。一日に複数の会議の幹事をつとめる場合、他の事務所に頼んで予約してもらう必要があった。困ったときはお互い様という不文律のもと、裏方たちの協力により、国会は回っている。

「それで、かわりといってはなんだけど、顕太郎先生との面会は、やっぱり厳しいのかな」

自分のカレーを受けとってから、沢村は尋ねた。

金堂は濃いげじげじ眉をひそめて、険しい顔つきになった。

「朝沼さんのことだよな」

周囲をさっと見まわして、近くに人がいないことを確かめてから口を開いた。

「厳しいよ。誰も通すなと強く釘を刺されている。最近は自宅と事務所にこもりきりで、人前にも出なくなった。悪いけど、俺は先生につなげない」

「高月先生から面会依頼がきてることは伝えたの？」

「もちろん伝えてある。『やっかいな人に目をつけられたな』と苦笑いしたけど、それきり」

「放っておくと、うちの先生は、顕太郎先生の自宅なり事務所なりに、突撃していきそうだよ。それでもいいの？」

「よくはないけど。仕方ないだろ。本人が面会を一切拒否してるんだから」

「金堂君は何か知らないの？　朝沼さんは何に悩んでいたんだろう」

さあ、と金堂は首をかしげた。

「国民党の秘書たちの間でもよく話題にあがっている。だけど、お嬢が何に悩んでいたのか、誰も見当がつかない。順風満帆そのものだったんだよ。国民党のおじいちゃん議員連中にも愛されて順調に出世していた。プリンス顕太郎と婚約して。もちろん、それが破談になったようなことも聞かない。お嬢の秘書たちも、どうして自殺したのか分からないと首をひねっているくらいだ」

「朝沼さん、誰かから恨みを買っていたようなことは？」

金堂の表情がくもった。「他殺だって言いたいのか？」

「警察が公開している情報からは、自殺とも他殺とも判断がつかないもの」

「でも、自ら入手した毒物を、自宅で保管していたわけだろ？」

「自殺、あるいは他殺を企てて、毒物を入手した。ここまではおそらく本当だと思う。だけどその毒物を自ら飲んだのか、誰かに飲まされたのかまでは分からない」

「それならどうして他殺と決めつけるんだ」

金堂の言葉の端には、やや攻撃的なとげがあった。一本気で、曲がった考えを許さない男だ。秘書としては不器用なほうだが、だからこそ沢村と気が合うのだろう。

「決めつけてないよ。ただ、自殺する理由がないのなら、他殺と考えるのが自然じゃないの？」

沢村がそう言うと、金堂はむすっとした。

「お嬢に恨みを抱く人間はたくさんいる。政治家なんだから、必ず誰かには恨まれているよ。永田町で誰が誰に殺されたって、俺は驚きやしない」

強がるように金堂は言った。朝沼の婚約者だった顕太郎に仕えているくらいだ。金堂自身、朝沼とも交流があっただろう。今回の事件で少なからぬショックを受けているに違いない。

そんな金堂に朝沼の話をふるのは気が引けた。だが、心を鬼にして尋ねた。

「朝沼さんが死亡したときの状況って、もう少し詳しく聞いてないの？」

金堂は一瞬戸惑いを見せたが、結局は口を開いた。

「お嬢の秘書から概要は聞いている。朝沼家には来客用のバカラのグラスが一揃いあった。そのうちの一つがダイニングテーブルに置かれていて、それで赤ワインを飲んだ形跡があったそうだ」

「グラスは一つだけ置かれていたのね？」

「そうだ。状況的にも自殺だろう」

「誰かと一緒に飲んで、同席者のグラスはあとで洗って戸棚に戻したのかもよ」

金堂は首を横にふった。

「お嬢は赤坂の議員宿舎に住んでいた。宿舎への出入りは警察が当然調べたよ。お嬢の秘書によると、十八日の午後、お嬢を外部から訪ねてきた人はいなかった」

議員宿舎には通常のマンション以上の警備体制が敷かれている。正面玄関には警備員が常駐しており、訪問先の確認がないとエントランスから先に進めない。

「それでもなお、朝沼さんの部屋を訪ねることができた人たちは、いるでしょう」

「ああ、そういうことか。確かに、そうだなあ」

金堂は遠くを見つめ、考え込むような表情を浮かべた。

渋い顔のまま、ぽろりと言う。

「もし他殺だとすると、入居している他の議員か、議員の訪問客に限られる、ってわけか」

二人はじっと目を合わせた。

次の瞬間には、同時に吹き出していた。

「ま、ただの妄想だけどな」金堂がとりつくろうように言った。

沢村も内心では、他殺の可能性は低いと思っていた。何より、朝沼は遺書を遺している。ただ金堂にはあの遺書のことを伝えていなかった。他言するなと高月に厳しく言い含められている。

情報公開されていないとはいえ、警察や遺族も当然、現場に残された遺書の存在は把握しているだろう。

朝沼の秘書や顕太郎も知っているかもしれない。彼ら経由で、金堂が知っている可能性もある。だが誰も表立って口にしないはずだ。

「情報は、みんなで秘密にしておくからこそ、価値があるんだよ」

と、高月は言っていた。

「俺の推測にすぎないけど」金堂は目を伏せながら言った。「やっぱり、法案が総務会を通らなかったことが、お嬢なりにこたえていたんじゃないの？　あの法案にはやけに熱心に取り組んでいたみたいだから。お嬢のくせに」

お嬢のくせに、と言うとき、金堂の声は震えていた。

朝沼は、十五年にわたる任期中、選挙とオジサン転がしに励むばかりで、これといった政策実績を残していない。国民から見れば、ダメダメな政治家だろう。

だがそれでも、お嬢は確かに、永田町で愛されていた。

「日頃のストレスもあっただろうし、三好派の議員たちに裏切られて、心がぽっきり折れちゃったんじゃないかな。あ、いや、お嬢を責めた高月先生が悪いって言いたいわけじゃないよ」

女に生まれて云々という遺書の内容を考えると、法案とは別のところで悩んでいたように思える。だが、法案が総務会で否決された翌日に亡くなっているという時系列は無視できない。

お嬢にとって、それほど思い入れの強い法案だったのだろうか。

「あの法案は、結局、誰のせいで通らなかったの？」

さりげない口調で訊いたが、内心、かなり気になっていた。自分が書いた条文がかたちにならなかったことに、沢村自身、わだかまりを抱えていたからだ。

「最終的には三好顕造が転んだ」

「最終的には、ってことは、最初に反対の動きをした人が、他にいるの？」

金堂はしまったという表情を浮かべて、視線を外した。

「ここまで話したんだから、最後まで話してよ」

食堂の外から、がやがやと人の気配がした。審議や会合が終わり、議員たちが一斉に廊下に出てきたようだ。

「山県俊也。最大派閥、陽三会所属の二期目の議員だ」

低い声で言うと、コップを手につかみ、一気に水を飲んだ。

「一度目の選挙は党の全面バックアップを得て、ぎりぎり勝った。ところが二戦目は惨敗。比例復活でなんとか議員バッジを守ったものの、三度目はもう、危ういと言われている。さて、ここでクイズだ」

にやりと笑って続けた。

「選挙で負けそうな政治家は、何に頼る？」

「組織票を持った支援団体？」

「そう。山県は、『旭日連盟』に頼り始めた」

「旭日連盟って、あの極右保守の？」

にわかに状況が理解できた。

旭日連盟の主張は多岐にわたる。中にはまっとうな主張も見られるが、こと、ジェンダー関連では、非科学的な主張が目立った。「ＬＧＢＴＱは道徳に反する」という独自の見解をもとに、性同一性障害特例法の改正に反対していた。改正案を潰すために、様々な政治家に接触していることは、沢村も把握していた。

「改正案を潰さないと、次の選挙で面倒を見てやらないと脅されていたようだ。議員先生も選挙に負ければただの人。というか、再就職も厳しい、ただの無職だ。山縣は必死になって動いたようだ」

「でも事前の根まわしでは、山縣さんは表立って反対しなかったよ？　現に、国民党の部会も政調審議会も順調に通過したわけだし」

「土壇場、ぎりぎりになって、交渉材料を得たんじゃないか。三好顕造が寝返った総務会の三日前、三月十四日の夜、山縣は顕造と面会している」

「なんでそんなことを知ってるの？」

「俺は顕太郎先生を迎えに、三好家にきていた。駐車場から見たんだよ。顕太郎先生と入れ違いで、山縣が三好家に入っていくのを」

話しすぎたな、と言って口元をナプキンでぬぐった。「探偵ごっこも結構だけど、頑張りすぎるなよ。先生は先生、秘書は秘書。全部をささげる必要はないんだから」

金堂はどこか寂しげに笑うと、食堂を出ていった。

一人残された沢村は、国会カレーを見下ろした。熱が冷めたようで、すでに湯気は消えている。

金堂の言葉を反芻する。

――山縣俊也。最大派閥、陽三会所属の二期目の議員だ。

ふと思いあたって、ジャケットの胸ポケットからメモ帳を取り出した。

天梅酒店の菱田から聞き取った議員秘書の名前が書きつけてある。法案は否決される見込みだと話していた秘書たちである。一人一人にあたってみようと思いながらも、時間がとれずにいた。

その中に「井阪修和」の名前を見つけた。担当議員名は「山縣俊也」である。

「井阪さん？　どこかで聞いた名前なんだけど」

國會議員要覧を見れば、井阪の連絡先が分かるはずだ。事務所に戻ったら電話をしようと考えながら、ぬるいカレーを口に運んだ。

6

事務所に戻り、アルバイトの女性と電話番を交替した。

デスクには受電メモが残されている。高月の第一公設秘書の出柄からである。

『TO：高月先生　用件：折り返し乞う』

と書かれているのを見て、沢村はため息をついた。嫌な予感を抱きつつ、受話器を持ちあげる。

「お疲れ様です。沢村です」

「沢村さん？」

出柄のがさついた声が響く。

小柄ででっぷりと太った五十代半ばの男だ。十五年前から高月事務所に勤めているためか、沢村を見下した態度を端々に見せる。

「高月先生にお電話いただいたようですね。ご用件をお伺いします」

「ハアッ?」出柄が叫んだ。

あまりに大声だったので、思わず受話器から耳を離した。それでも電話口から出柄の声は聞こえてきた。

「高月先生に電話したんです。沢村さんにじゃないですよ。分かります?」

「電話対応は秘書とアルバイトで行うように言われていますから、ご用件をお伺いして、先生にお伝えしておきます」

「だーかーらー、沢村さんを挟むと面倒なことになるから、先生に直接話をさせてほしいの」

それなら高月の個人携帯にかければよい。事務所の電話にかけてくるあたり、高月は電話に出なかったのだろう。優先度が低いと後まわしにしているのかもしれない。事務所に電話させて、用件を沢村にとりついでもらおうというのが高月の意向だと思われた。

数分押し問答をしたものの、出柄は頑として用件を言わない。

仕方がないから、高月が事務所に戻る予定時刻を伝えて電話を切った。

出柄とはこれまで二度顔を合わせただけだ。一度は就職してすぐ、高月の地元A県を訪ねたときである。もう一度は出柄が東京に出張できたときだ。

第一公設秘書の出柄と第二公設秘書の山里(やまざと)は、ほとんど毎日、A県に張りついている。地元住民からの陳情を受けつけたり、選挙区内の冠婚葬祭に顔を出したり、選挙区と議員をつなぐ橋渡し役である。

初めて会った宴会の席で、出柄は言った。

「秘書の仕事は、先生を選挙に勝たせることだ。それ以外、どうでもいいんだよ」

あけすけなことを言われて、冷や水を浴びせられた気分だった。沢村は就職したばかりで、政策担当秘書の仕事に夢を見ていた。ロースクールで得た法的素養を政策づくりに活かしたいと、教科書通りの考えを純粋に信じていた時期だ。

政策担当秘書というのは、議員の政策立案や立法活動を補佐する役職だ。官僚主導から政治主導の政策づくりとなるよう、導入された。だが実際には、政策担当秘書を名乗りながらも、地元に張りつき、選挙に向けた活動ばかりしている者も多かった。

第二公設秘書の山里は勤務七年目の無口な男だ。A県出身で、淡々と与えられた仕事をこなすが、どことなく無気力な雰囲気がただよっている。出柄の指示に山里が素直に従うことで、定常業務が回っていた。


高月が戻ってきたのは、午後五時を過ぎてからだった。

机の上に貼られた受電メモを見つけて、小首をかしげた。が、何も言わずに受話器を手に取った。

「もしもし、高月です。うん、うん。え、また？」

話しているうちに、高月の声はどんどん低くなっていく。

「どうしてそれを、早く言わなかった？　留守電？　本会議中は確認できないよ。けど、沢村さんに伝えてもらえたら、メモを差し入れてくれただろうに。でも、もういい。はいはい、分かったから。ミニ座談会ね。うん、それでいきましょう。言い分は、金曜にそっちに戻ってから聞きますから」

大きなため息をついて、高月は電話を切った。その様子を盗み見ていた沢村は、意図せず、高月と目が合った。

「ちょっといい？　困ったことになったよ」

二人で連れ立って応接室に入る。高月は中央の椅子にどさっと座った。

「どうも地元でね、陳情をとめていたらしい」

「陳情をとめていた？」

「そう。地元の人から持ち込まれた話をああだこうだ言ってはつき返し、こっちにあげてなかったみたい。陳情のために上京しようとする人に『俺を通じて話をしてもらわないと困る』と言って、上京をとめたりしてね。それだけならまだしも、料亭の良い席を用意してもらったり、あとは女の子がいる飲み屋での飲み代を払ってもらったりとか、接待をしてくれた業者から順に陳情を受けつけていたんですって」

沢村は血の気が引いた。

「それって、受託収賄罪にあたるんじゃないですか？」

高月は渋い顔でうなずいた。

公設秘書は特別職国家公務員である。地元の陳情をとりまとめて議員につなぐのはその仕事の一つだ。接待などの利益供与と引き換えに、議員へのとりつぎを約束したら、秘書個人に受託収賄罪が成立する。

高月自身は何か約束したわけでも、利益を得たわけでもない。高月が収賄罪に問われることはなさそうだ。けれども、秘書が収賄をしていたとなると、そのボスである議員にも疑念が向けられるのは避けられない。

「先生は、知らなかったんですよね？」

沢村はおそるおそる訊いた。

高月は青い顔で言った。「実はこれまでに何度か、同じようなことがあったの。そのたびに厳重注意をしたのよ。まさかまた同じことを繰り返すとは」

政治家がよく言う「秘書がやりました。私は知りません」である。一有権者として弁解を聞いているときには「嘘に決まっている」と思っていた。だが、こうして実例を間近で見ると、なるほど政治家も超能力者ではないし、秘書の動きを完全に把握できるわけがないと分かる。

「私、秘書たちになめられているんだわ。特に出柄さんは昔から働いてもらっている。彼が選挙周りを全部仕切っているでしょ。自分がいないと私の選挙が回らないって分かっていて、足元を見ているんだ」

高月はいつになく弱気な調子で言った。

「だけど、今回ばかりは困ったなあ。陳情できなかった人たちが県連に苦情を入れたみたい。

『高月事務所は接待しないと陳情を受けつけてくれない』って。県連会長がカンカンに怒っているんですって」

高月はあきらめと自虐がまじったような笑みを浮かべた。

県連会長という言葉を聞いて、嫌な予感がした。

先日、県連会長からは朝沼の死について謝罪するよう要求されたばかりだ。地元の有権者の間で不満の声が大きくなっているから、とりあえず謝罪してほしいとのことだった。

そして今回のこの件である。

朝沼の死をきっかけに高月への不満が高まった結果、これまで我慢していた接待について、県連に通報する者も現れたのだろう。

不思議なもので、ある政治家が好調なときは誰もが良い顔をするのに、一度不調に陥ると、途端に人が離れていって、不祥事が連鎖的に明るみに出る。

「あんまり不祥事が続くと、さすがにヤバいよ。いくら地元の後援会がしっかりしているとはいえ、公認を決めるのは県連なんだから」

「公認権は党の執行部が握ってるんじゃないんですか？」

「建前はそうだよ。だけど執行部も、県連の意向を無視できないんだよ。県連はたいてい、地方議員を中心に構成されている。ほとんどが中年男性。いわば、地元の偉いおじさん、おじいさん衆よ。あの人たちはね、政治は男がするものだと思ってるんだ。日本のジェンダーギャップ指数は先進国最低レベル。女性政治家が圧倒的に少ないのよ。どうしてだか分かる？」

「政治家になりたい女性が少ないから、ですか？」

違う違う、と高月は大きく手をふった。

「勉強会や後援会を見てごらんなさい。政治家になりたい女性はたくさんいる。十分すぎるほどいる。だけど、実際に選挙に出る女性候補者は少ない。なんででしょう？」

応接室に沈黙が流れた。

「なんでですか？」

「女性は党の公認をとりづらいからよ」

高月はため息をついた。

「地元に世襲議員がいれば、まず敵わない。世襲議員と、県連の地方議員衆は、親族同様の付き合いを何十年としているんだから。世襲議員がいない地域でも、地元出身の官僚経験者とか、医者、弁護士みたいな有資格者がいれば、そういう人が強い。官僚も医者も弁護士も、圧倒的に男が多いでしょ。そこでスクリーニングされると、女性は不利だよ」

「でもそれは、政治家になるために必要なスキルを持った女性が少ないってことじゃないんですか」

「なに馬鹿なこと言ってるの」高月は鼻で笑った。「立派な経歴を持ったおじさん連中が、どんな政治成果を残したっていうの。どういう経歴の人が政治家に向いているか、実証研究があるわけでもなし。単純にイメージの問題よ。健康な成人男性が選挙に勝って政治をする。そういう先例をたくさん見ているから、それ以外のパターンを想像できないだけ。保守的な県連の中では、特にその幻想が根強い」

なるほど確かに、そうなのかもしれないと思った。

どういう人に政治家の資質があるのか。問われても、即答できない。人によって答えが異なるだろう。だからこその民主主義だ。選挙で、各々の考えに基づいて、人を選ぶ。

だが候補者として提示される時点で、偏った人選がなされていたら。有権者は限られた選択肢から、同じような人ばかり選ぶことになる。

「こんな状況だからさ。県連を説得して、女性が公認を勝ちとるためには、党本部からの強いプッシュが必要なの。だけど党には通常、女性候補者を増やすインセンティブがない。女性はあくまでピンチヒッターなの。困ったときだけ、目新しい印象を与えたいときだけ、女性を入れればいい。残酷だけど、彼らの率直な感覚はそんなものよ」

野党であれば、与党にはない新鮮さを印象づけるために女性候補者擁立をもくろむことがある。与党であれば、野党に惨敗したあとの選挙のときに、イメージ刷新目的で大量の女性候補者を擁立することがある。いずれにしても、ピンチヒッターにすぎない。

「私たち女性は、味変（あじへん）調味料ってことですか」

沢村が言うと、高月はきょとんとした顔をした。

「味変調味料？」

「のり塩とか、ラー油とか、七味唐辛子とか。定番の味にちょっと加えて、目新しい印象をもたらすだけの存在。丼ぶりの具は何も変わらないのに」

「丼ぶりって」高月は吹き出した。「ちょっともう、やめてよ。沢村さん、真顔で変なこと言うんだから」

ひとしきり笑ったあと、高月は状況を説明してくれた。

高月の地元A県は、伝統的には与党が強い。一般的な男性候補者をあてたところで当選の見込みは薄いため、いわば捨て駒として高月は擁立されたらしい。

しかし高月は思いのほか、初めての選挙で善戦した。結果は惜敗したものの、現職に迫る第二位の得票数を得た。

その結果を見た党本部は、次の選挙から本腰を入れ始めた。党本部からの要請を受けて、県連もしぶしぶながら選挙協力するようになったそうだ。

それからは地道なことの積み重ねだったという。頭をさげ、ポスターを貼り、街頭演説をして、支援者を増やしていった。後援会も毎年少しずつ大きくなっている。お辞儀と足で築いた地盤である。

「県連会長にはちょうどいい年頃の息子がいるのよ。三十七歳、県議会議員で二期目の任期中。県議になる前はＩＴコンサルをしていて、見た目もシュッとしている。県連会長は息子の国政出馬を見越して、私の公認を外せと騒ぐかもしれない。私をおろすのにこんな良い機会、そうそうないからね。とりあえず今から県連会長と話してみるけど。沢村さん、今週末、空いてる？」

唐突に訊かれて驚いた。「空いていますけど」

普段から業務で忙しく、ほとんど毎週末、休日出勤している。改めて週末の予定を訊かれるのは珍しかった。

「金曜の夜から、一緒に地元に行ってくれない？　人手が全然足りないから、手伝ってほしいの。週末に急きょ、有権者との座談会を開くことにしたんだ。状況を地元有権者に説明する必要があるから」

「分かりました」沢村は即答した。

高月の進退を案じる反面、少しわくわくしている自分がいた。

秘書になってから一年とちょっと、解散総選挙の見込みもない安定した政局だった。選挙活動を手伝ったこともないし、地方議員や有権者と密に接触したこともない。ついに前線に行けるという高揚感があった。

「なにニヤニヤしてんの」

高月が頬をゆるめて、沢村の顔を指さした。

「私、ニヤニヤしてましたか。すみません」

「沢村さんも意外と喧嘩好きなのかもね。こうなったら私も燃えてきた。おじさんたちに負けてられないからね」欠伸をしながら呑気に続けた。「まあ、なるようになるでしょ」

高月は勢いよく立ちあがると、執務室に戻っていった。

今となっては、出柄が電話で沢村に用件を伝えなかったのもうなずける。自分の失態を新参者である沢村の耳に入れたくなかったのだ。高月を通じてどうせ伝わるとしても、自分の口から話して聞かせるのには抵抗があったのだろう。度量の狭い男だと内心毒づく。

ふと、金堂から得た情報を高月に伝え忘れたことに気づいた。

山縣という議員が顕造に接触した結果、顕造が翻意し、法案が潰された。だが山縣が顕造に何を語ったのかは分からない。朝沼の死亡との関係も不明だ。

高月に相談し、指示を仰ぎたい気持ちもあった。

だが、先ほどの高月の顔を思い出すと、何も言えなくなった。明るく話しているが、目の下にはクマが目立ち、口元にはくっきりとほうれい線が刻まれていた。これ以上、高月の心労を増やしたくない。

他の秘書から話を聞くように指示を受けている。もう少し調べを進めてから報告すればいい。願わくは、いい情報を得て、お土産片手に意気揚々と報告したい。

「喧嘩好き、なのかな」独り言をもらした。

いや違う、と胸のうちで続ける。決して好戦的な性格ではないし、口数が少ないせいで口喧嘩にもならない。ぼんやりしているぶん、怖いもの知らずなだけかもしれない。

窓の外から、カラスの鳴く声が聞こえた。もうすぐ夜だった。


山縣の秘書、井阪と連絡がとれたのは、その週の木曜日だった。井阪は翌日、金曜の十一時から三十分間なら会えるという。

密会場所に思いをめぐらせて、沢村は「天梅酒店で」と言った。

酒店からすると営業妨害かもしれないが、店主の菱田は来客がないのを何より嫌う。どんな用件でも顔を出せば、悪い気はしないだろう。それに、話さないでくれと頼みさえすれば、菱田の口の堅さは永田町イチである。

やや緊張した心もちで金曜日を迎えた。

十一時十分前、議員会館から出て空を見あげた。

雲一つない青空だ。冬のツンとした晴天とは違う。暖かな日差しがやんわりと降りそそいでいた。すべての生き物を春が祝福しているようだった。

車に乗るのももったいない気候だが、タクシーに乗り込んで天梅酒店に向かった。

約束の時間の五分前にきたのに、店の中にはすでに井阪らしい影が見えた。場所を貸してほしいと菱田には事前に伝えてあったから、店の前には準備中の札がさがっている。

「こんにちは」

声を張って挨拶しながら店内に入った。挨拶だけはしっかりするように、高月から口酸っぱく言われていた。

「おっ、サワちゃん」

菱田が顔をほころばせ、片手をあげた。レジ横にガラナが二本出ている。

沢村は一礼して、「場所を貸していただいて、ありがとうございます」と言った。

「いいの、いいの」

菱田は言いながら、レジの前に立つ中年男性に視線を投げた。

長身で、骸骨のように痩せた男だ。年齢はよく分からないが、四十代か、五十代に見えた。男は白い細面をぬっと、沢村に向けた。

「どうも、井阪です」

男は軽くお辞儀をした。沢村もつられて頭をさげる。

「沢村です。本日はご足労いただきありが――」

「そういうのはいいから。用件だけ言ってくれないか」井阪が口を挟んだ。

菱田は目を丸くしたが、すぐにバックヤードに引っ込んだ。これからの会話は「見ざる、聞かざる、言わざる」というわけだ。

沢村は深呼吸をすると、レジ横の椅子に腰かけた。

「どうぞ、お座りください」

あえて鷹揚な口調で言った。

菱田が用意してくれたガラナの栓を抜き、口をつける。

「井阪さんもガラナ、いかがですか。美味しいですよ」

井阪は直立不動の姿勢のまま、うっすらと眉をひそめた。ガラナには指一本触れなかった。

沢村のペースにはのるまい、ということらしい。

それならばと沢村も、単刀直入に尋ねた。

「性同一性障害特例法の改正案、おたくの山縣先生が反対したことで、三好派の動きが変わったんでしょう？」

あたかもすべてを知っているかのように言った。半ばハッタリだった。山縣がどう動いたのか、詳細は知らない。

「はあ?」井阪は首をかしげた。

何を言われているのか分からないという顔である。演技だとしたらうますぎる。

「一体何のことでしょう」

ぼんやりした顔のまま、井阪は椅子に腰かけた。

「それにね、お土産もなしに質問されたところで、私がハイハイと答えると思いましたか」

井阪はせせら笑った。

「お嬢さん。一つ良いことを教えてあげよう。政治の世界はギブアンドテイク。貸しと借りでできている。私に何か訊きたいなら、まずは貸しをつくることだね。そうではなしに、私があなたを助けたら、その借りはあとから大きくなって、足をすくいますよ」

頰がカッと熱くなるのを感じた。

完全になめられている。だが言い返す言葉が見つからなかった。

秘書は概して噂好きである。普段からあれこれと情報交換をしているから、ちょっと訊けば教えてくれるだろうと思っていた。だがそれは、政局上の対立がないときだけだ。

自分の見立てが甘かったことに気づき、恥ずかしい気持ちが込みあげてきた。

このやりとりをバックヤードで菱田も聞いているだろうか。井阪に見下されることよりも、菱田に「サワちゃん、まだまだ甘いな」と思われるのが嫌だった。

だがそんなことに構っていられない。

恥をかいたぶん、収穫もあった。鉱物採掘で堅いものにカツンと行きあたったような感覚だ。井阪の硬い対応から、この話には政局上重要な何かが隠されていると直感した。

「逆に訊くが」井阪が口を開いた。「君がこうして私を呼び出し、法案について訊いてくるのはどうしてだ？」

井阪の目に意地悪な光が宿っている。

秘書を通じて探りを入れてくるくらい、法案に高月がこだわっていると受けとったのかもしれない。

「その質問に答えたら、こちらの質問にも答えてもらえるんですか？」

「君の答え次第だ」

「じゃあ、お話しできません」

しばらく沈黙が続いた。

「あの女、憤慨おばさんの差し金か？」

「憤慨おばさんって誰ですか」あえてすっとぼけた返しをした。高月を愚弄する言葉に、じりじりと腹が立った。

「高月馨先生ですよ。私に憤慨していましたか」

質問の意味が分からなかった。

高月と井阪について話したことはない。高月が井阪に憤慨する？　山縣と一緒になって、法案を潰したから憤慨しているのでは、という意味か。それならば、井阪たちが法案潰しに一枚かんだと認めているに等しい。

「高月先生はそんなに暇じゃないですよ」沢村は冷ややかに返した。「高月先生のことが気になりますか」

井阪は出かたをうかがうように沢村の顔をじっと見て、「ふうん」と言った。

その反応に、何かある、と思った。井阪は井阪で、何か探っている。沢村から情報をとろうとしている。政治の世界はギブアンドテイクだと、本人も口にしたばかりだ。沢村と面会している時点で、井阪にも思惑があるはずだ。

井阪がすっくと立ちあがり、「私たちはこれ以上、話すことがないようだ」と言って、店を出ていった。

沢村はふうと息をはくと、ガラナの残りを喉に流し込んだ。炭酸が抜けて、嫌な甘さばかりが残っていた。

その足で衆議院第二議員会館、通称「衆の第二」に向かった。

衆の第二の地下一階には、売店や靴屋、クリーニング屋が並んでいる。

高月事務所が入っているのは、衆議院第一議員会館、「衆の第一」である。沢村は毎日のように、地下通路を通って、衆の第二に足を踏み入れていた。この日はクリーニング屋で高月のワイシャツを引き取る必要があった。

永田町周辺には様々な施設がそろっている。

参議院議員会館の地下二階には、理美容室、歯科医院だけでなく、整体院がある。国会議事堂一階には、医務室とは別に内科や皮膚科が入っている。こういった施設が必要になるくらい、特に会期中は議員も秘書も永田町に出ずっぱりである。

ワイシャツを引き取って、足早にエレベーターホールを通りすぎようとすると、横から声がかかった。

「サワちゃん、そんな怖い顔して、どうしたの」

振り向くと、売店「おまめ堂」の店主、豆田がカウンターから身を乗り出していた。

「おまめ堂」では国会名物の饅頭を始めとする国会グッズを売っている。観光客に人気の店だ。秘書たちもたまに立ちよって贈答品を購入することがある。店主の豆田とは自然と顔なじみになった。

「もう金曜日、あと一息だよ」

豆田が優しく言った。

頭はつるりと禿げあがり、目尻には深いしわが刻まれている。ここで政治家を見続けて五十年超、永田町の生き字引である。

その顔を見て、毒気が抜かれた。

井阪とやりあってささくれていた神経が落ち着いてきた。

「ありがとうございます。ちょっと疲れていたみたいです」

沢村はこめかみをかきながら微笑んだ。つくり笑いだったが、すっと心が軽くなる。

「いい顔になりなさいよ」

豆田がしんみりと言った。彼の口癖だった。

「政治家も秘書も、顔に出るよ。いい顔になりなさい」

「はい」沢村はうなずいた。

豆田に一礼して歩き出す。古びた廊下に足音が響いていた。ヒールのかかとのゴムがすりきれて、金属部分が露出しているらしい。靴屋はすぐそこにあるが、自分の靴を修理する余裕はなかった。

7

A県の夜は寒かった。

駅前の街路樹には葉桜が目立った。四月中旬とはいえ、山から吹きおろす風は強く、肌を刺すようだ。沢村は車の前に立ち、トレンチコートの襟を立てた。

腕時計を見ると、午後六時二十五分である。

五分ほど待ったところで、A県県連副会長の福森(ふくもり)が姿を現した。七十過ぎの小男だ。

沢村が一礼すると、福森は相好をくずした。

「あれっあれれ、沢村ちゃんがお迎えだったの」

険しげな目が一瞬で柔らかくなる。

「俺はてっきり出柄の野郎がくるとばかり思ってたから、お土産も何にも買ってきてないよ。大丈夫？　外で待っててさ、身体が冷えちゃったんじゃない？　女の子はお腹を冷やすとよくないよ」

福森はさりげなく沢村の腰のあたりに手をあて、車に乗るようにうながしてきた。急な接触に驚いたが、不快感をあらわにすることはできなかった。高月からは、重々丁寧に福森を迎えるよう指示されていた。

「どうぞ」

後部座席の扉を開けて、福森を車に乗せる。

福森は身体をよせるように沢村の腕をつかんだ。車高の低い車だが、七十過ぎの人には乗降がきついのかもしれない。おじいちゃんだから仕方ない。自分にそう言い聞かせて、嫌な気持ちに蓋をする。

「それでは宴会場に向かいますね。出張帰りでお疲れのところ、ありがとうございます」

「いやいや、僕なんかは忙しいふりをしてるだけのジジイだから。ＳＮＳで見たけど、馨ちゃんのミニ座談会、盛況だったそうだね。よかったねえ、さすが馨ちゃんだね」

福森さん、悪い人じゃないんだけどなあ、と高月は言っていた。

バックミラー越しに福森の顔を一瞥する。

福森は若くして建設業で成功した。事業が安定してから三十余年、県議会議員をつとめている。県連会長の峰岸とは中選挙区時代は別派閥だったらしい。多少の対立はありつつも、小選挙区になってからはともに高月を推していた。

地位や年齢のわりに腰が低くて、偉ぶるようなところがない。女子供に対しては特に優しいという。それなのにどこか感覚が古い感じがするから不思議だ。女性に対する距離感が近いからだろうか。

土曜日のこの日、高月事務所のメンバーは朝から大忙しだった。

地元担当の秘書、出柄が有権者からの陳情をとめていた。その不満の声が県連にあがり、県連会長の峰岸が怒った。

昨夜のうちに、高月は峰岸と会い、謝罪をしたそうだ。今日は有権者向けにミニ座談会を開いた。これまで聞きもらしていた陳情や不満を高月が直接聞いて対応するためだ。会場の用意は出柄たちがやってくれていたが、当日の対応は沢村も手伝った。

「桜の季節じゃなくてよかったわ」と高月はしみじみもらしていた。

春には、様々な団体が行う花見に顔を出してまわる必要がある。一年の中でも夏祭りと年末年始に次いで忙しい時期だ。そこに緊急の火消しが重なることを想像すると、ゾッとする。

有権者たちは、硬い表情でミニ座談会に現れた。だが高月と膝を突き合わせて話すうちに、徐々に態度が柔らかくなってきた。最終的には笑い声まであがった。

一部始終を見て、沢村は安堵した。あとは県連幹部と地方議員たちとの宴会があるだけだ。

地元の懐石居酒屋の二階座敷が予約してあった。

福森を席に案内し、コップやビール瓶が行き届いていることを確認する。廊下に顔を出し、女将に追加でノンアルコールビールを二瓶注文していると、向こうから出柄が歩いてきた。

「おう、お疲れさん」

出柄は横柄な態度で言った。

もとはといえば、出柄たちの失態が引き金となっている。それなのに、これほどまで堂々としているのは不思議だった。

なるべく気にとめないようにしながら、「お疲れ様です」と頭をさげる。

「山里さんは？」と、もう一人の秘書の所在を確認した。

「あいつは座談会会場の片づけと明日以降の準備。宴会はおあずけだよ。まっ、こんな宴会は秘書が出たところで楽しくもなんともないけどな。沢村さんもさ、色々と気をつけなよ」

出柄は声を低くして言った。なぜかうっすらと、下卑た笑みを浮かべている。

「はあ、そうですか」とあいまいに応える。

県連関係者との宴会に参加するのは初めてだった。業務上の接待だから楽しくないのは想像の範囲内だ。だが、気をつけろと言われるほど気疲れするものだろうか。

そのとき、ガラガラッと一階の引き戸が開く音がした。

「お待たせしました」

高月のよく通る声が響いた。トントントンッと軽快に階段をのぼる音が続く。廊下の先から、風のような勢いで高月がやってきた。いつものベージュのパンツスーツ姿で、肩には大きなトートバッグをかけている。

「その荷物、どうされたんですか?」

沢村が訊くと、「ああこれはいいの」と流して、

「二人とも、お疲れ。ご苦労さん」

と言い、すぐに宴会場のふすまを開いた。

「あっ、福森さーん」

いつもより数段高い弾んだ声に、沢村は度肝を抜かれた。

高月は福森の隣にサッと座った。

「ご無沙汰しておりますぅー、あっそのネクタイ、娘さんのチョイスでしょ。ねっ、やっぱり図星? あはは、だと思ったー! 福森さんが自分で選んだら、こんなセンスいい感じにならないもの」

高月が福森の肩をポンポンと叩く。福森はあからさまに嬉しそうだ。福森も、自分についている男性秘書に対しては、小姑のように細かい指示を出し、ねちっこく文句を言うらしい。だが高月や沢村の前では、そんな素振りをまったく見せず、好々爺(こうこうや)然としている。

「沢村さん、ちょっとこっちきて」

慌てて高月のもとへ行った。高月は腰を浮かし、福森の隣の席を空けた。そこに座るよう、沢村に目顔で言っている。

「彼女、まだ二十代だけど、とっても優秀なんです。福森さん、色々教えてやってください」

と言い残し、別の席へ飛んでいった。高月は他のお偉方にも挨拶する必要がある。残された沢村は、ここで福森の相手をしろということだろう。

やや気が重くなりながらも、愛想笑いを浮かべた。

特別難しいことはなかった。宴会が始まってからも、福森は終始ニコニコしている。ビールを二杯ほど飲むと、日本酒に切り替えてしっぽり飲み始めた。酒に弱い沢村に対して、無理に酒を勧めることもしない。

ただ宴会の間じゅう、福森の左手は沢村の太ももに添えられていた。さりげなく距離をとっても再び手を添えてくるから、確信犯だろう。

宴会場を見まわす。

三十人以上いるが、九割がた中高年男性だ。女性は、地元でエステ店を経営しながら県議会議員をしている加山（かやま）と、一昨年初当選をした三十五歳の元主婦、松園（まつぞの）、あとは高月と沢村だけだ。加山は慣れた様子だ。大声で「だーかーらー、私はそう言ったわけよ」と言いながらビールをあおっている。一方の松園は宴会場の隅で困ったように笑っていた。他の人から見たら、自分も松園のように見えるだろうと思った。

そのとき、あれっと、違和感を抱いた。高月の姿がどこにも見えない。先ほどまではまんべんなく席をまわり、ビールをついでいたのに。

今どき、事務職の女の子たちだって、お茶くみやお酌をしない。そんなことは仕事内容に含まれないから当然である。だが、女性政治家は――見ている側が心苦しくなるほど、愛想よく笑みを浮かべ、お酌をしてまわる必要がある。それが政治家の仕事なのかと訊かれると、正直よく分からない。

「そろそろ、あの時間じゃないかなあ」福森がにんまりと目尻をさげた。

意図が分からず、沢村は首をかしげる。

間もなく、宴会場のふすまが開いた。

白塗りの芸妓(げいこ)が三人、あでやかな着物をまとって現れた。

「佳の花(かのはな)です」「駒子(こまこ)です」「琴乃(ことの)です」

三人が頭をさげるのに続いて、

「馨です」

という明朗な声が響いた。

見ると、三人の芸妓の横で、着物姿の高月が頭をさげている。

その場がどっとわいた。雰囲気が一気に持っていかれる。

「よっ！　馨ちゃん、待ってました！」

どこからともなく声があがった。それに応えるように高月は顔をあげ、にっこり笑った。

さすがに白塗りはしていなかったが、いつもかけている丸眼鏡は外されていた。朱と白のまざった鯉柄の着物は華やかだ。隣の座敷で急いで着替えたのだろう。先ほど抱えていた大荷物はこのためだったのだ。

芸妓に扮した高月は周囲に囃(はや)したてられながら、席をまわり始めた。

不機嫌そうにしていた峰岸まで苦笑いを浮かべ、表情を柔らかくしている。

「馨ちゃんも若くないんだからさ。無理しなくていいのに」

御年七十歳の峰岸が言うと、

「あらそう？　まだまだピチピチしてますよー」

高月は明るく言ってかわした。

「それで峰岸先生、ちょっとご相談なんですけどね」

峰岸の隣に座って、高月は何かを話している。声をひそめているのか、内容は聞こえてこない。

高月の意図は手にとるように分かった。

党の公認を得るためには、県連からの推薦は欠かせない。高月外しに動くとしたら県連会長の峰岸だ。先に懐に飛び込んでしまおうという算段だろう。

そして、県連副会長の福森は一貫して高月を推している。「福森さんは女好きだから」とか「高月さんもえげつないよね。福森さんとデキてるんじゃないの？」という嫌味すら、宴会では飛び交っていた。

高月としては、峰岸説得に動くかたわら、福森を放置しておくわけにもいかない。それで沢村を隣につけたのだ。クラブのママとヘルプの女の子のような関係だ。

「沢村ちゃんのお父さんは何をしている人？」

福森が訊いた。

「中学校の教師をしています。もうすぐ定年ですが」

「そうか。お堅いおうちなんだね。だから沢村ちゃんはしっかりしているのかな」

北海道の両親を思い浮かべた。

母親も中学校の教師をしていた。姉さん女房で、何をやらせてもしっかりこなす人だ。その世代では珍しく、産休育休を挟んですぐに復帰し、定年まで勤めあげた。だが福森は、沢村の母の職業を訊くことはなかった。

福森は両親よりも年上である。そう考えると、沢村にぴったりくっついてくる福森の体温がさらに気味悪く感じた。

「手相を見てあげるよ」

断る間もなく、福森は沢村の手を握った。

口実もなく握られたら「やめてください」と言えたかもしれない。だが「手相を見る」と言われてしまうと、急に断りにくくなる。冗談が通じない人、ノリが悪い人として嫌われてしまう。そうすると沢村のみならず高月への心証が悪くなる可能性がある。

視界がきゅっと狭まり、呼吸が浅くなる。いっそのこと、息をとめてしまおう。心を無にして、手のひらから伝わる熱を無視しようとした。

高月に生贄(いけにえ)にされたのだ。

ちょうど若い女の子が秘書に入ったから、エロジジイにあてようと思ったに違いない。

県連からの推薦のため、党の公認のため、票のため。すべては高月が政治家であり続けるためだ。そのために沢村は差し出された。普段の仕事ぶりやロースクールで学んだことは関係ない。大事なのは、若い女性であるということだけ。

　腹が立った。

　だがその怒りは不思議と高月へ向かなかった。高月の着物姿が視界の端に入るたび、むしろ悲しくなった。

　普段からパンツスーツと丸眼鏡で、女性性を感じさせない。国民からは「女を捨てたおばさん」とか「おじさんかと思った（笑）」といった言葉を浴びせられることもある。

　そんな高月ですら、選挙がからむと女性性を前面に出して媚(こび)を売る。そこまでしないと勝てないからだ。

　――秘書の仕事は、先生を選挙に勝たせることだ。

　出柄が言っていたことの重みが深く胸に落ちてきた。

　身体を差し出してまで、先生に勝たせるのが秘書の仕事だというのか。

　やはりどうしようもなく腹が立った。高月に対してでもなく、福森に対してでもなく、世の中全体が憎いような気がした。

　福森の手を振り払う勇気もない。ショックと戸惑いで、深く考えられなかった。

　そっと息をひそめるようにして、時間が過ぎるのをただ、待っていた。

8

翌週の水曜日、午前七時、民政党の国会対策委員会室には重々しい空気が流れていた。田神幹事長、国対委員長の塚本(つかもと)、国対副委員長の高月が黙りこくっている。

沢村は、なるべく物音を立てないよう気をつけながらホットコーヒーを配った。

田神幹事長はビロード張りのソファに深く腰かけている。塚本はその隣でやや背を丸めて座り、銀色の眼鏡の奥からきょろきょろと視線を走らせた。高月は座りもせず、直立不動の姿勢で二人と相対していた。

高月の姿を見ると、先週末の不快な宴会のことが頭をもたげる。あのあと、高月からのフォローは特になかった。それが沢村にとってもむしろ気楽だった。謝られても慰められても、惨めになるだけだ。すべてをなかったことにしておきたい。沢村からも触れないようにしていた。

時間が経つにつれ、高月の着物姿を思い出す。自分のことよりも、高月のふるまいにショックを受けていた。高月が男性陣に媚を売っている姿を見たくなかった。だがそれを高月に求めるのも、身勝手な話だと分かっていた。

「性同一性障害特例法の改正案、今期の国会への提出は見送らざるをえない」

塚本国対委員長がやや甲高い早口で言った。

事務員が十分にいない早朝だ。長窓にかけられたレースカーテンからはすっきりとした青空が透けて見えた。まだ車の音も人の足音も聞こえてこない。

十時からは本会議が予定されている。九時半には議員たちを集めて、本会議での党議拘束を説明する。三十分前の集合は、本会議への遅刻を防止する狙いもあるという。

与野党の国対委員長が話し合うのはそれより前の時間だ。党内で国対を議論するためにはさらにその前の時間に集まる必要がある。偉くなればなるほど早起きになっていくはずである。

「改正案について、国民党内部で分裂しているようだ。内部分裂を強調したくないから、この議案については代表質問でも触れてほしくないそうだ」

「えっ、塚本さん、それに同意するつもりですか」

高月が食ってかかった。

「与党が訊かれたくないことを訊くのが、野党の仕事じゃないんですか」

塚本は渋い表情で首を横にふった。

「気持ちは分かるけど、今期は他に、経済関連の重要法案が目白押しなんだ。どこかでは譲歩しないと、勝ちとれるものも勝ちとれない。数の力でごり押しされたら、こっちの要求は一つも通らないんだから」

「要求を通すだけが政治じゃないでしょう。私たちが与党に問うことで、それを見た国民の世論が動くかもしれない。投票行動が変わる。政局が変わる。国民を信じて、私たちは問うべきことを問うべきです」

「理想論だね」

それまで黙っていた田神幹事長が口を開いた。

いつも通りのゆっくりとした話しぶりだ。

「政治とは責任であり、結果がすべてだ。我々は、我々の要求を一つでも多く通すことに注力するべきだ。わあわあと騒ぐだけなら、ワイドショーのコメンテーターでもできる」

高月は黙って田神幹事長をにらみつけた。憎悪のこもったような激しい目だった。二人はほんの数秒、宙で見合うと、田神幹事長が先に目をそむけた。

「いいか。この件はこれで終わり」

田神幹事長は、テーブルに広げた大学ノートをボールペンでコツコツと叩いた。

法案が死亡宣告を受けた瞬間だった。

ずっと準備してきた仕事が目の前で潰されていく。

悔しさで思わず口元が歪んだ。表情を悟られまいと下を向く。涙がこぼれそうになるが、必死でこらえた。

沢村が「性同一性障害特例法」の存在を知ったのは、議員秘書になってからだった。

高月から業務説明を受けるまで、そういう法律があることすら知らなかった。調べてみると驚きの連続で、自らの無知を恥じた。

外性器の見た目に基づいて出生証明書に記載された生物学的な性別に違和感を抱く人たちがいる。そのような人々を指す言葉として「トランスジェンダー」という言葉が用いられる。

日本のトランスジェンダーたちが戸籍の性別を訂正するためには、五つの条件を満たす必要がある。これはかなり厳しいものだ。

ざっくり言えば、①十八歳以上であり、②婚姻しておらず、③未成年の子供がおらず、④生殖機能が失われており、⑤性器の性別移行手術を受けている人にだけ、性別訂正が認められる。

条文を読んで沢村は驚いた。

子供がいると、その子が成人するまで性別訂正ができない。結婚していたら離婚しなくてはならない。女性に性別訂正する場合はペニスと睾丸・陰嚢の除去、男性に性別訂正する場合は子宮と卵巣の摘出が必要になる。

なんてひどい条件だろうと思った。自分の身体にメスを入れるか、戸籍上の性別変更を断念するかの二択を迫る。端的に人権侵害だと感じた。

トランスジェンダーたちは全人口の一％にも満たない。人口の半分を占める女性の声すら届かないこの国で、トランスジェンダーたちの声が届くはずがない。
③の子なし要件が課されているのは日本だけだ。④の不妊化条件については人権侵害であると欧州人権裁判所が判断しているし、世界保健機関からも批判されている。
憲法違反を訴えて最高裁まで争われたことが何度もある。当事者にとってはそれほど重大な問題なのだ。

そしてついに、最高裁で違憲判決が出た。

となると、必然的に立法府の対応が迫られる。

「この法律の改正案、是非担当させてください」

沢村は高月に申し出た。法律家になれなかった自分が、法律家にできない仕事をするときだと思った。

実際の業務はほとんど下働きだった。議員たちの予定を調整し、議連の会議室をとり、お茶と弁当を用意する。そんななか資料をすべて読み込み、国会図書館調査室からのレクにも立ち会い、議連の会議も傍聴した。

議論の方向性がまとまってきたところで、「この法案、書いてみる？」と高月から声がかかった。飛び上がらんばかりに嬉しかった。

だがその議案は結局通らなかった。議連メンバーだった朝沼は死亡し、高月は窮地に追い込まれている。

どこで道を踏み違えてしまったのだろう。

この機会を逃したら法改正は何年後になるか分からない。その間に苦しむ人がどれだけ出るかを想像すると目の前が暗くなった。

「そういえばね」

思考は田神幹事長の声でさえぎられた。

「国民党の山縣さんのところからクレームが入ったよ」

「山縣さんって、山縣俊也？」

「秘書を通じて探りを入れられたって」

田神幹事長が沢村をじろりと見た。肝が冷えた。

沢村は先日、山縣についている井阪という秘書と対面している。山縣の動きが、朝沼の死に何らかの影響を与えているかもしれないと考えていた。

「朝沼さん関連で余計なこと調べている暇があったら、さっさと謝罪しちゃいなさいよ。それが一番、国会運営への影響が少ないんだ。朝沼さんに対しての感情とか、道義とか色々あるかもしれないが、道義よりも結果をとりなさい。あなた、政治家なんだから」

田神幹事長は諭すように言った。

高月はしばらく黙っていた。

沢村は自分から発言したほうがいいのだろうかと迷い始めた。高月には無断で井阪に接触していた。井阪が山縣に告げ口し、山縣から田神幹事長に注意が入った。すべては沢村の不手際のせいだ。

「あの――」沢村が口を開きかけると、高月がゴホンとわざとらしく咳をした。

「田神さん、何か勘違いされてませんか?」

高月はけろりとした顔で言った。

「山縣さんの秘書は、井阪というんですが。前にうちの事務所で雇っていた秘書です。永田町歴は長いベテランですが、どうも金に困ってるみたいでね」

沢村は目を見開き、高月を見た。

前にうちの事務所で雇っていた? 沢村の前任の秘書ということだろうか。そういえば、井阪という名前に聞き覚えがあった。事務所の飲み会で、名前だけ耳にしたのだろうか。

「あいつはうちの事務所のお金を着服していました。私が穴埋めして大変だったの、覚えていません? あの人が今、山縣さんのところにいるわけ。そりゃ山縣さんは井阪さんの前科を知らないと思いますよ。私だって、こちらの不祥事をわざわざ与党議員に教えてやったりしませんからね。で、その秘書の井阪さんが私に恨みでもあるんでしょう。あることないこと山縣さんに吹き込んで、かき乱しているだけですよ」

田神幹事長は釈然としない様子で腕を組んだ。「そうなのか?」

「そうなんですよ。うちの事務所のことで田神さんのお手を煩わせて申し訳ないです。塚本さんの時間もとっちゃってね。すみません。それで、今日の本会議のことですけど——」

高月はあっさり話題を変えた。今日可決される見込みの議案について、党のコメントをいつ発表するか、三人は相談し始めた。

沢村は安堵しつつも、罪悪感で胸が痛んだ。考え出すと気持ちが落ち込む。余計なことを考えまいと、事務所に戻ると掃除に精を出した。


高月とゆっくり話せたのはその日の昼前だった。

ハァーと長いため息をつきながら、高月は戻ってきた。自分の席にどさりと腰をおろし、背もたれに頭をのせて目をつむっている。

「沢村さん、何かテキトーに出前とってくれない?」

「参(さん)の食堂にしときますか?」

参議院議員会館の地下食堂は、議員会館の中では一番美味しいとの評判だ。事務所から注文の電話をして、秘書がピックアップに向かうこともよくある。

「あーいや、なんかもうちょっとガツンとしたものを……」テキトーにと言いつつ、高月は希望を後出ししてきた。

「吉野家にしときますか？」

「そうだね、いいね。沢村さんのぶんも一緒に買ってきていいから」

地下道を通って国会議事堂へと向かう。中庭の脇に花屋や名刺屋と並んで吉野家がある。国会限定の黒毛和牛重もあるが、一五〇〇円くらいするので、職員はあまり食べない。牛丼の並盛玉子トッピングを二つ買い、事務所に戻る。

戻り際、中庭の池がちらりと見えた。色とりどりの鯉が優雅に泳いでいる。あれっと、何かが引っかかるような感覚があった。だが何なのか思い出せない。その違和感自体、事務所につく頃には忘れてしまった。

熱いお茶を淹れて、高月とテーブルを囲んだ。甘いタレの沁み込んだ白米を口に入れると、朝から続いた緊張がどっとほぐれるようだった。

「また何か書かれてるよ」

高月はスマートフォンの画面をスワイプしながら、もう片方の手で器用に牛丼を食べている。

「『憤慨おばさん、特大ブーメラン』だって。変なまとめ記事ができてる。だいたいブーメランって何よ。私たちの世代だと、ブーメランパンツのほうを思い浮かべちゃわない？　あ、沢村さんと世代違うか」

一人でぶつぶつと言いながら、画面をスワイプしていく。

高月は日々、まっとうな批判だけでなく、多くの誹謗中傷にさらされている。高月本人もたびたび憤慨し、毎日のように愚痴っている。だがその愚痴というのが、意外と鬱々としていない。けろりというか、からりというか。あっけらかんとした感じで、なんなら少し活き活きと愚痴ってくる。

そのあたりの心根の強さや明るさが、高月を政治家たらしめているのだろう。普通の人なら確実に心が折れてしまう。

「やっぱりお嬢の件で、遺族に謝罪しろって声が多いね。幹事長もそうしろと言っていたし。謝罪したほうがおさまりがいいのは分かるんだけど……でも、納得できない。結局お嬢はどうして死んじゃったのか、分からないままなのは」

高月は眼鏡を外して、目頭のあたりをぐりぐりと押さえた。

「そういえばさ、沢村さん、井阪に探り入れたの？」

「はい。出すぎた真似をして申し訳ございませんでした」沢村は頭をさげた。「井阪さんって、この事務所の秘書だったんですね」

「えっ、それを知らずに探りを？　てっきり、着服のネタで脅して情報をとろうとしたんだと思っていたんだけど」

顕太郎の秘書、金堂から仕入れた話を伝えると、高月は急に真顔になった。

「法案潰しの裏で山縣が動いていたのは、意外でもなんでもない。選挙に弱い政治家は、誰かの言いなりになるしかない。たいていは極端な思想の支持団体に頼る。旭日連盟と聞いて、なるほどと納得したよ。山縣も落ち目、泥船だね。だけど、井阪とセットなのは気になるな」

高月は、食べかけの牛丼の前に箸を置いた。

頬づえをついて、こちらをじっと見た。

「井阪と会ってみてどうだった？」

「抜け目がない男というか、したたかな感じがしました」

「うん、そうなんだよ。理性的で、用心深い。優秀なんだよ。だけどどうも、本当に、金に困っているらしい。どうしてだか知らないけどね。優秀で金に困っている男ほど、利用しやすいものはないでしょう？」

天梅酒店で相対した井阪の容貌を思い出す。骨ばった長身で、ハゲタカのような印象だった。だが井阪自身、より大きな存在によって繰られている駒にすぎないのか。

「あいつは色んな事務所で金銭トラブルを起こしている。だけど手癖の悪さ以外、実務面では優秀だから、人手に困った事務所は雇うんだよ。山縣のような泥船に行きついたのもうなずけるね。だけど、選挙で負けそうな政治家と、金に困った秘書。こんなに付け込みやすい組み合わせもないね」

おそらく今、高月の頭の中には政局図が浮かんでいる。こちらの力が落ちれば、あちらが台頭し、さらに別の極から反発が起こる。素人だと、順を追って説明してもらわないと分からない。だが政治家たちは、複雑な権力関係を一瞬で理解する。独特の勘の良さがあった。

「永田町にぽっこりできたほころび。食い物にしようと皆が群がるだろう」

高月は立ちあがると、戸棚から七味唐辛子の瓶を取って戻ってきた。牛丼にはらりと振りかける。

「私たちも、いっちょつついてみようか。吉と出るか、凶と出るか。沢村さんもどう?」

と言って、七味唐辛子の瓶を差し出した。

沢村はそれを受け取った。

「味変調味料ですか」

食べかけの牛丼に振りかけた。一振り、二振り、三振り。具が見えなくなって、真っ赤になるくらい、かけていく。

「高月先生も、もっとかけないとダメですよ。元の味が分からなくなるくらい」

一体自分は、何に怒っているのだろう。分からなかった。

高月は、くつくつとくぐもった笑い声をあげながら、沢村の手から七味唐辛子の瓶を抜き取った。

9

井阪がどういう手を使ったのか分からない。

だが高月の動きは明確だった。井阪に電話をして、「着服のことをバラされたくなければ、顕太郎と渡りをつけろ」と迫ったのだ。井阪はすぐには了解しなかった。

すると高月は旭日連盟の事務局に匿名で電話をした。「おたくが支援している山縣先生の事務所で、不正会計があるのではないか。雇っている秘書には、高月事務所でも前科があるらしい」と。

旭日連盟の職員はすぐに高月に接触してきた。高月はあえて邪険に対応した。「そちら様みたいな団体と、私は政治信条を異にしております。こうやって訪ねてこられても困るんですよ。ええ、山縣さんの秘書ですか？　井阪という者はそりゃ札付きですよ。山縣さんのところでも、手癖の悪いことをしていないといいですけどねえ」

さらに高月は山縣に電話をかけた。「旭日連盟さんから連絡があったんですけどね。困りますよ。こういうことにまき込まれちゃ、たまったもんじゃないわ」

受話器を置くと、高月はけろりと言った。

「あとは一日か二日、待つだけよ」

実際に、その言葉の通りになった。

翌日には井阪から電話があった。翌週水曜の午後八時から三十分間、事務所にいてほしいとだけ告げられた。

指定された日時ぴったりに、事務所のインターホンが鳴った。

そわそわした気持ちを抑えながら、事務的に応答した。

「はい、高月事務所です」

「三好です」

よく通る声だった。

「アポイントメントは？」

「そんなもの、僕には必要ないと思いますけどね」

扉を開けると、政界の貴公子と呼ばれる、三好顕太郎その人が立っていた。

ダークネイビーのスーツに白いシャツ、黒いベルト、黒い靴。すべてが上質で控えめで、お手本のような着こなしだった。
四十一、二歳のはずだ。噂にたがわず、男ぶりはとてもよかった。だがテレビや新聞で見るよりも、ずっと冷たい印象だった。
普段微笑を浮かべている口元は、薄く引き結ばれている。目尻に小じわが見えた。張りつめた表情からは、どこか世捨て人じみた、索漠とした空気がただよっている。

目が合うと、色素の薄い瞳がわずかにゆれた。

「高月さん、いるんでしょう」沢村の肩越しに、事務所の中に声をかけた。

「こちらへ」沢村は、顕太郎を応接室に案内した。

高月は、応接室の上座に腰かけていた。顕太郎が入っていくと、すぐに立ちあがり、わざとらしく上座を譲った。

「あら、どうしたの。三好さんじゃないですか。急に訪ねてこられて、びっくりしちゃうわ」

「あなたが僕に会いたがっていたんでしょう」

顕太郎は悠々と上座に腰かけると、悪びれもなく言った。

「あんまりしつこいから、惚れられたのかと思いました」

「へーえ？」高月は少女のように無邪気に身を乗り出し、顕太郎の顔を見た。「思った以上に、元気そうね」

「あなたは思った以上に、やっかいですね」

ハハハ、と高月は嬉しそうに笑った。

「まあまあ、つまらない鞘当てはこのくらいにして、本題に入りましょう。分かってると思うけど、朝沼さんのことよ。彼女はどうして死んだんですか？」

「あなたが追いつめたからじゃないですか」顕太郎が冷ややかな笑みを浮かべた。「みんなそう言ってますよ」

「そのくらいで死ぬ女じゃないって、あなたが一番、知ってるでしょう」

高月と顕太郎が一瞬、じっと見つめあった。ほとんど同時に視線を外すと、しんみりとした空気が流れた。

沢村は息をのんで、壁に張りつくように立っていた。容易には立ち入れない何かが、二人の間にうずまいているのを感じていた。

先に口を開いたのは顕太郎だった。

「皮肉なもんだな。あの人は女友達なんて一人もいなかったのに」

「私だってあの人の友達じゃないですよ」

「でも一番、いたんでいる」

沈黙。視線を交わし、外し、さらに沈黙。

二人とも不器用だと思った。同じ思いを抱えているくせに。手を取りあって泣いてしまえばいいものを。実につたなく、探り探り、言葉を交わしている。

しばらくしてから、高月が言った。

「張り合いがないんですよ。あの女がいないと」

顕太郎は黙ったまま、目を伏せた。

その横顔には、危うさと美しさが同時に宿っていた。ガラス細工みたいだった。指先で触れただけで、あっけなく壊れてしまいそうだ。

「僕にも分からないんです。どうして彼女が亡くなったのか」

顕太郎は机の上で手を組んだ。

「あの人は、明るくて、享楽的で、素直な人でした。悪く言えば、自己中心的です。国民のことなんて、これっぽっちも考えていない。いつも自分が一番の人でした。でもだからこそ、情に厚いところもあって、近しい人には優しかった。彼女と最初に会ったのは、五歳のときです。互いに親が政治家でしたから、顔を合わせる機会は多かった。思い返すと、最初に会ったときから魅かれていた。幼い頃の僕は、気が弱くて、父親の顔色ばかりうかがっていました。だからでしょうか。わがまま放題の彼女がまぶしく見えたんです。深く交際するようになったのは、それから二十年以上あとのことですが。彼女はこれっぽっちも変わっていなかった。自分の幸せにあれだけ貪欲な人が、自ら死を選ぶとは思えない」

「朝沼さんは自殺ではないと言いたいんですか？」

「分かりません。ただもし、彼女が自殺したなら、誰にも言えないような、よほどの事情があったはずです」

「それは、あなたにも分からないですか」

顕太郎はうなだれるようにうなずいた。「残念ながら」

「遺書に書かれた内容は、どう思われますか？」

「遺書？」顕太郎は顔をあげた。目に警戒の色が浮かんでいた。

「隠さなくていいですよ。朝沼さんが遺書を残していることは、知っています。その内容も見ています」

へえ、と気の抜けた声を出してから、瞬きをした。「早耳ですね。遺書について、どこから情報を得たんですか」

「教えるわけないでしょう」

「そうでしょうね」顕太郎は苦笑した。「遺書の内容、僕は警察から聞きました。でも、心あたりがないんです。女性であることについて、彼女はそれほど悩んでいるように見えなかった。むしろ、言い方は悪いですが、女であることをうまく使って世渡りしている印象でした。もしかすると、婚約者の僕には見せない顔があったのかもしれませんが」

顕太郎は机の一点をじっと見つめた。

応接室はしんとしていた。

沈黙を破ったのは高月だった。

「一緒に調べませんか。朝沼さんの死因。お嬢に骨壺は似合わない。弔い合戦ですよ」

顕太郎は身じろぎもしない。手を組んだまま、何もないところを凝視している。しばらく黙っていた。

どのくらい経っただろう。苦しそうに、

「……分かった」

と言った。肩がわずかに震えていた。

「ただし、条件が三つある」

政治家の顔に戻っていた。まっすぐ高月を見すえて続けた。

「一つ目。全面的な協力関係は築けない。僕たちは政治家だから、当然だ。その都度、交渉して情報交換しよう。ただし、あなたからの電話に僕は出るし、僕からの電話にあなたも出てくれ。面会も、互いの都合がつくかぎり、なるべく叶えることにしよう。それが約束できる最大限の協力だ」

了解を求めるように、顕太郎は間をとった。高月は「とりあえず最後まで聞くよ」と答えた。

「二つ目。朝沼さん死去の直前に口論したことについて、高月さんは謝罪を迫られているだろう。かたちだけでもいいから、さっさと謝って、火消ししてくれ。別に僕はあなたの謝罪なんて聞きたくない。だけど朝沼さんのお母さんは違う。悪者をつくらないと娘の死に納得できない。精神的に追いつめられているようだ」

ふうん、と高月はうなった。表情は硬かった。

「三つ目。遺書についてどこの誰から情報を得たのか、教えてくれ。どうして僕がそれを知りたいのか、説明する気はない。以上だ」

窓の外で、鳥が飛び立つような羽音がした。廊下を歩いていく人が、騒がしい笑い声をあげている。

「分かったわ」高月は静かに言った。「私が電話したら、ツーコール以内に出なさいよ」

二人は握手を交わし、言葉少なに別れた。

「本当に、謝罪するんですか？」

デスクでぼんやりしている高月に声をかけた。

「うん、するよ」

伸びをしながら高月は言った。

「謝ったところで意味がないから、謝らなかっただけだもん」

高月は窓際に立ち、ブラインドのすき間から外を見た。何かを凝視するように目を細める。おそらく何も見えないというのに。

外は暗い。街灯がポツポツと、心寂しく道を照らしているだけだろう。

表を走る車のエンジン音が低く響いてきた。

「沢村さん、このあいだの県連との飲み会、ごめんね」

背を向けたまま、高月は言った。

「私が謝ったところでお互い惨めになるだけだから、謝らないほうがいいかもと思ってた。けど、やっぱり悪いことをしたときは謝らないといけないね」

沢村は必死に返す言葉を探したが、何と言っていいか分からなかった。

あの日、福森の相手をさせられて嫌だった。高月には助けてほしかった。「憤慨しています」と言って、割り込んできてほしかった。

それに何より、あでやかな着物に身を包み、愛想笑いを浮かべる高月を見たくなかった。朱と白のまじった鯉が描かれた着物をまざまざと思い出した。胸がちくりと痛む。

と、その瞬間、どうしてだか、衆議院の中庭の池が頭に浮かんだ。

池の中には、色とりどりの鯉がいる。

もしかしてあの着物は——。

一つの可能性に思いあたって、沢村は息をのんだ。

高月はどういう気持ちであの着物を選んだのだろう。どちらかといえば夏の模様だから、季節に合わせて選んだわけではないはずだ。

無愛想にしていれば女らしくないと言われ、女性らしくすれば女を使っていると言われる。障害だらけの環境で、それでも負けじと泳いでいこうとする高月の決意があらわれている気がした。

衆議院の片隅でこっそりと泳ぐ鯉たち。

そこに自分を重ね、袖を通しているのではないか。

今はこうして愛想笑いを浮かべ、媚を売っている。だが自分は政治家なのだ、政治家であり続けるのだという決意表明である。決意をかたちにしておかないと、心が折れてしまう瞬間があるのかもしれない。

自分を奮い立たせながら、高月は戦ってきた。

一人でやってきたんだから、今回も一人でやってほしかった。同じ女だからって、沢村までまき込まないでほしい。そう思わないでもなかった。

だが高月は追い込まれていた。そういうときに頼れる人がいなかったらどうなっていただろう。

——女に生まれてごめんなさい。

——政治家としてやっていくなら、男のほうがだんぜんいいから。

朝沼が遺した文章を思い出した。政治家一家に生まれ、当然のように政治家になったお嬢。恵まれているように見えた彼女にも、苦労があったのだろうか。

いつも中性的にふるまっている高月ですら、宴会では女性性を求められる。一方で、朝沼は普段から男性に媚を売るところがあった。「そういう女」として、高月以上にひどい目にあっていたとしたら。

心に深い傷を負うような出来事があった。それについて、誰にも言えない。だがその秘密を抱えて生きていくのは辛すぎる。そういう意味の遺書だったのではないか。

朝沼は自殺を考えるようになり、青酸カリを入手した。だがすぐに自殺する踏ん切りはつかなかった。

相談できる相手はいなかったのだろうか。顕太郎には、婚約者だからこそ、言えなかった可能性もある。

だが、どこからか情報をつかんだ山縣が、三好顕造に告げ口をする。

顕造は朝沼の不注意やすきを責めたかもしれない。普段からチャラチャラしてるから、そんなことになるんだ——などと口走る。それを聞いて朝沼はさらに傷つく。最終的には、婚約破棄にまで発展した。これまでは息子の婚約者だと思えばこそ、朝沼の推進している法案可決に協力していた。だが婚約破棄となれば話は違う。

数日後の総務会で顕造は態度を変えた。

傷つき、秘密を抱え、婚約者を失い、仕事でもくじかれた。満身創痍になった朝沼は翌日自殺した——のかもしれない。

すべて沢村の推測にすぎない。朝沼が婚約破棄されたという話も聞かない。だけど、女であることに絶望するだけの環境が、永田町にはそろっていた。

「大丈夫？」

高月の声で我に返った。高月はいつの間にかこちらを振り返り、沢村の顔をのぞきこんでいた。

「失望したでしょう。男勝りな女性政治家も媚を売る。政府の不正を追及するはずの野党議員も、足元では着服や収賄の揉み消しに必死。言い訳をするつもりはないけど。でもやっぱり、あの飲み会は嫌だったよね。ごめんなさい」

高月は頭を深くさげた。

目の前の高月が、元気に生きていることだけでも奇跡のように感じた。秘書には何度も裏切られ、県連からは軽んじられ、有象無象の誹謗中傷を受け——それでも一人で戦っている。

何のために？

選挙に勝つために。政治家であり続けるために。

——選挙に弱い政治家は、誰かの言いなりになるしかない。

高月自身の言葉だ。

逆に、選挙に勝ち続けさえすれば、誰の言いなりにもならずにすむ。高月の思う通りに、世界を変えられる。

だけど一人では、この世界の重力に潰されかねない。高月には頼れる人が必要だ。それがもし、自分だったのなら——。

「そういうときは、あの、ありがとうって言ってほしい、です」

沢村がぼそっと言うと、高月は顔をあげた。

虚をつかれたような表情を浮かべている。

「そっか。そうだよね。ありがとう。今回の件ね、峰岸さんと福森さんの支援で火消しできた。党の公認、今後もどうにかなりそう。沢村さんのおかげだよ。ありがとう」

「いえ、ひとえに先生のお力ですが」

感謝を求めたわりに、素直に感謝されるとこそばゆくて、居心地が悪い。

「女性が政治家としてやっていくのがこんなに大変だとは思っていませんでした。それで今回、ちょっとびっくりしてしまっただけです。でも、誰かがこの壁を破らないと、日本はいつまでも変わらない。先生が変えてください。私もそばでお仕えしますから」

勢いづいて、沢村は手を差し出した。高月がその手を握った。思いのほか力が強かった。

「政治家は握手し慣れてるからね。女でも握力強いよ」

高月は照れたように笑って言った。

「女の国会へようこそ」

第二章　政治記者

いつも思いだすのは国会の中庭にいるコイです。

まだ小学校にあがる前のことでした。お父さんに連れられて、国会に遊びにきたことがありました。お父さんは再選が決まったあとで、すごくきげんが良かった。

お父さんに肩車してもらって、中庭をまわった。「ここがお父さんの職場だよ」と言って、中庭から国会議事堂を見あげた。

「あの窓の向こうが、本会議場だ」

白と灰色の石づくりの立派な建物で、海外の映画の中みたいだった。中庭の池には色とりどりのコイたちが優雅に泳いでいた。

「いーち、にーい、さーん……」と指をさしてコイを数えた。白っぽいのもいるし、赤がまざったのもいる。お母さんが正月に着る着物のようでうきうきした。

お父さん、覚えていますか？

お父さんは仕事ばかりでほとんど顔を合わせることもなかったから、思い出を振り返っても夜の海をじっと見つめるような気分になる。けれどこの日のことは、闇にうかびあがる灯台のように、うすぼんやりとわたしの中に残っている。振り返るたびに、わたしを照らしてくれる。それはもう、ずいぶん遠く、小さくなった光だけど。

行く先々でわたしはチヤホヤされた。警備のおじさんたちもニコニコしていた。

派手な黄色いスーツをきたおばさんが寄ってきて、高級なチョコレートをくれた。

すごくお腹のでた、えらいだろうなって感じのおじさんは、お父さんの肩をたたいて「お嬢さんもいずれ、国会にくるんでしょうな」と言った。

わたしが「うん!」と答えようとしたら、お父さんは「息子のほうがいいかもしれません が」と先に言った。わたしはいやーな気分になった。けど、子どもながらにお父さんの気持ちは分かっていた。お父さんはうれしそうに目を細めていた。照れかくしで、下手なけんそんで、つい口をついてでた言葉なのだ。

帰りに、ずっと欲しかったトミカのミニカー（ジャガーグループAと引越しトラックだったはず）を買ってくれた。いつもなら「こんな男の子みたいなものを」と顔をしかめるのに、この日は本当にきげんが良かった。

家に帰って、お母さんのつくったビーフシチューを食べて（初登院の日はなぜかビーフシチューと決めているらしい）、一緒にテレビを見ているとインターホンがなった。お父さんを追いかけまわしている記者たちだとすぐに分かった。

わたしが寝るくらいの時間に、いつも彼らはやってくる。お父さんは「お前はもう、部屋にいきなさい」と言って、記者の相手をしにいく。だからわたしは昔から、記者のことが嫌いだった。

1

スマートフォンが鳴っている。アラームだ。もう朝なのか? 昨日の酒は抜けていない。頭がうすぼんやりとして、目頭はつんと痛んだ。

和田山怜奈は身をよじりながら、枕元のスマートフォンに手をかけた。

時刻は朝四時四十五分である。

ひやりとして飛び起きた。十五分も寝坊してしまった。

ベッドから抜け出して寝間着を脱ぎ、脇のクローゼットから最初に手があたったブラウスを取ってかぶる。スラックスとジャケットは五着ずつあって、毎日順番に着ているだけだ。

ソックス型のナチュラルストッキングに足を通すと、足裏に違和感があった。穴が開いているらしい。ストッキングはこれだから嫌になる。二、三度はくと必ず、どこかに不具合が生じる。今回の穴が足裏にあるのは幸いだった。誰から見られるわけでもない。気にせず、これでよしとしよう。

スマートフォンを再度見る。時刻は四時四十九分だ。

全速力で洗面台に向かい、顔を洗った。

外出用の服を着てから顔を洗うのはいつものことだ。顔は洗っていなくてもバレないが、服は着ていないと外に出られない。まず最低限外に出られる状態にしてから、出発時間までに整えられる部分だけ整える。記者になった頃から始まり、今となってはすっかり定着した和田山の癖である。

歯を磨く。コンタクトレンズを入れる。日焼けどめを塗って、眉毛を描いた。直毛の黒髪を後ろで一つに結ぶ。

今日はもう、これでいいことにしよう。

他社の女性記者、青山里衣菜は、髪を巻くのに十五分かけているという。メイクに三十分、身支度にさらに十五分かかるせいで、和田山よりも一時間早く起きている。そんなことをしていたら身がもたない。和田山はあくまで省エネ第一だ。

これが女を捨てるってことなのかな、とも思う。だけど、女って捨てたり拾ったりできるものなの？　捨てられるなら捨ててしまいたい。それができないから困っているのに。

玄関先におきっぱなしの重たいトートバッグを肩にかけると、ヒールのすり減ったパンプスに足を入れ、外廊下に出る。

あたりはまだ薄暗かった。

四月最終週の金曜日だ。

昼間はぽかぽかと暑いくらいだが、早朝のこの時間はさすがに肌寒い。

マンションのエントランスの前に、黒塗りのハイヤーがとまっていた。遠くから一礼をして走りより、さっと乗り込む。

「おはようございます。本日もよろしくお願いします」

和田山が話しかけると、運転手は振り返り「おはようございます。まずは三好邸ですか？」と言った。

「はい、お願いします」

三年一緒に行動していても、運転手との距離は縮まらない。和田山があくまで事務的に接しているためだろう。仕事に不必要な部分で、新たな人間関係が生じるのはたまらなく億劫だった。

和田山が記者になって九十一年が経ち、この四月で十二年目に入った。

入社直後の五年間は地方に赴任し、それから政治部に配属された。三年間、官邸クラブで総理番をつとめた。新人政治記者がみな通る道である。堅実な仕事ぶりが評価され、三年前から与党国民党担当の記者クラブ、通称「平賀クラブ」に移った。

栄転と言ってよかった。

三好派、清香会には四十三人の議員が所属している。九十人の陽三会、五十五人の紅雪会、五十人の玄同会についで、第四派閥だ。

だがその人数に反して、影響力は大きい。トップの三好顕造は各派閥の長と関係性がよい。上位の派閥同士の争いを調整することで、三好顕造は権力をためこんだ。

三好派の誰に密着しろという指示があるわけではない。だが当然、顕造は外せない。各社の記者が顕造に張りついている。他社がつかんだ情報を、自社のみが落とすことだけは避けたかった。

各社が報じない第一報を出したら「特ダネ」、各社が報じている情報を自社だけが報じなかったら「特オチ」と言われる。特ダネは最大の栄誉である。一方、特オチは——その言葉を聞くだけで心臓が縮みそうになる。

この十一年間、特オチだけは避けるよう全力で働いてきた。

新聞社、通信社に占める女性の割合は二割強にすぎない。「記者」とは呼ばれない。いつも「女性記者」だ。女であるだけで目立つ。特オチなんてしてしまった日には男性記者の何倍も冷たい視線が向けられてしまう。

特ダネをとってやろうという意気込みはわいてこない。目立たぬように、波風を立てず、つつがなく仕事をこなすのに精いっぱいだった。

早朝の道路はすいている。二十分もせずに三好家の前にきた。家の前に別のハイヤーがとまっているのを見て安心した。

顕造を迎えにきたハイヤーだ。家の前にとまっているということは、顕造はまだ家を出ていない。

車をおりると、遠くで雀の鳴き声がした。朝もやの中でぽつぽつと電信柱が顔を出している。風のない静かな朝だった。こんな時間でも三好邸からは味噌汁とコーヒーの香りが芳ばしくただよってきた。顕造は政治家としては珍しく、料理好きで有名だ。毎朝特製の味噌汁をつくるのが日課になっている。

門扉のすぐ横に立ち、あたりを見まわした。記者はまだ誰もきていない。普段なら朝の五時すぎには二、三人の記者が集まっている。

不安が込みあげてきた。

他の記者は、より優先度の高い現場に向かっているのかもしれない。一体何があったのか。ここ数日の報道と関係者の様子を頭の中でたぐりよせる。

この秋には補欠選挙と国民党総裁選がある。補欠選挙では、先日死亡した朝沼の議席が争われる。たった一議席なので、それ自体が大きい意味を持つものではない。だがその勝敗が、その後の総裁選に影響することはありえる。だから党幹部や選対本部にもピリピリとした空気が流れている。

かといって、政局上重要なことが行われる兆しは特になかった。

五時三十分をまわる頃、玄関から顕造が顔を出した。ベージュのスーツにやや大げさなフェルト帽をかぶっている。

顕造は戦争で両親を亡くしている。親戚のつてをたどり、昭和の大政治家、三好憲臣(のりおみ)の養子になった。憲臣の鞄持ちから始めて、今の地位にたどりついた。憲臣のトレードマークはフェルト帽だった。

顕造が還暦を迎えた時、周囲が気をまわして、顕造にフェルト帽を贈った。ところが顕造はこれに激怒した。「俺はまだ、こいつをかぶるような器じゃねえ！」とのことだった。

フェルト帽をかぶるようになったのは、それから二十年後、八十歳になってからだ。ちょうど今から三年前、和田山が顕造を取材するようになった時期と重なる。だから和田山にとって、顕造といえばフェルト帽をかぶっている、いかつい顔をしたおじいさん、というイメージが強い。

顕造が門扉(もんぴ)までくるのを待ち、「おはようございます」と声をかけた。顕造は応えない。周囲を見て、一瞬だけ目を細めた。

ハイヤーの運転手が外に出て、ドアを開けた。顕造は乗り込みながら、無愛想な声で「君も乗っていくか」と言った。

「は、はい！」

予想外のことに驚きながら、顕造の気持ちが変わらぬうちに車に滑り込む。

次の移動先まで同乗し、車内で話を聞く取材方法、いわゆる「ハコ乗り」だ。毎朝ハコ乗りを許す政治家もいれば、絶対に乗せない者もいる。顕造は後者だった。

誰も口を開かないまま、静かに車は走り出した。

「おはようございます」

遠慮がちに隣から話しかける。顕造は応えない。

どうせ何も教えてくれないのだから、単刀直入に訊いてしまおうと思った。

「今度の総裁選、三好さんの派閥から候補者を出す予定はありますか？」

顕造はうつむいて、広げた新聞をのぞき込んでいる。他社の新聞だった。

「党内では誰が有力視されていますか？」

やはり答えない。

「性同一性障害特例法の改正案、どうして急に反対にまわったんですか？」「朝沼さんとの間にトラブルでもあったんですか？」「朝沼さんの死去について、どう思われますか？」

立て続けに訊いた。

顕造は顔をあげた。不機嫌そうに口の端を歪めて言った。

「ねえ、おっぱい触っていい？」

「はあっ？」

「おっぱいだよ、おっぱい。触っていい？　減るもんじゃないでしょ」

「減ります、減るんですよ」

うわずった声が出た。頭から冷水をかけられたように、悪寒が走った。

顕造は何かを見定めるようにこちらをじいっと見た。数秒して、視線を新聞紙に戻す。何事もなかったかのように、仏頂面で再び新聞を読み始めた。

何か言ったほうがいいのだろうか。いや、むしろ今、質問をするべきなのでは。セクハラをした罪悪感で、答えてくれるかもしれない。

だが声が出なかった。恐ろしかった。

自分の心臓がばくばく鳴っているのが聞こえた。

間もなく車は議員会館についた。とまったところで、顕造が低くつぶやいた。

「これ以上かぎまわると、あんたも、あんたの上司も痛い目をみるよ」

ハッとして、和田山は顕造を見た。

顕造はこちらに一瞥もくれず、正面を見ながら続けた。

「この十年、永田町界隈でいくつの変死体があがっていると思う？　警察も検察もあてにならないよ。現実はね、先に死んだほうが負け。この世は生きている人間のためにあるんだ」

フェルト帽をかぶって、顕造は車をおりた。

和田山も慌てて続く。勢いがついたせいで、パンプスがすっぽ抜けて、ぽんと遠くに飛んでいった。入り口前の守衛が視線だけでそれを追う。片足をかばいながらひょこひょこと歩いた。アスファルトの冷たさが足の裏に響いてくる。かがんでパンプスを拾い、顔をあげると、議員会館に入っていく顕造の後ろ姿が見えた。

脅された。

録音されたところで言い逃れができるギリギリの物言いだったが、命が惜しければ手を引けと、暗に示していた。

ということは、やはり当たりなのだ。

武者震いがした。すぐ足元に、特ダネが眠っているのかもしれない。

質問を無視し続けていた顕造が、朝沼について尋ねられた途端、態度を変えた。つまり、朝沼に関することには触れてほしくなかったのだ。どうして触れてほしくないのか。都合が悪いからに他ならない。

それにしても、記者に対する反撃の言葉が「おっぱい触っていい?」なのは呆れる。女性記者を戸惑わせて、追及の手をゆるめさせるにはセクハラが一番だと心得ているのだろう。

猛烈な怒りが込みあげてきた。

普通に働いているだけで、天災のようにセクハラが降ってくる。誰も守ってくれない。和田山のようにほとんど化粧もしていない地味な女ですら、そういう目にあうのだ。これでは避けようがない。仕事相手と二人きりになるなと忠告してくる人もいるが、大事な話は一対一でしか聞けないことが多い。個人ではどうしようもない問題だった。

男性記者もキャバクラ通いに同行し、三次会、四次会まで付き合い、時に男同士の秘密と称して風俗に行くこともあるという。そういう付き合いの大変さはあるだろうが、相手の欲望が自分の身体に向くわけではない。生理的な恐怖感や屈辱感を味わわずにすむ。

以前、女性記者が財務省事務次官から受けたセクハラの一部始終を録音し、週刊誌に持ち込んだことがある。音声という動かぬ証拠があった。だが、事務次官は容疑を否認した。財務省は被害者本人が名乗り出ない以上は処分ができないと言い張り、財務大臣は「そんな発言されて嫌なら、その場から去って帰ればいいだろ。財務省担当はみんな男にすればいい。触ってないならいいじゃないか」と述べている。

どうしてそんな理由で、こちらの仕事が奪われなくてはならないのか。触ってないからいい？　そんなわけないだろう。

怒りの気持ちはまっすぐ矢のように顕造には向かわず、自分の身体からもやもやと広がる湯気のように、周囲にただよった。

とっさに「減ります、減るんですよ」としか返せなかった自分にも腹が立った。もっとぴしゃりと反論しておけばよかった。あるいはセクハラなど意に介さず、朝沼について質問を続ければよかった。いずれにしても今となってはあとの祭りである。

拳を握りしめ、深呼吸をして、国会内にある記者クラブへと歩き出した。呼吸を整えてから、開けっぱなしになっている記者クラブの扉をくぐった。

2

入った瞬間に、汗のにおいが鼻をついた。

手前のデスクで泥のように寝ている男性記者が原因だろう。薄くなった頭髪が張りついて、そのすき間から見える頭皮がてかっていた。何日も家に帰っていない様子だ。

記者クラブの部屋は奥に広い。デスクとパソコンがずらりと並び、コピー機やコピー用紙などの最低限のオフィス用品がそろっている。国会全体にはＷｉ－Ｆｉが飛んでいないから、自前のＷｉ－Ｆｉも整備してある。

一見すると普通のオフィスと変わらない。だがよく見ると、床のタイルカーペットは年代物で、端からめくれあがっている。冷暖房のききも悪いから、それぞれのデスクには小型の扇風機やうちわ、扇子などがおかれている。

「おはようございます」他社の三好派担当に声をかけた。「今日は皆さん、どちらに?」

その場にいた二人の男性記者は、何も答えず視線をそらした。

「え?」

和田山は目を丸くして、部屋を見まわした。他の者もさっと視線をそらす。だが誰かから見られているのは感じる。目を合わせないが、よそ見しているすきに和田山のことは見ているのだろう。

困惑した。

脇のソファでは青山里衣菜が気を失ったように寝ていた。テレビ局の政治記者で、いつも女子アナみたいなワンピースを着ている。すらりとした綺麗な人だ。

なぜだかテレビ局から派遣される女性記者は美人が多い。政治家向けに選別されているように思えた。

青山は周囲の視線もはばからず、ワンピースから脚をむきだしにして寝ている。父親は外交官、本人は帰国子女で語学が堪能だった。育ちがよく上品な印象なのに、一皮むくとド根性が飛び出すような女である。口が悪くて酒に強い。和田山とも気が合った。青山のデスクからピンク色のブランケットを取ってきて、脚にかけてやる。男性記者がニヤニヤしながら脚を見ていることがあるからだ。

「おーい、和田山さん」

後ろから酒焼けした声がした。

振り返ると、明石陽介が立っていた。

猫背で腕を組んでいる。いつも着ているワインレッドのシルクシャツは雑に腕まくりされていた。チンピラのようでもあり、ホストのようでもある。

だが彼は、平賀クラブのサブキャップ、和田山の直属の上司である。

「ちょっとー、こっち、きてー」

明石は手のひらを上にして、欧米式の手招きをした。

二人は連れ立って、近くの喫煙室に入った。他に人はいなかった。和田山は煙草を吸わないが、明石は吸う。しかもいまだに紙巻き煙草だ。器用に片手で火をつけて、ふうと白い煙を吐き出した。

「なんかさー、お前さー、変な噂になってるよ」

けだるそうに明石は言った。

「噂？」

「うん。三好顕造のオンナじゃないかって」

「えっ、なんでですか？」

「なんでって、心あたりないの？」

今朝のセクハラのことがすでに知れ渡っているのだろうか。さすがにそれは情報が早すぎる。顕造本人が吹聴してまわるとも思えない。

和田山は首を横にふった。

「分かりませんよ。三年間ついていますけど、三好は私の名前すら覚えていないかもしれません。青山さんなんかは、結構気に入られているけど」

「どうもねえ、今朝、人払いがされていたんだって。三好の秘書から各社に電話があって、今朝は家にこないようにと告げられていたらしい」

「うちにはそんな電話、きてないですよね？」

「きてないね」

「それで記者たちは、三好の秘書の指示に従ったってことですか？」

明石は渋い顔でうなずいた。

暗澹たる気持ちだった。こないでくれと言えば記者を追い払える。政治家が記者を恐れないわけだ。

「正確には、離れたところに張っていたやつが一人いた。骨のある記者もいるもんだ。で、その記者が、和田山さんが三好邸に向かっているのを目撃した」

「つまり、私と密会するために、他の記者を追い払ったと思われているわけですか？」

「そういうことみたい」

「あ、だからか。三好に対して私が抜け駆けしたと思って、他の記者たち、私に冷たい態度だったんですか？」

「まーそーでしょー。みんな負けず嫌いっていうかさあ、嫉妬深いからねえ。仲間外れとか平気でやってくるし」

子供のように口を尖らせ、煙を吐き出した。

「気にすることないよ。結局は個人の力で競り勝つしかないからね。弱い犬ほどよく吠える。言わせとけばいいのさ。で、実際どうだったの？　特ダネ、あった？」

明石は目を輝かせて言った。好奇心を隠しきれていない。

「特ダネというわけではないですが、脅されました。これ以上朝沼さんのことをかぎまわると、私も明石さんも、痛い目をみるそうです。釘を刺すために、わざわざ人払いしたのでしょう」

車内での会話の一部始終を話して聞かせると、明石は表情を一変させた。

「マジか。まさかとは思ったけど。思った以上にこの件、ヤバいかもな」

煙を吐き出して、明石は黙りこくった。

朝沼が残した遺書について、和田山は早々に部内で報告した。本来であれば特命チームをつくって調査するべき案件だ。だが、「もう少し詳しく分かったら教えてよ」と言うばかりで、上層部の反応は芳しくなかった。

和田山がもたらした情報にもっとも食いついたのは、サブキャップの明石だった。

明石に追い立てられるように、この一カ月半、朝沼死去の真相を追ってきた。

「もうやめておきましょうよ」

喫煙室の壁に背をもたせかけながら、和田山は弱音を吐いた。

「これを調べずに何がジャーナリストだ」

「でも上層部は無視を決め込んでるんです。何か見つけたところで、どうせ報道できないんじゃないですか」

「ちょっと、和田山さん。なんでそんなに腰が引けてるの。超ド級の特ダネだよ。記者人生に一度あるかないかのビッグチャンス。逃す手はないよ」

最近、明石は妙に活き活きとしている。

彼は和田山とは正反対のタイプだ。特ダネを連発するが特オチもする。常に特ダネを狙い、警察、検察、消防などに深く食い込もうとする。

一人の取材対象者に深く食い込めば特ダネをとれる可能性は高くなるが、そのぶん、他の取材対象が手薄になり、特オチしやすくなる。

明石は新人時代から人懐こい雰囲気があり、名物記者として親しまれていたという。地方勤務後、本社で配属されたのは社会部である。

社会部では事件の端緒や捜査状況を知るために、警察と深い付き合いをする。和田山も入社後すぐの地方赴任時に警察対応をしていたから、付き合いの濃厚さは想像がつく。

担当する地域の警察署に日参するのは基本のキだ。できれば早い時間がよい。夜勤明けの警察官が、日勤の者に引き継ぎをする、その前に話を聞く。夜中のうちに新しい事件が起きていたら、現場を訪れて裏どりをし、すぐ記事にする。

当たり前のことだが、放っておいたら警察は情報を表に出さない。どこでどんな事件が起きて……という日々のニュースが巷(ちまた)に届くのは、記者たちが情報をとりにいき、記事にするからこそである。

深い話は職場では聞けないこともある。そんな場合は、警察官の自宅を訪ねる。昼間は仕事で外出しているから、訪ねるのは早朝か深夜になる。いわゆる「夜討ち朝駆け」だ。

顔を合わせて信頼関係を築き、捜査状況をリークしてもらう。容疑者逮捕前に「あす逮捕へ」といった見出しが新聞を飾るのはそのためだ。

明石は特ダネを常に狙い、相当成果も出していた。だが、その姿勢をスタンドプレイとしてよく思わない人もいた。社内の派閥争いですったもんだした末に、政治部に飛ばされてきた。

ところが彼は政治部でこそ真価を発揮することになる。

政府高官や政治家にいかに深く食い込むかが重要な仕事だ。明石はとにかく付き合いがよかった。三次会、四次会まで参加し、翌朝午前五時には政治家宅前で待機している。

明石の存在は、永田町にすぐに広まった。

トレードマークはワインレッドのシルクシャツだ。他の記者からは「赤シャツ」と呼ばれ、失笑を買っている。だが、本人はあくまでしれっとした顔をしている。

「政治家は一日に何十人という人に会う。一瞬で覚えてもらうために、こっちも工夫する必要があるでしょ」というのが着用の理由だ。

明石は鼻息荒く、煙を吐き出しながら言った。

「俺たち二人だけでも調べるぞ。上層部が無視できないような証拠をつかめばいいんだ」

「どうして私もチームに入ってるんですか。明石さんが一人で調べればいいでしょう」

明石は煙草を口から離し、和田山をじっと見た。

「朝沼さんは、他でもない和田山さんに、遺書の画像を送ってきた。彼女に託されたんだよ。お前が調べなくてどうする」

大上段のジャーナリズム論ならばまだしも、浪花節(なにわぶし)なことを言ってくるから反論しづらい。

「朝沼さんの無念を晴らしたくないのか?」

すぐには答えられなかった。

うつむいて、すりきれたパンプスに視線を落とす。

朝沼のことが嫌いだった。年甲斐もなくブリッコで、男に媚を売ってばかりいるおばさんだと、見下していた。本当はうらやましかったのかもしれない。朝沼のように軽やかに、女であることを受け入れて、利用して、生きていけたら。ずっと違う人生になっただろう。

あんな女、いなくなればいいと思っていた。朝沼死去の報をネットニュースで目にしたとき、かすかに心が躍った。

メールがきていることに気づいたのは、その直後だった。文面を見て驚いた。

——女に生まれてごめんなさい。

朝沼もこんなことを考えるのだろうか。雷に打たれたようだった。

同時に、猛烈な自己嫌悪に襲われた。朝沼の死を喜んでしまった。自分の度量の狭さ、心の醜さを鼻先に突きつけられた。

「あの人にも、悩みがあったんでしょうか。だから自殺しちゃったのかな」

和田山が言うと、明石は首を横にふった。

「俺は、他殺の可能性が高いと思う」

「でも警察は、自殺として処理するようですよ」

「あのタイプの女が自殺するわけがないよ」

明石は言いきった。

だけど、本当にそうだろうか。

メールに添付された遺書を見て以来、妙な後悔が度々、頭をかすめる。完全無欠に見えるお嬢だって、悩んでいたのかもしれない。それも、和田山と同じ悩み、女であることについて。生前、もっと親しく言葉を交わしていたら、分かり合えたのだろうか。

「高月馨のところに行って、話を聞いてきたんだよな？」

「はい。ただ、具体的な収穫はありませんでした。高月は高月で、この件を調べているようでしたけど」

「ふうん」赤シャツの袖をひらひらゆらしながら、明石は背伸びをした。「高月馨には定期的に接触しよう。彼女は彼女で、動いてくるはずだから」

煙草を吸い殻入れに押しつけながら言った。

「アリバイ確認はすんだか？」

「ああ、あれですね。本当に途方もない作業で、大変でしたよ。少々お待ちを」

和田山は喫煙室を出て記者クラブに戻り、書類ファイルを手に取り、すぐに喫煙室に戻ってきた。

「朝沼さんは議員宿舎の自室で死去しています。議員宿舎の正面玄関には警備員が常駐していて、訪問先の確認がないとエントランスから先に進めない。事件当夜、彼女を訪ねてきた人はいなかった。他殺だとすると、犯人は他の入居者か、その訪問客に限られる。と、ここまではいいですよね？」

和田山の言葉に、明石はうなずいた。

「議員宿舎は三百戸あります。全入居者と、事件当夜の訪問客のアリバイを調べろと、明石さんがおっしゃるので、笑っちゃうくらい大変でしたけど、調べました」

「偉いじゃん」明石が嬉しそうに言った。「お前はそういうところが偉いよ。人が嫌がる、地味で大変な仕事をちゃんとやる。偉い、偉い」

「褒められたって嬉しくないですよ。地味で大変だと思うなら手伝ってください」

明石は涼しい顔をしたまま黙っている。さっさと続きを報告しろということらしい。

「幸い、事件が起きた三月十八日は土曜日でした。多くの議員が地元に帰っていて、議員宿舎を不在にしていました。議員宿舎で夜を過ごした議員は五十八人に絞られました。配偶者は地元にいることが多いです。東京の大学に通う子女など、同居家族が四十五人いました。訪問客は二十六人。百人強の対象者から、強固なアリバイがある者を除外していきました。きちんとしたアリバイが確認できない人が、十五人います」

十五人の名前が並んだリストを差し出す。

「でも、ここから先は絞れていません」

「十分絞れてきたよ」

明石はうなずきながらリストを受け取った。

「でも、アリバイ確認なんて意味があるんですか。犯人は事前に毒を混入させておいて、時間差で朝沼さんが飲んだのかもしれませんよ」

和田山はやけっぱちに言った。あまりに面倒なアリバイ確認を終えて、あとはどうにでもなれという気分だった。

明石は大真面目な顔で首を横にふった。

「毒の事前混入はありえない。ワインボトルから毒物は検出されていない。グラスのほうに毒物が入れられたんだよ」

「事前に、グラスに毒を塗っておいたんじゃないですか」

「それは不可能だ」明石は即答した。「使用されたシアン化カリウムは空気に触れた瞬間から毒ガスを出す。異臭がすることもあるし、呼気からでも中毒になる。容器から取り出したらすぐに別のものに溶かす必要がある。つまり、赤ワインをグラスに注ぎ、朝沼さんがそれを飲むまでのあいだに、犯人は毒を入れた」

「何日も前にワインボトルを開けて、グラスに注ぎ、毒まで入れた状態で、数日放置していたのかもしれませんよ。朝沼さんが時間差でそれを飲んだ。普通はそんなことしませんが、忙しい政治家なら、ワイン入りのグラスをうっかり数日放置することはあるかもしれません」

ふふっと明石は得意げに笑った。

「俺は警察官僚に知り合いが多いからさ。追加で色々と調べてまわったわけ。朝沼さんが飲んだ赤ワインは、十五年物のヴィンテージ。朝沼さんが初当選した年につくられたものだ。数年前にもらって自宅のワインセラーで保管していた。事件があった三月十八日の午後五時、朝沼さんの部屋に立ち入った秘書が、未開封のワインボトルを確認している。澱(おり)をビンの底に落とすために、ワインセラーから出して立てておいてあったらしい。『あれ、このワイン、近々飲むのかな』と思って印象に残っていたそうだ。コルクも部屋の中から発見されている。三月十八日の午後五時以降に、朝沼さんの部屋でワインは開封されたとみていい。さあ、以上の情報から導き出される帰結は？」

明石の探偵めいた問いかけに辟易しながら、和田山は言った。

「ワインボトルを開封して、グラスに入れ、毒物を入れた。ワインボトルが開封されたのは午後五時以降。朝沼さんの死亡推定時刻は確か、午後十時から十二時でしたよね。つまり犯人は、三月十八日の午後五時から十二時のどこかで、議員宿舎にいた人間ということになる」

「そう。その時間帯に議員宿舎に出入りしていて、確固たるアリバイのない人間は？」

「このリストから、さらに八人に絞られます」

和田山はボールペンを取り出し、容疑者から除外された七人の名前の上に取り消し線を引いた。

「そしてほら」明石は嬉しそうに、残った八人のうち一人の名前を指さした。「容疑者の中に、三好顕造の名前がある」

喫煙室に沈黙が流れた。

和田山も頭の片隅で考えていたことだ。今朝、顕造の強固な態度に触れて、疑念が深まった。

「より正確に言えば、顕造は一応、アリバイを主張しています。彼は事件前日に地元に帰っています。翌十八日夜には宴会への出席が予定されていました。ところが、十八日の午前中に突然、宴会出席をキャンセルして、東京に舞い戻っている。派閥の後輩議員を訪ねる名目で議員宿舎にやってきた。後輩議員もその秘書も、もちろん顕造の秘書も、『事件当夜、顕造は後輩議員の部屋で酒を飲み明かした』と言い張っています」

「信用できるわけがないでしょ」と明石は一蹴した。「当日の動きが怪しすぎる。地元からわざわざ東京に戻ってきて、議員宿舎を訪ねてるんだぞ。後輩議員なんて、呼び出せばいいのに。やっぱり、顕造が殺したんじゃないの。動機は何なのか、知らないけど」

「自分でやりますかね。後輩議員のほうにもアリバイはありません。やらせたんじゃないですか」

和田山が言うと、明石は薄く笑った。

「人にやらせたとしたら、顕造が地元から帰ってくる必要がない。あのじいさんが自分でやったんだよ。犯人は朝沼さんの自宅にあがりこんでいる。顕造本人が訪ねてきたら、朝沼さんも自宅にあげないわけにはいかないだろう。何より、あのじいさんは昔から何でも自分でやりたがる。どうせ警察や検察は追及しきれないと踏んで、自分でやったんだろう」

確かに顕造は、自他ともに認める行動派である。秘書任せ、派閥の若手任せにしてしまう大御所が多いなかで、顕造は何かと自分でやりたがった。生来の出たがり、目立ちたがり、知りたがりと三拍子そろっている。根本的に他人を信用しておらず、すべてを自分でコントロールしたがる。どんどん首を突っ込んで自分の手柄にし、縄張りを拡大していく。

出しゃばりだが、そのぶん、きちんと責任をとるというのが、顕造のもっぱらの評判だ。

過去に顕造が名誉会長として名前を連ねた通販会社で、代表が逮捕されたことがある。誇大広告により消費者被害が多発していたらしい。

実態として、顕造は名前を貸していただけだっただろう。だが党内での批判が大きくなる前に「不正に気づかなかった私の責任だ」として、当時ついていた文科大臣職を自ら辞した。口を出し、手も出すが、最後は自分で責任をとる男。そのような印象がこの一件で強まり、結果として、党内での求心力も強まった。

「なるほど、顕造自身がかんでいるからこそ、社の上層部の動きが鈍いのか。圧力がかかっているのかもな。どうにか証拠をつかんで、あのじいさんを追いつめたいな」

朝の顕造の様子からすると、朝沼関連で探られたくない事情があるのは確かなようだ。だが客観的には、朝沼は自殺か他殺かもはっきりしない。仮に顕造が殺したとしても、そんなリスキーなことをするだけの動機が分からない。謎は深まるばかりだった。

「もうこんな調べもの、やめましょうよ。政治記者らしく、総裁選の行方を追いましょう」

「総裁選の行方も、もちろん追ってくれ。じゃ、引き続き頑張って」

和田山の肩をぽんと叩き、喫煙室を出ていった。

顕造に「おっぱい触っていい？」と言われたことも、明石に話していた。

だが明石は、顕造のセクハラについて一度も触れなかった。殺人容疑とセクハラとでは、事の軽重が異なるのは分かっている。だが一言くらい、和田山によりそう言葉をかけてくれてもいいのに。嫌なことを言われただけで、触られたわけじゃないからいいだろうとでも、思っているのだろうか。被害者の心がどれだけ凍るのか、想像がつかないのかもしれない。

男は仕事に集中できていいよなと、冷めた目で明石の背中を見送った。

3

B県の県庁所在地、駅のロータリーは人混みでごった返していた。世間はゴールデンウィーク最終日だ。キャリーケースを引く人々が、楽しげに行き交う。

その人波をぬうように、和田山は進んだ。

「タクシー乗り場はこっちです」

のろのろついてくる明石を振り返り、声を張りあげた。

タクシーに乗り込んで、ホテルの名前を告げる。

「さっすがー、和田山さん。このあたりに慣れてるねぇ」

ブリーフケースを膝に抱えて、明石が呑気に言った。

車の窓から見える景色はまぶしいほどに明るい。よく晴れた行楽日和だ。窓を少し開けると、心地よい風が吹き込んできた。

うぐいすがまだ鳴いている。のびやかな声色の中に、雀の鳴き声もまじって、あたり一帯の街路樹から鳥の合唱が聞こえるようだった。

春の粋をつめこんだような風景だ。

それなのに――何が楽しくて上司と出張しているのだろう。

自分の服装に視線を落とし、小さくため息をついた。いつもの灰色のパンツスーツだ。着替えを入れた大きなトートバッグを前に抱え、腕時計で時間ばかり気にしている。

この日は国民党県連主催の勉強会が開かれていた。勉強会のあとは、ホテルの宴会場で決起集会が執り行われる予定だ。

十月には、B県の衆議院小選挙区で補欠選挙が行われる。先日亡くなった朝沼侑子議員の空席を埋めるためのものだ。

朝沼の後任として、党は誰に公認を出すか。腹の探り合いが繰り広げられていた。県議会議員や市議会議員の中には、我こそはという者もいるだろう。国民党は一般向けの政治塾を定期開催している。塾生のうち目ぼしい者には、党の執行部から内々に話がいっているかもしれない。

それぞれに思惑と期待を抱いた者たちが「勉強会」という穏当な名目のもとに集い、党幹部に名前と顔を売る。

「まだ五時前ですから、乾杯の挨拶には間に合いそうです」

和田山が言うと、明石は大きく欠伸をした。

「乾杯とか、いいよおー」

ワインレッドのシルクシャツを腕まくりしながら、首をまわしている。

「どうせ、党のお偉いさんが、補欠選挙に向けて必勝の意気込みを語るだけでしょ？　俺たちの仕事は、そのずーっとあと、夜中の二次会、三次会だよ」

政治家のパーティは、冒頭と終盤で参加者の人数がガクッと落ちる。政治資金を寄付するため、顔を見せるためだけに参加する人は、冒頭にだけ顔を出し、主催者に挨拶をして、早々に帰ってしまう。

記者たちが仕事をするとしたら、そのあとだ。

狙いの政治家に付き添い、二次会、三次会と時間をともにするなかで、ぽろっと本音がもれることがある。本音をつかむためには、東京で行われるパーティに参加しているだけではダメだ。政治家が地方で行う講演会や勉強会にもついていく。「君、こんなところまで追ってきたのか」と驚かれて初めて、相手をしてもらえるようになる。

「で、今日は三好顕造がくるってのは、本当なんだろうな?」

明石が声をひそめて訊いた。

「はい。県連執行部にも確認してあります」

「わざわざ、自分の選挙区でもないところに応援でやってくる。選挙期間中でもない、候補者もまだ出ていない今の段階で、だぞ。これはやっぱり何かにおうな」

ホテル四階の宴会場フロアについたときには、ほとんどの参加者がすでに入室していた。来賓、ご招待、一般と三つ並んだ立て札のうち、一般の列に加わって受付をすませる。

会場内は一見して黒かった。九割がたが男性である。そのほぼ全員がダークスーツを着ていた。

そんななかで、ワインレッドのシルクシャツを腕まくりした格好の明石は、明らかに浮いていた。明石は気にするふうもなく、「こんちはー！　ちはっ」と調子よく頭をさげている。

参加者のほとんどが五十代以上に見えた。若い人はメディア関係者だ。服装の感じや動きかたから同種のにおいが感じられた。見知った顔もちらほらいる。会場の前方では、笑顔で立ちまわっている青山の姿があった。永田町で三好派担当をしている記者たちはあらかた、休日返上でB県に追いかけてきているようだった。

「それでは、これより国民党B県支部連合会、春の決起集会を開催いたします。ご来賓の三好顕造衆議院議員より、ご挨拶をお願いいたします」

県連職員のアナウンスにうながされ、着物姿の三好顕造が壇上に出てきた。不機嫌そうな表情の中で口元だけわずかに笑っている。

「えー、かの山本五十六（やまもといそろく）海軍大将は、『やってみせ、言って聞かせて、させてみせ、ほめてやらねば、人は動かじ』という言葉を残しております」

一拍おいて、会場内をぐるりと見まわす。

「私の場合、『やってみせ、言って聞かせず、やってみせ、ほめられずとも、俺がやったる』状態でして、年寄りにとって大事なひととき、春の休暇をなげうって、このような宴会に顔を出しているわけでございます」

顕造に気を遣うように、会場がどっとわいた。

「それはもう、そちらにいらっしゃる県連会長からお声をかけていただいたからですけれども」

会場前方の六十代後半と思（おぼ）しき男を、手で指し示す。周囲の人間が、冷やかすように男の肩を叩いた。永田町から三好顕造を呼んだとなれば、県連会長も鼻が高い。その功績にあえて触れ、県連会長の顔を立てるスピーチだ。

「とはいえ、こちらにお邪魔させていただいたのは、最終的には私自身、そうするべきだと思ったからです。政治とは決断し、行動すること。これは先代の三好憲臣から受け継いだ私の信念でございます。年をとったからといって、若者をあごで使うようではいけません。常に老兵が最前線に立って、自ら、足を動かす、手を動かす。その背中で語っていかなければならないのです……」

会場からは拍手が起こった。

「先日、B県の生んだ偉大な政治家、朝沼侑子君が大きな不幸に見舞われました。彼女の遺志を、次世代に引き継いでいかなければならない」

補欠選挙の話題に移り、「次世代」という言葉が出たことで、会場の空気は一転、張りつめたものになった。

突然できた空席に、県連では候補者を絞りきれていない。党執行部の指示を待っている状態だという。B県は伝統的に三好派が手中におさめてきた。つまり、補欠選挙で誰に公認を出すかは、三好顕造の意向にかかっていた。

巷では、息子の顕太郎をB県の補欠選挙に出すのではないかという憶測すら広がっていた。

顕太郎は参議院議員である。以前は、衆議院議員である顕造の地盤を、どこかのタイミングで顕太郎に譲るものだと、周囲の誰もが思っていた。ところが、八十を過ぎてなお顕造は息子に地盤を譲ろうとしない。生涯現役を旨とする顕造は、世代交代など思いもよらないのだろう。

　自分の地盤を譲らないかわりに、空席になった朝沼の地盤を引き継がせる魂胆ではないか。朝沼の婚約者だった顕太郎が立候補すれば、弔い選挙として同情票も見込める。顕造が顕太郎を推すとなると、もう誰にもとめられない。

　国政に出ることを夢見て、県議や市議として牙を磨いていた者、政治塾に通い詰めていた者たちからすると、将来の可能性が固く閉ざされることになる。顕造の一挙一動が気になって仕方ないはずだ。

　だが顕造はさりげないゆさぶりを入れつつも、国民党で確実に議席を確保するよう激励し、当たり障りなく挨拶を続けている。

　目の端で、見知った男をとらえた。

　会場の隅に三好顕太郎の秘書、金堂が立っていた。大学時代は相撲部だったという大男だ。和田山とは年が近いから、取材の前後で立ち話をすることが度々あった。

　近づいていって、頭をさげた。

「もしかして、顕太郎先生もいらっしゃっているんですか」

　金堂はかすかに笑っただけで答えない。図星なのだと分かった。顕太郎がこないなら、こないと即答できるはずだ。

「顕太郎先生とお会いすることは、できませんか？」

　ダメ元で訊いてみた。

「面会は一切、認めていません。申し訳ありませんが」

金堂はすげなく言った。

顕造が挨拶を終えて、壇上からおりた。出迎えるように、細身で長身の男が手をさしのべている。金堂はその男をまじまじと見ていた。

「あれ、あの人、三好先生のいつもの秘書じゃないですね」

「あれは井阪という男ですよ。山縣議員の秘書。手伝いに駆り出されているんです」

金堂の表情が硬いのが気になった。もともと朴訥(ぼくとつ)として、表情に乏しい男だ。けれども、今の金堂からは、神経を尖らせて何かを警戒したり、不安視したりする気配が感じられた。

「和田山さん、悪いことは言わないから、あの男には近づかないほうがいい」

そう言い残すと、金堂は会場を出ていった。

壇上では、お偉方の挨拶がずっと続いていた。県連会長、商工会議所の幹部、元国会議員、地元の造園会社の社長、日本舞踊の師範まで出てきて、たっぷり四十分間は誰かしらが壇上で話している。

その間、壁沿いの椅子に腰かけるもよし、飲み物を飲むもよし。慣れた者は挨拶が始まる前に食べ物を確保して、挨拶をＢＧＭに端のテーブル席で悠々と食している。

和田山は念のため、手にメモ帳とペンを握っていた。地方で行うスピーチでは、政治家の失言が飛び出すことも多い。会場にいるのは支援者ばかりだ。味方に囲まれているという安心感から気がゆるみ、会場をわかせようとサービス精神で強い言葉を使ってしまう。

横から肩を叩かれ、顔をあげた。

「俺、ちょっと出てくるわ」明石が声をひそめて言った。

「出てくるって、どこに？」

「行ってみたいところがあってさ」

「今からですか？」

腕時計を見ると、午後六時前だ。あと一時間もすれば日も落ちる。

「そうそう、実は前から、仕込みはしてあったんだ」

明石は照れくさそうにあごをかきながら言った。

「和田山さんは、三好顕造に張りついていてね。あいつ、きっと何かある。今日あたり、動いてくると思うから。いいか、どの記者よりも長く居残るようにしろよ」

「しかし、明日の午前中に東京で別件のアポがあります。最終の新幹線で帰らないと」

「今夜はそんなこと忘れろ。明日の朝一で帰ればいいんだ。いいか。何時までても三好に張りつけ。他の記者が最終の新幹線で東京に帰っても、和田山さんはB県に残って、話を聞いてこいよ」

やけに念押ししてくる明石を不審に思いながらも、「分かりました」と答えた。

和田山は普段なら、三次会に移る前に抜けて、最終の新幹線で東京に帰る。二次会までは普通の居酒屋やバーに行くが、三次会以降は女の子のいるクラブやキャバクラに移ることが多いからだ。女性の和田山にとっては居心地が悪い。他社の男性記者から「女性がいると雰囲気が壊れるから、正直、迷惑なんだよね」と言われたこともある。

「マジで頼むよ」

明石はやや時代遅れにきざな感じでウィンクを飛ばすと、颯爽と会場から出ていった。和田山は別の惑星の生き物を見るような気持ちで、その背中を見送った。

同じ記者でもこうも違うのかと痛感した。和田山はこれまで、出向くべきところに出向き、訊くべきことを訊く仕事しかしていない。そつのない仕事ぶりで、特オチをすることはなかった。人が嫌がる面倒な仕事も、頼まれれば引き受けた。だから評価がさがることはない。だが明石のように特ダネを追う執念は持ち合わせていなかった。

壇上では、補欠選挙必勝を誓って、三本締めが行われようとしている。

「それでは皆さん、お手を拝借——」

周囲のメディア関係者たちも、表情をゆるめて両手を構えた。

和田山は、手にしたメモ帳とペンを握り直した。

なんで新聞記者になったんだっけ。ふと、そんな疑問が頭に浮かんだ。

どうしても、周りに合わせて手拍子をすることができなかった。手拍子を聞きながら、身を固くして、焦点の合わぬ目で会場を見まわす。

誰もかれもが、思惑を持っている。公認を得たい。利権を獲得したい。特ダネをとりたい。それぞれの目的を果たすために他人を蹴落としてでも進もうとする。その中で一人、方向性を持たずに漂流している気分だった。

昔から目立たない子供だった。言われたことを淡々とやる。クラスで面倒なことを任されがちだった。真面目だったわけではない。他人の意向に歯向かうだけの勇気がなかった。

大学で新聞部に入ったのも、学籍番号の近い友人に誘われたからだ。

月一回発刊の小規模な学内新聞をつくった。学生や卒業生を取材して、彼らの取り組みを記事にした。それが妙に、和田山の性に合った。

自分自身に積極性がないぶん、何かに挑戦している人、使命を背負っている人に魅かれたのかもしれない。メディアは人と人をつなぐものだ。誰かの話を他の誰かに届ける。無個性な自分だからこそ、人と人の媒体になれる。そう思うとホッとした。身の置き所を見つけられた気がした。

ところがいざ新聞社に就職すると、思いのほか、上昇志向と出世欲のうずまく世界で、面食らった。話し好きで社交的な人間が多く、皆が人事に敏感だった。そんな環境で、和田山はさらに引っ込み思案になった。

政治部に配属希望を出したわけではない。

生活部、文化部、医療部の順で希望を出していた。新聞の頁(ページ)でいうと後ろのほうに載っている記事の担当である。急にスクープが飛び込んでくることも少なく、生活と仕事のバランスをとりやすいイメージがあった。企画記事の連載をもって、取材と執筆にじっくり取り組むのも楽しいだろうと思った。

それなのに、どうして政治部に配属されたのだろう。

花形と見られることもあるが、その実、激務中の激務で、配属を嫌がる社員も多い。だが和田山には、配属を嫌って転職するだけの勇気もなかった。指示されたことは、仕方なくでもこなす。習い性だった。

だが政治部に配属されて、良かったこともある。

まったく男っけのない人生の中で、胸がきゅっとしめつけられたり、身体の中心に火がともるような温もりを感じたりして、新しい感覚を味わうことになった。けれども、このことは誰にも言えない。自分だけの秘密にしておきたかった。

来賓たちの挨拶が終わると、あとは歓談の場である。

視界の端で、青山が走りまわっているのが見えた。若くて美人でガッツがあるから、中高年男性からのウケもいい。新情報をたんまり仕入れて東京に帰るのだろう。

和田山はまさに壁の花だった。顕造にかたちばかりの挨拶をすませると、他に話すべき人もいない。

慌ただしく、一人の中年女性が会場に入ってくるのが見えた。ベージュのパンツに紺色のジャケットを合わせて、すらりとした背格好だ。

「やあ、間橋(まはし)さん」と県議の一人が話しかけた。「O市議会はどうですか」

「おかげさまでなんとか。今年は予算もすんなりまとまりそうですけど、やっぱりインフレが気になります。物価があがって、市民からの相談事も増えているんです」

人の良さそうな丸顔に笑みを浮かべながら、快活に受け答えしている。その面差しに見覚えがあった。

間橋みゆきだ。

元地方局アナウンサーで、O市の市議会議員だ。先の市議会選ではトップ当選を果たしている。年齢は三十代後半と、まだ若い。市民からの好感度が高く、仕事も早いらしく、誰に聞いても評判がいい。

そういう女性を目の前にすると、和田山は必要以上に気後れしてしまう。憧れるとか、なりたいと思うわけではない。ただ、遠い、と思う。自分にないものをすべて持っているようでうらやましい。朝沼に対しても同じような感情を抱いていたことを思い出す。

あの間橋という女性にも、悩みがあるのだろうか。きっとそれは、和田山の抱えたじめじめした気持ちとは次元が異なる。もっとまっとうな何かだろう。

会場内は、数人ごとのグループに分かれて談笑していた。和田山だって、県連関係者や地方議員に挨拶をして、顔を売ってもいい。だがこのような大人数の宴会で名刺を交換したくらいで食い込める相手でもない。二次会、三次会に移動してからが勝負だった。時間が過ぎるのを、宴会場の端でじりじりと待った。

そのとき、宴会場の入り口でどよめきが起きた。

人だかりが割れたところから、姿を現した者がいる。

三好顕太郎だった。

胸の高鳴りとともに、その姿を目で追う。いつもよりやや光沢のあるグレーのスーツを着ている。宝塚の男役のように、クリーンな華やかさが放たれていた。

考える間もなく、和田山は飛び出し、顕太郎のもとに駆けよった。

目が合った、と思う。顕太郎はいつになく、和田山の顔をじっと見た。困惑して、和田山から視線を外した。

他の記者たちも一歩遅れて顕太郎を囲む。

「本日はどうされたのですか？」

青山が口火を切った。

「父の応援にまいりました」

顕太郎は落ち着いた調子で答えた。にこやかな笑みを浮かべている。

「ゴールデンウィークはどのように過ごされましたか」「ゴルフのスコアはいかがでしたか」「来月の閉会に向けて審議も大詰めですが――」と当たり障りのない会話と質問が続く。

顕太郎は歩みをとめず、壇上へ向かっていった。

じりじりと焦るような空気が記者たちの間に広がる。青山がこちらを見て、肘で小突いてきた。

あの質問をしろ、という意味だ。

他の記者たちの視線も和田山に集まる。

今すぐにでもここから逃げ出したい気分だった。人の視線を集めるのは嫌だ。しかも、損な役回りを押しつけられて。

だが迷う暇はなかった。

「顕太郎さん、B県の補欠選挙に出馬する意向はありますか?」

ずばり、和田山は訊いた。

顕太郎は一瞬ムッとした表情を浮かべるだけで、答えない。これでビビッていては記者はつとまらない。胃が痛むのを感じながらも、質問を続けた。

「わざわざ休暇を使って、決起集会に顔を出す。立候補に向けて相当な意気込みがあると見てよいですか?」

「父の応援です」

顕太郎はこちらをじっと見すえて、冷たく答えた。

胸がしめつけられるようだった。

多くの記者は、取材対象者に嫌われたくない。気に入られたほうが取材がスムーズだ。だが相手にとって都合の悪いことを尋ねなければならない場面もある。そういうときは、他の記者がその質問をしてくれないか、と期待するものだ。その役割はたいてい、一番気が弱く、断れないタイプの人間にまわってくる。

青山がもう一度、肘で和田山を小突く。

あの質問もしろ、という意味だと分かった。

深呼吸をして、口を開く。

「朝沼さんの死去について、一言お願いします」

顕太郎はあからさまに嫌な顔をして、その場を離れた。

ひな壇近くの県連会長に挨拶をし、顕造に頭をさげる。壇上に登って短く挨拶をすると、すっと裏口に消えた。そのまま東京へとんぼ返りするのだろう。

「ハァー」

人目もはばからず、和田山はため息をついた。

脇から青山がポンポンと肩を叩き、「怜奈ちゃん、ナイス質問だったよ！」と声をかけてくる。

応える気力もなく、その場を離れ、隅の席に腰かけた。

会場のどこかで拍手が起きるのが聞こえた。

顔を両手できゅっと押さえて、立ちあがる。腕時計を見るとほんの数分座っていただけだ。

深呼吸をして、目頭を指の腹で押した。まだまだ夜は長い。人だかりができているところに歩いていった。

4

顕造は十数名の記者を引き連れて、地元の日本酒居酒屋に入った。行きつけらしく、顕造のために個室が用意してあった。

本人はほどほどにしか酒を飲まないが、とにかくよく、周囲に酒を勧める。顕造にお酌をされて断れる記者はいない。皆、恐縮しきった様子で酒を飲み続けた。

会話はほとんどが自慢話と愚痴である。あの議員がこう言った、ああ言った。俺は言ってやった。話を通しておいた。あの件は俺が動いたんだ。

記事にできるほどの内容も信ぴょう性もない。記者たちは適当に質問を挟み入れながら、聞き役に回るしかない。

ところどころで、顕造特有の政治観や政局観が飛び出すこともある。顕造についたばかりの若手記者は興味深そうに話を聞いていた。だが何年も担当している記者たちからすると、何度も聞いた話だ。けれども「それ、前も聞きました」と口を挟めるはずもない。

次第に視界が狭まり、人の顔があいまいになってくる。和田山は酒に強いほうだが、周囲のピッチが速いせいで、少し酔いがまわってきたようだ。吐き気が込みあげるのを感じて、お手洗いに立った。

化粧室の個室できれいに吐くのは得意だ。三十をすぎて誇れる特技でもないが、仕事のうえではアドバンテージになった。

ややすっきりした気持ちで個室から出ると、手洗い場に見知った顔がいた。

「えっ、高月先生？」

衆議院議員の高月馨が、洗面台で手を洗っている。ベージュのパンツスーツに丸眼鏡をかけ、いつも通りのスタイルだ。

「なんでお化けを見たみたいな顔してるのよ」

高月はハンカチで手をふきながら言った。リボンがついたピンク色のハンカチである。意外な少女趣味に驚く。

「先生の地元はA県ですよね。どうしてこちら、B県に？」

化粧室内の個室を見まわしながら訊いた。二人以外に人はいない。

「補欠選挙よ」

高月は顔をしかめた。

「お嬢の議席が空いたでしょ。うちの党としても一応、候補者を出すわけ。それでさ、このあいだ、私、国対副委員長を辞任したでしょ」

高月は朝沼の死の直前、朝沼と言い争ったことについて、遺族に謝罪していた。そのうえで、国対副委員長を辞任したのだった。

「かわりに、女性活躍推進本部長という役職を拝命したのだけど、これがもう、ほんっとーに、しょーもない部署でね。党内のセクハラ、マタハラ、育児との両立云々。女のことは全部、女でやってくれ、俺たちは知らんっていう、そういう差配なわけ。達成目標だけ押しつけてきてさあ。女性議員を増やせってのもそのお題目の一つ。それで――」

「なるほど」

先が読めた和田山は思わず口を挟んだ。

「補欠選挙で女性候補者を擁立して、当選させろと指示されているのですね」

「そうなのよ」高月は大きくうなずいた。「B県連と候補者擁立の打ち合わせをするために、わざわざ出向いたわけ。でもほんと、やってらんない。予算もさ、応援の人員もさ、たいして出してくれないくせに、無茶ばっかり。憤慨しちゃうわ」

高月は口を尖らせた。

その表情がおかしくて、和田山は吹き出しそうになった。「憤慨しています！」と吠えるイメージが強かったが、「憤慨しちゃうわ」と愚痴をもらすパターンもあるとは知らなかった。

「だいたいさー、B県って、ずーっと国民党が強いじゃない？　今回だって顕太郎が出馬するっていう噂もあるし。そんなの、どう頑張ったって、野党が勝てるわけないじゃん。負け戦だと分かっててさ、正攻法だと無理だからって、女性候補者を立ててみようって発想がさ、おかしいよね。男だと負けると可哀想だけど、女なら負けても当然なんだし、一か八か、やってみよう的な？　ほんと、腹立つのよねえ」

ハツラツと語ってくるから元気そうに見える。

けれども、高月が苦境に立たされているのは確かだ。

自身の肝いりだった「性同一性障害特例法」の改正案は潰され、不本意な謝罪に追い込まれた。責任をとるかたちで、敗色濃厚な選挙区の旗振り役を任されている。もしまんまと敗北を喫したら、その責任を問われてさらに閑職に追いやられる。不遇の連鎖から抜け出せない。

「そうだ、朝沼さんの件、何か分かった？」

高月は和田山の目をじっと見て言った。

顕造が殺害したのではないかと疑っている、とは言えなかった。怪しいというだけで、物的な証拠があるわけでもない。だからこそ、警察も自殺と処理したのだろう。

「何か隠してるね？」高月は薄く笑った。「いいのよ。でもこの世界はギブアンドテイクでしょ。和田山さんが何も教えてくれないなら、私だって何も教えられないよ」

「高月先生は、何か新しい情報をつかんだんですか」

ふふっと高月は笑った。

「顕太郎とのパイプを得た。彼と連絡をとりあって、情報のやりとりをしている」

「え、顕太郎とですか？」声が裏返った。「だって彼、今は誰とも面会しないって」

「やりようはあるのよ。政治力学ってやつ？　永田町にできたほころびをいじくって、鉄砲玉みたいに人を動かして、無理を通して。脅しすかして、どうにかこうにか、渡りをつけた」

「本当ですか」

「本当よ。今だって、顕太郎はあそこの個室にいるわよ」

高月は化粧室の外を指さした。

和田山は絶句した。この店に顕太郎がいる。しかも高月は個人的に話しているらしい。

東京だとあまりないが、地方だと、複数の政治家が同じ店を使うことがあるのだろう。個室で仕切られているし、動線も分かれている。女子化粧室でばったり顔を合わせる事態は予想外だった。

「じゃ、私、行くからー！」

張りのある声で高月は言うと、歩き出した。

「ちょっと、待ってください」慌てて背中に声をかけた。「私も顕太郎に会わせてください」

「それは無理よ。だいたい、和田山さんにだって別の取材対象者がいるでしょう。顕太郎を追いかけている場合じゃないでしょ」

それはそうだった。顕造に張りついておけと、明石からは重々言い含められている。

「互いの利益になる情報を、融通してあげることはできるけど。でも和田山さんの協力次第かな。私ばっかり使われるのは嫌だもん」

深呼吸をすると、和田山は口を開き、すらすらと八人の名前をあげた。

「事件当夜、議員宿舎にいて、アリバイのなかった人たちです」

高月は目を丸くした。

「これってどうやって？　警察からのリーク？」

「いえ、私が地道に調べました」

ひゅうっ、と息をのむ音がした。「マジかあ。あなた、やるねえ」

「これと釣り合うような情報を頂ければ、追加でこちらも情報をお出しします」

高月の目に思案の色が浮かんでいる。何を考えているのか想像がついた。

容疑者の中に、顕造の名前が含まれているのが気になるのだ。高月から情報を引き出せると確信した。

「釣り合うかは分からないけど。和田山さんは以前、顕太郎の学歴詐称疑惑を追っていたよね？」

「三好派担当の記者なら、全員追っているでしょうね」

顕太郎は六歳のとき、母と姉、双子の妹とともにサンフランシスコに引っ越している。これからの政治家には語学力が必須だという父・顕造の意向があったらしい。

顕太郎は当初、現地の公立小学校に通っていた。ちょうどその頃、サンフランシスコで起きたロマプリータ地震による火災で、妹の由香利（ゆかり）を亡くしている。その影響かどうか分からないが、ほどなく顕太郎は私立ウエストバレーアカデミーに転校した。小中高一貫の全寮制学校だが、顕太郎は例外的に自宅通学が許されていた。政治家の子息であることが影響したのだろうか。学校の行事にもあまり参加しておらず、彼のアメリカ滞在中の写真はほとんど見つかっていない。

そのせいで、本当は大学を卒業していないのではないかと疑われることがあった。顕太郎は卒業証書を公開していたが、それすら偽造ではないかと騒がれる始末だった。

囲み取材では例のごとく、嫌な役回りが押しつけられた。学歴詐称に関する質問を繰り返した。そのたびに顕太郎に顔をしかめられたものだ。

「大学生の頃の顕太郎の写真、本人に頼み込んで、一枚だけ入手したわよ。ほしい？」

高月はスマートフォンをかざした。

ハツラツとした青年が二人、肩を組んでいる。そのうち一人が顕太郎だった。今より若々しいが、面影はそのままだ。

喉から手が出るほどほしい写真だった。現在は朝沼の死によって、学歴詐称問題の存在感は薄まっている。だがいずれ疑惑は再浮上する。この写真は有力な証拠、あるいは交渉材料となりえた。

「データでお持ちなんですか。今すぐ送ってください」

メールを受領したのを確認してから、和田山は再び口を開いた。事件当日の顕造の不自然な動きを説明した。

高月はすっと、暗い目になった。「なるほど。そういうことか」

重苦しい空気が化粧室に流れた。

朝沼は婚約者の父に殺された——のだとすると。その無念はいかほどか。時の権力者が相手だと、警察や検察の動きも鈍い。証拠が不十分だと立件に向けて動けないだろう。

「こんなの、あんまりだよ。お嬢が報われない。どうにかならないの？」

高月の声が震えていて、驚いた。高月と朝沼は対立ばかりが報じられていた。近年は、性同一性障害特例法の改正に向けて手を組んでいたはずだが、それでも二人の不仲を冷やかすような報道は多かった。

「証拠がありません。自殺の可能性だって否定できない。顕造の動きが怪しいというだけですから、何も断定できないですよ」

たしなめるように言いながらも、脳裏には、口元を歪めて笑う顕造の顔が浮かんでいた。戦後日本の政治のど真ん中を歩いてきた、典型的な男性政治家だ。権力を振りかざし、我を通して、仲間内で利権を分け合う。自分たちが何を踏みつけているのか、意識をすることもない。

打ち倒さなくてはならない、と唐突に思った。

踏みつけられるのはもう嫌だった。

「私は顕造に張りついて、調べを続けます。顕太郎サイドで何か分かったら、共有してください」

高月はうなずいた。

連れ立って化粧室を出ると、廊下に高月の秘書、沢村がすっくと立っていた。その片手に胃腸薬の箱が握られている。

箱から個包装を一つ出して、抑揚のない声で「どうぞ」と高月に手渡す。

「サンキュ」と受け取った高月は、すたすたと別の個室へ続く廊下を歩いていった。

沢村はその背中をちらりと見て、和田山に視線を戻した。

もう一度胃腸薬の箱に手を入れ、個包装を一つ、無言で差し出した。

「あ、どうも」

和田山が頭をさげると、沢村も一礼して、やはり無言のまま去っていった。

戸惑いながらも和田山は一度化粧室に戻り、洗面台の水で胃腸薬を飲んだ。

顕造たちのいる個室に戻り、一時間ほど経ったところで、二次会はお開きになった。

三次会として、会員制クラブに移る。十数人いた記者たちは八人になった。さらに三十分ほど経ったところで、五人の記者が離脱した。最終の新幹線で東京に帰るらしい。明石が予想した通りの展開だった。

和田山も帰りたい気持ちは重々あった。明日午前中には東京に戻って別件の取材をしなければならない。朝イチの新幹線に乗って、慌ただしく取材場所に向かうことになるだろう。明日は一日、睡眠不足と二日酔いで、頭痛や吐き気に見舞われるはずだ。想像するだけでゲンナリした。

だが、立ち去るわけにはいかなかった。

ソファ席の中央に顕造が座り、その両脇に男性記者が一人ずつ座る。顕造の正面のスツールに和田山が腰かけた。少し離れたスツールには、宴会場にもいた井阪という男が黙って座っていた。五人の女の子がやってきて、客と客の間に座った。和田山についた女の子は気まずそうだった。

酒が入り、女の子に囲まれ、顕造の口は次第に軽くなった。笑えない下ネタが次々と飛び出し、唐突に右隣の女の子に対して、

「ねえ、おっぱい触っていい？」

と言った。

その言葉を聞いて、和田山は胸が凍った。同時に、腑に落ちる感覚もあった。

顕造にとって若い女性は皆、飲み屋の女の子と同じなのだ。彼女たちが一番身近だし、それ以外のからみかたを覚える必要がない。だから和田山にも、自然とそう対応する。

「先生、ダメですよー」

女の子は優しくいなした。顕造の膝に手をあてて、ボディタッチをしながらも少しだけ距離

をとる。

「減るもんじゃないだろ」

とぼやきつつ、顕造は左隣の女の子を見て、

「なあ、おっぱい、触っていいだろ？」

とからむ。

女の子は慣れた様子で「高くつきますよー？」と微笑んだ。

顕造はフフッと笑って、表情を柔らかくした。「まあ、いいけどさ」

何も本当に胸を触りたいわけじゃないのだ。そりゃもちろん、触らせてくれるなら触るだろうが、それが真の目的ではない。男女間の性的な言葉遊びをしたいだけ。大人なんだから、そのくらいの言葉遊びは上手に受け答えしてくれよ、とでも思っているかもしれない。

顕造がニヤニヤしながら、和田山を指さした。

「そこのねーちゃんにさ。触らせてくれよ、減るもんじゃないだろって言ったら、声を裏返してさ、『減ります、減るんですよ』ってさ。俺、新聞に色々、書かれちゃうのかなあ」

愚痴るように女の子に言った。

女の子は明るい表情のまま「そりゃ、減りますよ。先生、書かれちゃえばいいんだわ」と応える。

「ハハハ」顕造は上機嫌に笑った。

行きつけの店らしく、女の子たちもあしらいがうまい。

その間、二人の男性記者は目を伏せたまま、一言も発しない。

やはり、誰も守ってくれないんだな、と思った。冷たい塊が胃の奥に沈むようだった。

男は男の話しか聞かない。男の人が何か一言でも言ってくれたら、相手は変わるかもしれない。少なくとも、こちらは救われた気持ちになる。だが大多数の男性にとって、この手の話題は触れたくないものなのだろう。

身体の前で手を組み、うつむく。腹の感触を手で感じたとき、ふと、先ほど飲んだ胃腸薬のことを思い出した。沢村はあれをどんな気持ちで渡してきたのだろう。化粧室に駆け込む和田山の姿を見ていたのかもしれない。

薬なんて気休め程度のものだと分かっている。それでも、自分は一人ではないんだとしみじみ思った。身体の芯から、気持ちが引き締まるのを感じた。

「三好先生」和田山は声をかけた。「私、自分より酒が強い人が好きなんですよ。私より飲めるなら、考えてあげてもよかったんですけど」

その言葉を聞いて、顕造は一瞬ハッとした表情をしたが、すぐに頬をゆるめた。

「だって君はザルじゃないか。俺に勝ち目はないでしょうがあー」

と言いつつも、高い酒を頼み、飲むピッチを速めた。

和田山の隣に座った女の子が、酒をつくりながら、和田山を見て微笑んだ。こちらも微笑み返す。和田山にまわってきたグラスの酒は、明らかに薄かった。おそらく顕造の酒は濃い目につくっているだろう。妙な共犯関係にある気分だった。

一時間もしないうちに、顕造は相当に酔っぱらった。

井阪に言いつけて、消化促進を助ける錠剤と服薬補助ゼリーを持ってこさせ、飲み込んだ。だが今更薬を飲んだところで焼け石に水である。真っ赤だった顔が青紫色になり、呂律もまわらなくなってきた。

間違えたのか、わざとなのか、和田山のグラスを持って飲み干すことすらあった。

そしてスイッチが入ったように、急に真面目な話を始めた。

「今度の総裁選、君たちはどう見るか」

すわった目で、記者たちの顔を見まわす。いやが上にも期待感は高まった。二人の男性記者たちも前のめりになって顕造を見つめ返している。

「陽三会からは極右の武田と小笠原が出るだろう。中道保守の紅雪会からはおそらく鷲山が出る。こいつら三人が大本命だな。あとは泡沫候補がなんとか推薦人を集めて、二人か三人くらい出るかもしれない。が、こいつらは無視していい。強いて言うなら、票割れの面で影響を与えるかもしれないが、まあ、大局に影響はない。武田、小笠原、鷲山の三人で、どう票を固めていくか」

「三好派は誰を推すんです？」

こらえきれなくなったらしい男性記者が尋ねた。

「誰を推すかだと？」

顕造は急に大きな声を出した。顔は気色ばんでいる。ゆらゆらゆれながら、男性記者の肩を叩き、吠えた。

「言うわけねえだろうが。馬鹿たれ！」

実に嬉しそうに、顔を歪めている。記者の期待をあおるだけあおって、鼻先で扉を閉める。失望する記者の顔を見て笑う。そういう遊びをしているのだ。

「ちょっと、便所」と言って、顕造は店の奥に消えた。井阪が慌てた様子で後を追う。

「三好先生、ちょっと飲みすぎじゃない？　顔色が悪かったけど」

和田山が言った。飲み屋の女の子たちは一斉にうなずいた。

顕造の右隣に座っていた女の子が席を立った。和田山の背後で黒服の男に向かってつぶやくのが聞こえた。

「先生の口から変なにおいがする。私も気分が悪くなってきた。飲みすぎたかな」

かすかな違和感が胸を走った。

その瞬間、店の奥から、井阪が走り出してきた。

「救急車！　早く救急車を呼んでください」

店内は騒然とした。

和田山はとっさに、トイレに向かって走った。

半開きになった扉の先に、顕造がうずくまっていた。とろんとした目の中で、黒目がやたらと大きい。瞳孔が散大しているのだ。

トイレの隅で背を丸める姿は、普段よりずっと小さく見えた。年相応の老人、しかも命の炎が消えかかった老人である。

「お前……」かすれた声で顕造が言った。「お前だな」

「先生、今、救急車がきます。もう少しの辛抱です」

和田山は身をかがめ、顕造の背中をさすった。

「お前がやったんだな。自分のグラスに毒を入れて、俺に飲ませたんだろう。お前は朝沼とグルだったのか。お前たちは、そんなに俺を殺したいのか。俺はまだ死にたくない。やり残したことがいっぱいあるんだ。お前のことは、絶対に許さないぞ。化けて出てやる。末代まで呪って、地獄を見せてやる」

呪詛のような言葉をつぶやいている。何のことか、見当がつかなかった。だがみるみるうちに黒ずんでいく顕造の顔を見ていると、尋常ならざることが起きているのは分かる。

「助けてくれ。おい、助けてくれ。まだ死にたくないんだ。助けてくれたら、何でもする。金をやる。議席でも土地でも何でも。やりたいことがたくさんあるんだよ。俺は死にたくない」

「今は話しちゃいけません。救急車がきますから」

顕造のそばにいると、和田山まで頭痛に襲われてきた。ヤバいな、と思うと同時に、事態を把握した。

十分もしないうちに救急車が到着した。救急隊員に向かって、とっさに言った。

「シアン化カリウムによる中毒かもしれません。なるべく早く、解毒剤の投与を。ここにいる人たちも、呼気から二次被害を受けているかもしれない。私もちょっと気分が悪い……」

意識はもうろうとしていた。あとから到着した別の救急車に乗って、病院に運ばれたようだ。慌ただしく行き交う人の足音が耳の底に響いていた。

5

翌朝、救急病棟のベッドで目が覚めた。

身体が重く、吐き気がした。だがそれ以外は何ともない。むしろよく寝たことで、いつになく頭ははっきりしていた。

軽いシアン中毒に陥っていたが、早期に治療したことで大事に至らなかったらしい。吐き気がひどいなら大事をとって数日入院してもいいが、元気なら退院してくれと言われた。和田山はすぐに荷物をまとめて病室を出た。

廊下の先に、赤いシャツをゆらしながら走ってくる男が見えた。明石である。

「おい、大丈夫か！」

周りが振り返るような大声だった。

「ねえっ、大丈夫？　なんで普通に歩いてるの？　ヤバいでしょ！　ねえ」

「静かにしてください。病院ですよ」

と言って、廊下の脇の面会室に連れ込んだ。

「大丈夫ですよ。呼気を少し吸っただけ。もう帰っていいそうです。慢性的な睡眠不足が解消されて、むしろ元気です。今何時ですか？　九時半？　東京でアポが一件あったんですが、バラさなくちゃいけませんね」

和田山はスマートフォンを取り出した。その手を明石がそっと押さえた。

「そっちは大丈夫。俺が連絡しておいたから。それよりなんでお前、そんなに冷静なの？　死にかけたんだよ？」

「死にかけた？　それほど重篤な状態ではなかったんですけど」

ふと改めて、昨晩起きたことを思い出した。トイレの隅でうずくまった顕造の顔が、みるみるうちに青黒くなっていった。

「三好顕造は？　どうなったんですか」

「あいつも一命をとりとめた。店の女の子があと二人、体調不良を訴えていたが、そっちも大丈夫。和田山さんのおかげだよ。シアン化カリウムによる中毒の可能性があると救急隊員に伝えたんでしょ。それで早々に、解毒剤を準備できた。あと十分も処置が遅れていたら、三好顕造の命はなかった」

「なるほど。死者が出なかったのはよかったですね」

大きく息を吐いて、面会室の窓から外の緑を見た。朝日を浴びてきらきらと輝いている。妙に美しく見えた。

顕造が一命をとりとめたことに、心から安堵していた。

青黒い顔で、死にたくないと繰り返し言っていた。心底軽蔑する相手であっても、目の前で死なれると寝覚めが悪い。

「あんなセクハラおやじ、助けなくてもよかったのに」

明石が独り言のように言った。

驚いてその顔をまじまじと見た。「セクハラのこと、覚えていたんですね」

「そりゃあ一応、頭には入っている。和田山さんが顕造を嫌っていることも。というか、顕造の相手をするのは誰だって嫌なんだ。顕造担当になった若手記者はみんなやめてしまう。和田山さんが三年続いているのは奇跡だよ」

「奇跡というか、私の忍耐のたまものだと思うんですけど」

こちらの嫌味を受け流し、明石は訊いた。

「なんでシアン化カリウムだと分かったんだ？」

「確証はありませんでしたが。三好の口から異臭がしたらしいこと、近くにいた女の子の体調がすぐれないこと、顕造の顔が青紫色になり、徐々に黒ずんで見えたことから、もしやと思ったんです。それに、倒れた三好は私が毒を盛ったと疑っているようでした。『自分のグラスに毒を入れて、俺に飲ませたんだろう。お前は朝沼とグルだったのか。お前たちは、そんなに俺を殺したいのか』と。事情は分かりませんが、毒、朝沼という言葉を聞いて、もしや、朝沼さんの死因と同じ、シアン化カリウム中毒かもと思いました」

「待てよ。顕造は突然の体調不良に見舞われた。とっさに毒が原因だと分かった。しかも和田山さんが毒を盛ったと考えた。『朝沼とグル』『そんなに俺を殺したいのか』と言ったんだよな？　それってつまり」

和田山は渋い顔でうなずいた。

「過去に、朝沼さんは顕造を殺そうとしたことがある。そう考えるほかありません。しかも、すぐに毒が原因だと思い至ったことからすると、朝沼さんは毒殺を試みたのでしょう。顕造もそれを知っていた、と考えられる」

「朝沼は確か、日本果樹園連合会の関係者を通じて、シアン化カリウムを入手していたよな。自殺するために毒を入手したと考えられていたが、もしかして、顕造を殺すために毒を手に入れたのか」

昨晩は人命救助が先立って、深く考える余裕がなかった。だが改めて考えると、とんでもない発見だった。

朝沼が顕造を殺そうとしていた。だが結局、朝沼自身が死んでいる。

一体何があったのだろう。

「考えても仕方ないですね」

自分に言い聞かせるように言った。

面会室にかかった時計が、じりじりと針を進めている。

「分からないことはどうしようもない。私は仕事に戻ります。東京に戻って――」

「お前、ここに残れ」明石が顔をあげて言った。「体調不良でも何でも訴えて、あと何日か入院させてもらえ。顕造の病室を特定し、接触するんだ。特ダネをとってこい」

「ええっ？　この期に及んで特ダネ？」

和田山は絶句した。

「だってお前、元気なんだろう。それなら働いてもらう。今は千載一遇のチャンスだよ。どの報道機関も顕造に接触できない。でも入院中のお前なら可能性がある。しかも今、顕造は弱っている。お前は顕造の命の恩人だ。今特ダネがとれなかったら、いつとれるってんだ」

あぜんとして明石を見つめ返した。

「俺も毎日、お前の見舞いにくる。そのついでに、病院内を探ってみるから」

狙いはそこだったかと腹に落ちた。明石は何としてでも病院に出入りしたい。目の前にぶら下がる特ダネのにおいに、いてもたってもいられないのだ。

「分かりましたよ」和田山はため息をついた。「吐き気がするのは事実ですから、仮病というわけでもありません。大事をとることにします」


明石の読みは恐ろしいほどに当たった。

翌日には、メディア各社が三好顕造入院のニュースを報じた。原因は不明とされているが、飲み屋にいたスタッフや他の客から、現場の状況は伝わっているはずだ。事件の可能性があると踏んで、病院の周りにも取材陣がきているらしい。病院外観を写した写真が出まわっている。

当然のごとく、顕造本人は取材を拒否し、病院側も取材陣の立ち入りを禁じた。

その一部始終を、和田山は病室でスマートフォン越しに知った。同じ病院にいるからといって、顕造に接触できるわけでもない。当然ながら、病室も分からなかった。

「そうそう都合よく進むわけがないでしょ」

苦笑しながら独り言をもらした瞬間、病室の扉が開いた。看護師が入ってきて、

「三好顕造さんがどうしてもあなたと話したいとおっしゃっているんですが、こちらに通してもいいですか」

と言った。タイミングのよさ、あるいは悪さに戦慄した。

四人部屋だったが、二床しか埋まっていない。しかも同室の入院患者は検査に出ている。

「三好さんは個室ですか？　私が三好さんの病室に出向いてもいいでしょうか」

尋ねると、看護師は安堵したような笑みを浮かべた。

「助かります。三好さん、大騒ぎしてうるさくって。病院長を脅すようなことも言うし、逆に望みを叶えてくれたら便宜を図るようなことも口にする。政治家って人たちは、大声で要求すれば、何でも通ると思ってるんですかね」

点滴の管を腕に刺した状態で、和田山は顕造の病室を訪ねた。

ひときわ広い角部屋だった。ベッドに横たわる老人は、枯れ木のようにか細く見えた。

一歩離れたところにスツールをおいて座った。顕造が暴れても逃げられるようにするためだ。

救急搬送前、顕造は和田山に対して恨みごとを言っていた。こうして呼びつけたのも、にらみをきかすための可能性があった。

「毒を盛ったのは、お前なのか？」

しわがれた声で顕造は言った。

「違います。あなたは確かに、私のグラスに口をつけました。だけど、あなたが私のグラスに手を伸ばすなんて、私には予測できない。自分のグラスに毒を入れておくことはできませんよ」

「ふむ、そうだよな」顕造はうなずいた。

思いのほか素直な反応に、驚きを隠せなかった。

「警察がやってきた。毒は、服薬補助ゼリーに入っていたらしい。つまり一番怪しいのは、あの場にいた井阪という男だ」

「井阪？」

「俺に薬と服薬ゼリーを渡したやつだよ」

宴会場にも、飲み屋にもいた、痩せた長身の男だ。

顕太郎の秘書、金堂が井阪に警戒の目を向けていた。「あの男には近づかないほうがいい」とも言っていた。秘書同士は特有の人間関係がある。金堂には井阪に不審の目を向けるだけの理由があったのかもしれない。

「井阪は、山縣という議員の秘書だよ。昨日は手伝いにきていた。井阪の五歳の娘は重い心臓病にかかっているらしい。それで金が必要なんだと。俺のところにも金の無心にきたことがある。すげなく断ったから、俺を恨んでるに違いない。もっと警戒しておけばよかった」

怒鳴りつけるような勢いで、顕造は話し続けた。

「おい、お前！　和田山だったけか」

顕造に名前を覚えられていたことに驚いた。こちらは当然名乗っているが、顕造についてからの三年間で名前を呼ばれたことは一度もなかった。

「医者から聞いたんだが、お前のおかげで俺は命拾いしたらしい。褒美は何がほしい？」

とっさに言葉の意味がつかめなかった。

褒美？　生まれて初めて言われた言葉かもしれない。どこまで上から目線なのだろうかと呆れてしまった。皇帝、あるいは王様のような気分でいるのかもしれない。

「褒美なんていりません」ムッとした声が出た。「人命救助しただけです」

目の前のベッドに座る男のことが、やはり嫌いだと思った。嫌いであっても、命を助けたことに後悔はない。嫌いな朝沼が死んだとき、少しだけ嬉しかった。あのときの自分を、別の自分で塗り替えたかった。もっと自分を好きになりたかった。というより、好きでいられる自分でいたかった。

「正直なところ、私はあなたのこと、嫌いですよ。セクハラしてくるし、下品だし、偉そうだし。特権、利権にまみれた家父長制の権化みたいな人。あなたみたいなのがいるせいで、日本の人権擁護は十年も二十年も停滞するんです。だけどね、そんな人でも、暗殺はよくない。絶対によくないんです。あなたの命が助かってよかったと心から思います」

ククククッと、顕造は愉快そうに笑った。

「俺は、俺のことを嫌いなやつが、好きだ」

永田町で半世紀以上生き抜いた男の、妖怪じみた目がこちらに向いた。

「一番信用できるからな。味方よりも、有能な敵が一番、使える。無能な敵ももちろん使える。つまり、敵はいればいるだけ、便利なんだよ。覚えておけよ」

笑うと、垂れた頬がひくひくと引きつった。

「お前はあのとき、俺が口走った言葉を聞いただろう。あんな状況だ。録音はしていなかっただろうが、お前の耳には刻まれたはずだ。どうする？　警察に言うか？　それとも記事にする？」

俺が口走った言葉というのは、とりもなおさず、「お前は朝沼とグルだったのか。お前たちは、そんなに俺を殺したいのか」と言ったことだろう。

「朝沼さんと何があったのか、教えてもらえませんか。録音はしていませんよ。ここは病室ですし、盗聴の心配もないはずです」

顕造は和田山をじっと見た。獲物を視界にとらえた猛禽（もうきん）のようだった。

「お前が着ている入院服には、右側にだけポケットがあるだろう。中身をすべて出せ」

言われた通り、スマートフォンを差し出した。電源を切ろうと四苦八苦している顕造を見ていられず、「こうやるんですよ」と手を貸した。

画面を触っても起動しないことを確認して、

「ふん、まあいいだろう」

と、顕造はつぶやいた。

いくら気持ちが若くても、スマートフォンを使いこなすのは難しいようだ。

「一度言ってしまったことだ。変に勘ぐられるよりは、きちんと説明したほうがいいだろう。そもそも俺は、被害者だからな。朝沼が死んだ三月十八日、俺は地元に戻っていた。朝沼から電話があって、二人きりで急ぎ会いたいと言われた。そのとき、ピンときたんだよ。これはきっと、ただごとじゃねえなって。実はその数日前、ちょっとしたことで、朝沼と口論になっていた。せっかく目をかけてやっていたのに、あいつはとんでもない食わせものだった」

「朝沼さんと口論になったのは、なぜですか」

「そいつは言わねえよ」

「性同一性障害特例法の改正案、あなたは急に反対にまわりましたよね。あれは、朝沼さんとの仲たがいが原因だったのですか」

「それはそうだ。朝沼を信用していたからこそ、法案にも賛成していた。根本の信頼関係が失われたら話は別だ」

顕造はため息をついた。

「十八日の朝、電話の時点で、朝沼の様子はおかしかった。本人は平静を装っているようだったが、俺みたいに何十年も交渉事で食ってる人間からすると、すぐに分かった。彼女は何かをもくろんでいる。大仕事を前に緊張している。二人きりで会うと何が起こるか分からない。最悪の事態を想定して、朝沼と同じ議員宿舎に入っている後輩議員に連絡をとった。まずはそいつの部屋を訪ねて、『一時間後に戻ってくる。戻ってこなかったら警察に連絡しろ』と告げてから、朝沼の部屋に向かった」

最初は当たりさわりのない話をしていたらしい。そのうちに朝沼は言葉をつまらせ、涙ぐみ始めた。「私、反省しているんです。顕造さんに先日言われたことを思い出して、初心に帰ってやり直そうと思っています」と話したという。テーブルの上に用意されたワインボトルを指さして「これは私が政治家になった年につくられたワイン。飲むのがもったいなくて何年も保管していたんですけど、初心を思い出して猛省するために、ワインセラーから出してきたんです」と、肩を震わせながら、か細い声で話した。

「あまりに演技がうまいから、俺もうっかり騙されそうになった。だけどな、あいつがワインボトルをキッチンに持っていった瞬間、気を引きしめ直したよ。普通は客人の前で開封するだろう。ところがあいつは、ワインをそそいだグラスを二つ持って、ダイニングルームに戻ってきた。グラスのうち一つを俺の前にぽんとおいた。『乾杯しましょう』と、邪気のない笑みを浮かべていたよ。並の男ならあの笑顔で騙されたかもしれない」

だが顕造は、おかしいと直感した。政治家特有の勘の鋭さなのだろう。

「俺はとぼけたふりをして、『ワインボトルを取ってくる』とキッチンに向かおうとした。朝沼は慌てた様子で『私が行きます』とキッチンに行った。おそらく毒をまぜたときの道具が残っているんだろう。俺はすぐさまテーブルの上のワイングラスを入れ替えた。俺の前におかれたグラスは手の甲を使って朝沼の席の前に押しやった。これで指紋はつかない。朝沼のグラスは手でつかんで、俺の席の前に持ってきた」

朝沼が戻ってきたときには、顕造は呆けた顔をつくって席に座っていたという。あとは彼の想定通りになった。乾杯して、それぞれワインに口をつける。死んだのは、朝沼だけだった。

「あいつは油断していたんだ。俺のことを年寄りだと思って見くびっていたのが最大の敗因だ」

油断の原因は年齢だけではないだろう。誰かを殺そうとしている人間は、まさか自分が殺されるとは想像しない。相手の動きを読んでとっさの判断で反撃した顕造が、一枚うわてだったのだ。

ヒヒヒッと愉快そうに笑う目の前の老人が、とんでもなく恐ろしい生き物に見えてきた。自己中心的で権力欲が強いだけの男ではない。永田町で半世紀以上生き抜くだけの勝負強さ、胆力、ツキがある。

「朝沼さんを殺すつもりだったんですか」

「いいや、別に。あいつは自分で毒を入れて、自分で飲んで死んだ。事実、それだけじゃないか。俺はグラスを入れ替えただけ。あいつが俺を殺そうとしなかったら、毒を入れなかったら、何も起こらなかったんだよ。あいつの自業自得だ」

朝沼は顕造を殺そうとして、返り討ちにあった。それが真実なのだろう。顕造が嘘をついているとも思えない。

「でも、彼女が死ぬかもしれない、死んでも構わないと思って、グラスを入れ替えたんですよね。毒を回避したいならワインを飲むのを拒否すればいいだけなのに、わざわざグラスを入れ替えて乾杯したわけです。あなたにも殺意があったんでしょう」

「その瞬間、殺されるのを防いだところで、あいつは別の機会を狙ってくるだろう。食うか食われるか。殺されるくらいなら、俺は殺すよ」

ヒヒヒヒヒィッと、のこぎりを引くような笑い声が病室に響いた。

「後始末は簡単だった。俺のぶんのグラスを綺麗に洗って水けをきり、棚に戻すだけだ。後輩議員の部屋に帰り、口裏を合わせた」

顕造は料理好きで有名だ。グラスを洗ってもとに戻すくらい、お手のものだろう。

「遺書は？　現場に遺書らしきメモ紙が残されていたでしょう」

「ああ、あれか。最初からダイニングテーブルにおいてあった。朝沼が用意しておいたんだろう。俺にとっても都合がいいから、そのままにしておいたが。あれはノートから切りとったものだ。中に何が書いてあるかはよく知らんが、俺もノート本体を見たことがある。遺書らしく見える一枚を切りとって用意したのは、朝沼だよ。俺じゃない。彼女自身の偽装のためなんだから」

「彼女自身の偽装、というと？」

「朝沼は自分の部屋で俺を殺して、そのあとどうするつもりだったと思う？」

言われてみれば、それは疑問だった。

周囲に隠し立てすることもなく毒を入手し、自分の部屋に人を呼んで毒殺したら、自らが犯人だと名乗り出ているようなものだ。だが利己的な朝沼が、捨て身を覚悟で殺人に及ぶとも思えない。

「俺があいつだったら、相手が死ぬのを見届けてから救急車を呼んで、こう言うね。『言い争いになって、当てつけのために目の前で自殺しようとしたんです。それなのに、この人が間違えて私のグラスからワインを飲んで……慌てて救急車を呼びましたが、不幸にも間に合いませんでした』って。苦しい言い訳だが、嘘だと証明することはできない。おおっぴらに毒を入手したのも有利に使える。『人を殺すつもりだったら、こっそり毒を手に入れるはず。毒の入手経路がすぐに特定されたのも、殺すつもりなんてなかった証拠です』とな。遺書らしきメモ紙を用意したのも、自殺するつもりだったという筋書きをそれらしく見せるためだよ」

「もしかして、メモ紙を写した画像を私に送ったのも、彼女の偽装工作だったのでしょうか」

「画像を送った？　それは何のことだか知らん」

事前に第三者に遺書らしき文章を送っておけば、のちに死人が出ても、自殺を試みた末の事故だったと言い逃れしやすい。結局、朝沼が死亡したので、偽装工作にまき込まれることもなく、画像は送られっぱなしで終わった。

顕造は、先ほどスマートフォンの電源を切るのにすら苦労していたくらいだ。死亡した朝沼のスマートフォンを使って、ロックを解除し、写真を撮って送るなんて、およそできないだろう。朝沼自身が顕造殺しに着手する前に、自分で送信したと考えるしかない。

「お前は命の恩人だ。政治は貸し借りで動いている。俺は誰にも借りをつくりたくない。だから正直に事情を話した。だがお前が警察に駆け込んだり、記事に書いたりしたら、俺はしらを切るぞ。名誉棄損で訴えるかもしれない」

「自首してください。あなたは、口を出し、手も出すが、最後は自分で責任をとる男として名を馳せてきた。相手への反撃だったとはいえ、やったことの責任をとるべきです」

「政治的責任ってのは、そういうことじゃないんだよ。あらゆる権力を使ってすべてをもみ消す。今以上の権力を得る。それでこそ政治家だ」

和田山の証言程度では、自らに追及の手はのびないと読んでいる。その読みは、おそらく客観的にも正しい。だから和田山も、自首をうながすことしかできなかった。

「じゃ、これで貸し借りなし、チャラってことで――」

「待ってください」

とっさにさえぎった。

三月十八日の夜、何があったのか、朝沼がどうして死んだのかは分かった。しかしそもそも、どうして朝沼と顕造は仲たがいしたのだろうか。朝沼はなぜ、顕造を殺そうとしたのか。トラブルの大本が判然としない。

「朝沼さんはどうしてあなたを殺そうとしたんですか」

顕造はニヤリと笑った。「知らねえよ」

「他の記者から小耳に挟んだのですが。総務会の三日前、三月十四日の夜に、山縣俊也という議員が、あなたのお宅を訪れていますね。山縣から何か聞いて、それが原因で、朝沼さんともめたんじゃないですか」

「そうだよ」顕造は口の端だけで笑って言った。「だけど、山縣から何を聞いたかは、お前に教える気はない。さっきもそう言ったはずだ。ついでに訊きたいなら、他の質問にしな」

くつくつと愉快そうに笑っている。命拾いした喜びなのか、朝沼をまんまと返り討ちにした達成感なのか、その武勇伝を披露した興奮なのか分からないが、顕造の機嫌はすこぶるよさそうだ。

チャンスだと思った。

——お前は顕造の命の恩人だ。今特ダネがとれなかったら、いつとれるってんだ。

明石の言葉が脳裏で響いた。

「今度の総裁選」

言葉が口をついて出た。

「武田、小笠原、鷲山の三人が本命とのことでしたよね。三好派は誰を推すんですか」

政治記者として本道に立ち返った質問だった。総裁選で誰が勝つのか。次の首相は誰なのか。生唾が出るほどほしい情報だ。

「誰を推すかだと？　そんなちっちぇえこと、俺は考えちゃいねえ」

鼻で笑い、唾が飛ぶほど大声で、顕造は言った。

「俺が推すのは顕太郎だよ！」

和田山は息をのんだ。身じろぎもできなかった。

「あいつは今、参議院で修業している。でも首相を狙うなら、やっぱり衆議院に鞍替えする必要がある。だからまず、あいつを十月の補欠選挙に出す。まあ勝てるだろう。それで、晴れて衆議院議員になった勢いとともに、総裁選だ」

「顕太郎さんが総裁選に出る、ということですか」

　おそるおそる尋ねた。

「だから、そう言ってるだろう！」

　朝沼の議席を顕太郎に継がせ、総裁選に立候補させる。点と点がつながっていく。

　顕造が描くあまりに大きな絵図に、和田山は茫然とした。政局通の記者たちの間でも、誰も予想していなかった展開だ。

　正真正銘の特ダネが、和田山の目の前に落ちてきた瞬間だった。

「本当に、本当ですか？」

「本当だ」顕造は即答した。「こんなときに俺は嘘をつかない」

「記者に書かせて、党内の反応を見るための観測気球じゃないんですか」

「疑り深いな。スクープには素直に飛びついたほうがいい。可愛げがない女はモテないぞ」

　余計な一言にいらだちながらも、質問を続けた。

「顕太郎さんも承知している話なんですか？」

「本人に確認してみろよ」

　父が婚約者を殺した結果、自分に好機がめぐってきた。さすがに顕太郎も、真相に勘づいているのではないか。それならどうして平然としていられるのだ。

もう一つの可能性が頭をかすめた。

顕太郎自身も、朝沼を踏み台にして権力を得ようとしていたら。父の動きに怒るはずもない。父子で協力して、三好家の権力を固めているのかもしれない。

「顕太郎さんは今、メディア関係者との接触を一切断っています。連絡がとれません」

「お前に連絡するよう、俺から言っておく。それでいいだろ？」

顕造は満足そうに破顔した。

「ようし。これで貸し借りはなしだ。一件落着。いいな？」

一方的に話をまとめると、帰れと言わんばかりにあごをあげて、入り口を指し示した。

和田山は立ちあがって扉に手をかけた。

「おい。和田山さん」

背後から声がかかって振り向いた。

ベッドの上の顕造が片手をあげ、照れたような笑みを浮かべている。

「お大事にな。あんたは偉いよ。俺が倒れたとき、そばについていたせいで、まきぞえでガスを食らったんだろ。骨があるよ。元気になったらバリバリ働いて、エース記者になるんだよ」

好々爺然とした笑みを向けられて戸惑った。

「いえ、ただ、その場の流れに流されただけです」

「でもあんたが身体を張ったからこそ、俺から情報をとれたわけだ。記者の鑑（かがみ）じゃないか」

「別に、それも、上司に命じられただけですけどね」

「あのなあ、褒め言葉は素直に受けとっておけよ。誰に何を命じられようと、やるやつはやるし、やらないやつはやらない。いざというときに逃げないやつは偉いんだよ。分かるか？　俺が退院したら、美味い寿司屋に連れていってやる。待ってろよ」

何も答えずに病室を出た。

政治家は恐ろしい生き物だ。天然の人たらしである。接しているうちに、いつの間にか親しみと好感を抱いてしまう。顕造も例外ではない。永田町でしぶとく生きながらえている猛者である。こちらを懐柔しようとして、甘い言葉をかけてきたのだろう。

「逃げないやつは偉い」

ぼそりと、顕造の言葉を繰り返した。

以前もある政治家に、同じようなことを言われた。

あの人と顕造は、やはり親子なのだと思った。

学歴詐称問題を追っているときだった。囲み取材のあと、顕太郎がすっとよってきた。

「和田山さんも、大変だね」和田山にだけ聞こえる小さい声で言った。「いつも他の記者たちから、損な役回りを押しつけられているでしょう。青山さんなんて和田山さんを小突いてばかりだもん。彼女は要領がいいから」

「いや、里衣菜は悪い子じゃないんですよ。私たち、仲がいいし、色々と助け合っているだけで」

「女の子同士のそういうのって、本当によく分からないや。僕には、和田山さんばかりが貧乏くじを引いているように見えるけど」

顕太郎は穏やかに苦笑しながら言った。

「でも和田山さんは逃げないね。偉いよ」

白い歯を見せてにこりと笑うと、迎えの車に乗り込み、去っていった。

顕太郎を目で追うようになったのはその頃からだ。

あんなのは、政治家特有の人心掌握術だというのも分かっていた。

だが、和田山の苦労に気づいてくれる人もいる。それを知っただけで、何倍も強くなれた気がした。

顕太郎と顔を合わせるたびに、自分の気持ちがはっきりしていく。

婚約者の朝沼が嫌いだった。あの女は、どんな手を使って顕太郎を落としたのだろうと、下劣な想像をしたものだ。

だけど彼女はもういない。顕造に挑んで、返り討ちにあってしまった。

顕太郎はそんな彼女を踏みつけにして、さらなる高みに登ろうとしているのかもしれない。

頭がこんがらがった。顕太郎に対して抱いていた温かい気持ちがしぼんでいく。彼はそんなことしないと、根拠もなく考えたくなる。だが疑念は心の底に張りついて離れそうになかった。

6

「本当に信用していいのか？」

赤坂の個室居酒屋で差し向かいになった明石が言った。あごを触り、しきりに首をかしげている。彼が迷っているときによくやる動作だ。

和田山は二日間だけ入院していた。さすがにそれ以上、入院期間を引きのばせそうになかった。だが二日間の入院で十分だったともいえる。

思わぬ収穫があったからだ。

三好顕太郎が朝沼の選挙区の衆議院補欠選挙に出馬し、当選したあかつきには総裁選に立候補する。正真正銘のスクープをもぎとった和田山は、取材メモを書いてすぐに平賀クラブのキャップとサブキャップにメールで送った。

キャップは驚きつつも、その処理をサブキャップの明石に一任した。表向きは特ダネの扱いに慣れた明石に任せるということだったが、本音では、キャップ自身が責任をとりたくないだけだろう。

特ダネは報道に成功すれば功績も大きい一方で、誤報のリスクもあれば、取材対象者から反感を買って今後の取材拒否につながるリスクもある。明石に任せておいて、失敗したら明石のせい。成功したら、明石を使った俺のおかげというわけだ。

「だいたい、首相になるためにわざわざ衆議院に鞍替えってのもなあ」

明石が首をひねった。和田山はやや意固地になって反論した。

「首相になりたいなら衆議院議員にならないと。鞍替えは自然ですよ」

「ただの慣習だろ。法的な制約じゃない。現に、参議院議員で首相になった人もいる。朝沼さんのお父さんだ」

「後にも先にも、彼一人だけです。ほとんど起こりえないレアケースですよ」

「うーん、まあ、それもそうか」明石はしきりに首をかしげている。

「顕太郎さん本人にも裏どり取材をしています。信用していいと思います」

「え?」明石の表情がくもった。「顕太郎と話したの? 本当?」

テーブルには日本酒と酒のつまみがいくつかおかれているが、二人ともほとんど手をつけていない。先ほどから、互いに水ばかりあおっている。

「昨日の朝、顕太郎さんの車にハコ乗りしました。三好顕造が話を通してくれていたんです。顕造がこのように話していたが、本当か、と正面から訊いたところ、『好きに書いていいよ』と言っていました」

情報をぶつけたとき、顕太郎は実に嫌そうな顔をした。学歴詐称疑惑や朝沼死亡についてのコメントを求めたときと同じだ。

和田山の胸は痛んだ。好きで顕太郎を苦しめているわけではない。だがこのときばかりは、顕太郎への好意よりも、目の前にちらつく特ダネへの期待感が勝っていた。

顕太郎は和田山から視線を外してうつむき、しばらくむっつりと黙りこくってから、「好きに書いていいよ」と言った。口からぽろりと落とすような言いぶりだった。

「うーん、それって、でもさあ」

明石の眉間のしわがどんどん濃くなる。

普段ヘラヘラとしている男だけに、苦悩の表情を浮かべてもいまいちさまにならない。

「三好顕造との会話は、オフレコが前提だったわけでしょ？」

「そうですけど。リークされることは顕造も覚悟しているはずです。これを報道しなかったら、ジャーナリズムの意味がないでしょう」

オフレコ前提の会話は基本的に報道しない。報道してしまったら、取材対象者との信頼関係が損なわれて、今後の取材を拒否される可能性がある。

では報道できないなら無益かというと、そうでもない。記者自身の政局理解が深まるので、オフレコ前提で得た情報をもとに、他の取材源にあたる。他の情報源から得た情報の確認や補強に使うこともある。

しかし、オフレコ前提でとった情報が超ド級の特ダネだったら話は別だ。取材対象者との信頼関係を壊してでも、報道するべき公益性があると考えて、報道する。

過去にもそのようなかたちで政治家や政府高官の失言が暴かれたことはある。これに激怒して関係を断絶する政治家もいれば、むしろそういう記者を「敵ながらやるべき仕事をしている仕事人」として一目おき、つかず離れずの関係を維持する者もいる。記者からすると、後者の政治家のほうが器が大きく、肝のすわっている印象だ。

「今回のネタはオフレコ破りをするほどのものではないよ。ただの先行報道だもん。オフレコ破りってのは、もっと、社会的に報道する意味のある隠れた真実を伝えるものじゃん」

煮え切らない態度にいらだった。せっかくつかんだネタを過小評価されている気がした。

「三好顕造は何度もオフレコ破りされていますが、あまり気にしていません。当の顕太郎さんも報道に承諾している。リスクはないのだから、報道すればいいでしょう」

「いやー、俺はなあ、この件は反対」

明石が勢いをつけるようにお猪口をくっとあおった。

「なんでですか？」

「明確な理由をあげることはできないんだけど、なんかにおうっていうか。嫌な感じがする。朝沼が急死。その議席を顕太郎が引き継ぐ。弔い選挙だから圧倒的に有利、勝てるだろう。それを追い風に総裁選に出馬」ここまで言うと、明石は声をひそめた。「しかも、顕造は朝沼殺しを言外に認めた。先に手を出したのは朝沼のほうだと言っているが、結果的に顕造は、朝沼を殺して議席を奪いとり、自分の息子にあてがおうとしているわけだ。あいつの動きの一部分だけを報道したところで意味がない。広報として利用されるだけだよ」

和田山は遠慮もなしに頰づえをつき、ふてくされたように目をそらした。

明石の言うことも理解できた。だが反発心を抱いてしまう。自分が持ってきた特ダネはバンバン表に出すくせに、後輩が持ち込んだものにはストップをかける。他の人に手柄を立てさせたくないだけじゃないのかと思えた。

「そりゃ、朝沼さんに関する部分も報道できるならしたいですよ。でもそれは現実的に無理でしょう。それなら一部分であっても、出せる情報は出したほうがいいと思います。それに、顕造が出したいと思っている情報なら、きっと他の記者にもリークします。うちが報道しなくても、そのうちどこかから出ますよ。特ダネ、とられていいんですか？」

「まあ、それはあるよなあ。うちが出さなくても、どうせ出ちゃうだろうなあ、これは」

じっと明石の顔を見る。ごく真剣な顔で、卓上の炙り（あぶ）えいひれを見つめている。心がゆれているらしい。もともとヤマッケのある人だ。後輩の手柄がどうこうは脇においても、他社に遅れをとるのは嫌だろう。

「お前は、出したいのか？」

「はい」

文字通り身体を張って、つかみとった情報だ。お蔵入りになるのはやるせなかった。

「珍しいよね。和田山さん、特ダネとかって、これまであったっけ？」

「ないですね」

「なるほどなあ。これはいい機会かもしれないなあ。いいよ、出そうか。顕造はもともとタヌキ野郎だし、このくらいでどうこうしないだろ。どうにかなる。っていうか、俺がどうにかするわ。うん」

軽い調子で頼もしいことを言うと、箸をつかんで、もやしのナムルをほおばった。先ほどまでの真剣な表情はすっかり消え去り、咀嚼のたびにふやけた輪郭がゆれた。

一拍遅れて、和田山は頭をさげた。

「ありがとうございます。チャンスをいただいて」

「いいのいいの。俺も一応管理職だし？　仕事のうちだよ」

日本酒に口をつけてから続ける。

「しかしさあ、和田山さんもさ、顕太郎みたいなふにゃふにゃしたやつの、どこが好きなわけ？　顔？　俺はなんかあいつから、男を感じないんだけどな」

「男を感じるって何ですか。だいたい明石さんは――」

さりげなく言われたから、そのまま会話を続けそうになったが、はたと思いとどまる。

「えっ？　好きって？」

身を固くして明石を見つめる。

「えっ、だって好きでしょ。顕太郎のこと」

頬が熱くなるのを感じた。酒のせいにできないほど、顔を赤らめていることだろう。

「いや、そんなわけないじゃないですか。取材対象者ですよ」

「隠さなくてもいいよ。大丈夫、和田山さん、普段はポーカーフェイスだし。ていうかだいたい怖い顔しているし。他の人は気づいていないと思うよ。でも俺は、そういうの、不思議と分かるタイプなんだよ。姉ちゃんが三人いて、末っ子だからかなあ」

明石は首をかしげて、頭をかいた。ワインレッドのシルクシャツの袖がゆれる。

そういえば、明石は政治家や政府高官の令嬢に食い込むのもうまかった。足しげく自宅に通い、茶を出してもらい、雑談をしているうちに仲良くなって、あれこれと相談を受けるようになる。おしゃべり好きで、オチのない話も最後まで聞き、さりげなく優しい言葉をかけるから、女性陣に好評なのも分かる。

だが個人的には、明石の底に流れる野心というか、生ぐさい下心のようなものを感じて、その「男っぽさ」が苦手だった。顕太郎のように、中性的で淡白、クリーンな感じの人のほうが安心して接することができる。

「自分でも分かってるだろうけど、あんまり肩入れしないほうがいいよ。顕太郎だって相当なタヌキなんだから。あの顕造の跡とりなんだよ？」

「一瞬いいなと思ったことはありましたけど、今はよく分からないです。どうも信用できないというか」

「当然、信用なんてできないよ。相手は政治家なんだぞ」

そっぽを向いてからあいまいにうなずいた。恥ずかしくて明石を直視できなかった。

「とにかく、総裁選に関するネタは、原稿を書いて、一応、本社にも見てもらいます。そのうえでなるべく早く出しますね」

話題を無理やり戻して、日本酒に手をつける。

「そういえばこれ、何だか分かる？」

明石が一枚の名刺を差しだした。

『横山ジェンダークリニック』と記されている。所在地はB県、朝沼の地元である。

「朝沼さんの実家から見つかった。お母さんも困惑している様子だった」

「お母さん？」

「そうそう。朝沼さんのお母さんと俺ね、実は結構仲良くて」

「えっ？」思わず大きい声が出た。

いくら女性関係者に食い込むのが得意だといっても、朝沼の母とまで付き合いがあるとは知らなかった。

「いや、朝沼さんのお父さんは出馬前、警察庁の官僚だった。警察官僚時代に、同僚の妹さんを嫁にもらったのね。それで朝沼さんが生まれた。俺は社会部にいた頃、警察官僚に食い込んでいたから、朝沼さんの伯父さんやお母さんとも面識があった。ただ何年も前に会ったきりだから、挨拶もかねて、家を訪ねてみた。そりゃもう喜んでくれたよ。やっぱりね、大事な一人娘を亡くして、辛い時期だろうからね」

「それ、いつの話ですか？」

「このあいだB県であった決起集会、俺、途中で抜けたじゃん」

「途中というか、冒頭で抜けていましたけど。行きたいところがあるとかで」

「そうそう」明石はけろりとした顔で続けた。「あれ、朝沼さんの実家に行っていたの。そのとき、朝沼さんのお母さんに、この名刺を見せられて、思いあたることはないかと尋ねられたよ」

「どう答えたんですか？」

「正直に、分からないと答えるしかない。でも俺だって記者だからね。このクリニックを訪ねたり、周囲の訊き込みをしたり、手を尽くして調べてみた。朝沼さん、ここ数カ月の間、クリニックの周辺に頻繁に現れていたみたい」

「地元なんだから、姿を現しても当たり前ですよね。街頭演説や挨拶まわりくらいするでしょう」

「ところがどっこい、お嬢はそんなことしないんだよ。選挙が近づかないと地元に戻らない。あの人は選挙に強かったから、地道な地元活動なんて不要だった。普段いない人がいたからこそ、地元の人も驚いたわけだ」

「朝沼さんは、性同一性障害特例法を改正しようと動いていましたよね。地元のジェンダークリニックから陳情を受けていたんじゃないですか」

「お嬢に陳情する人は永田町にやってくる。あるいは、地元で開催される党関連のイベント、県庁、市役所にお嬢が顔を出しているときに、話をしにいく。お嬢の側から有権者のところに出向くことなんてなかったんだよ。それが『お嬢』たるゆえんだ」

ああでもない、こうでもないと話したものの、結論は出なかった。

「クリニックの名刺、お借りしてもいいですか」

「いいけど、なくすなよ」

話はどんどん脇道にそれて、井阪という議員秘書が怪しいという話、うちの部長が経済部ともめた話、社内人事の話などをしているうちに、すぐ数時間がすぎた。

店を出て、明石はもう一軒行こうと陽気に言ったが、和田山は固辞して帰った。総裁選に関する記事を書かなくてはならない。明日からは忙しくなる。

7

翌週のことだ。五月半ばだというのに、むしむしして暑い日だった。

ハンカチで額をぬぐいながら、和田山は国民党本部の記者待合室に立っていた。

五階建ての党本部の三階、エレベーターをおりて正面のところに、駅の待合所のようなスペースがある。もともと何のためにつくられたのかは分からない。だが現在は、政党内で会議をしているあいだ、記者たちが待機するための場所となっていた。

冷房設備はない。天井に取り付けられた古びた扇風機は故障しているらしい。安っぽいテーブルと椅子が何セットかおいてある。座れる場所は前日から寝泊まりしていた記者たちが占拠していた。和田山は仕方なく、隅のほうで立ち、じりじりと待った。

二十人近い記者たちが黙って待機している。そのうちの数人は、和田山をちらちらと盗み見ているようだった。

先週出したオンライン記事の反響は大きかった。顕太郎を総理にすえようとする顕造の野望を報じたものだ。お茶の間の人気が高い顕太郎が、ついに首相を狙いにいくというのだから、どうしたって話題になる。顕太郎総理待望論を唱える人もいれば、いくら人気者とはいえ首相になるには時期尚早という慎重論も見られた。

オンライン記事のページビュー数は過去最高を記録した。明石以下に丸投げしていたキャップも、政治部部長もこれにはご満悦で、「和田山さんの粘り強い取材の成果だね」などと褒め言葉をしきりに口にした。オンライン部の知り合いから「やったね」というプチカードとともに、差し入れのゼリーが届いたほどだ。

三好派、清香会の動きは、他派閥にとって寝耳に水だったらしい。各派閥内ですぐさま会議が重ねられ、近日中に派閥のトップ同士の話し合いがもたれる見込みだった。

この日は、今年秋に予定している補欠選挙について、党幹部で話し合うという名目で、会議が設定されている。参加メンバーに各派閥の幹部が含まれていることから、事実上、この会議で動きがあると見られていた。

時刻はもう、午後九時を回っていた。待ち始めて三時間以上が経つ。こもった空気にもうろうとしながら、スマートフォンを取り出して事務的なメールを返していく。

ざわっと周囲が動く気配がして顔をあげた。会議が終わったようで、廊下から話し声がした。記者たちが一斉に待合室から飛び出し、エレベーターホールに広がった。

第二派閥、紅雪会幹部の村本行雄（むらもとゆきお）議員だ。鼻先が潰れた犬のような顔をしていて、口の横に大きなほくろがある。

「お疲れ様です。どのようなお話がありましたか？」

他社の記者が声を張りあげた。

村本は重いまぶたをぴくりと動かし、

「えー私としましては」とガラガラ声で話し始めた。「先日報道がありました、三好顕太郎君のことについて、最大限の抗議をいたしました。参議院議員として果たすべき職務があるというのに、それを放棄して、衆議院の補欠選挙に出るというのは言語道断。党としては、公認すべきではないという考えを、首相、幹事長及び選対本部長にお伝えしました」

記者たちは手元でペンを走らせる。

予想通りの展開だったが、貴重な新情報だ。

第一派閥の陽三会は九十人の議員を抱えているから、他派閥の協力がなくとも総裁選を有利に進めることができる。だがこの村本率いる紅雪会の所属議員は五十五人だ。五十人を擁する第三派閥、玄同会とは勢力が拮抗していた。だからこそ、第四派閥の清香会の協力を取りつけることで、派閥間闘争を乗りきっていた。

だがその清香会が独自に総裁選候補者を立てるとなると、話が違う。紅雪会、玄同会からも一定の賛同者が現れるだろう。そうすると、第二派閥以下の票が割れてしまう。村本は何よりもそれを嫌う。反発を示すのはもっともだった。

村本は二、三の質問に短く答えると一礼し、むすっとした顔のままエレベーターに乗って立ち去った。

数分ののち、選対本部長の永松潔（ながまつきよし）議員がやってきた。首相と幹事長は裏口から官邸に帰っているはずだ。その時間稼ぎもかねて、永松が表に出てきたのだろう。

「補欠選挙、総裁選ともに、立候補は各人の自由にゆだねております。党として事前にとめたり、邪魔したりなどということは一切いたしませんので……ま、当たり前のことですけれども」

永松も現首相も陽三会所属だ。幹事長は無派閥だが、事実上、首相の意を受けて動いている。第二派閥以下の票が割れるのは、第一派閥の陽三会にとって悪い話ではない。積極的に三好派を推すことはないだろうが、その動きを黙認するのは当然の流れだ。

永松を見送ったあと、近くにとめておいたハイヤーに乗り込み、平賀クラブへ戻る。車内でパソコンを開き、聴きとった内容を手早くまとめた。

夜九時を過ぎても、このあたりの道路は混んでいる。会食に向かう者、会食を終えて事務所に戻る者、それを追う記者たち。それぞれの思惑を乗せて、黒塗りの車が行き交っている。国を流れる血液みたいだと思った。黒い血液。自分もその一滴として駆けめぐっている。やっといっぱしの記者になれた気がした。

ほんの数分で国会議事堂についた。

平賀クラブのデスクに腰かけると、眠気が押しよせてきた。昨晩から政治家たちに張りついて一睡もしていない。それでも平気なのは充実感でアドレナリンが出ていたからだろう。

取材メモを後輩記者に送ってあとのことを頼むと、ソファに倒れ込んだ。肘かけにかかったバスタオルから誰かの汗のにおいがしてくしゃみが出た。それを気にする余裕もなく眠りに落ちた。

肩をゆらされて目が覚めた。

寝起きの視界に、ワインレッドが広がる。

「おい、おいっ、ヤバいぞ」明石だ。

「何ですか」頭を抱えながら、身体を起こす。

腕時計を見ると、まだ朝の四時半だ。

「他社が新しい報道を出す。うちが出した記事は誤報だったという、そういう筋らしい。今日の朝刊で出るって」

一気に視界がはっきりした。きんきんに冷えた氷水に放りこまれたような気分だった。心臓がきゅっとしめつけられる。

「誤報？　どういうことですか」

現実感がない。足の裏が床から一センチくらい浮きあがっているみたいだった。

「よく分からない。俺も今さっき聞いたところだ」

「どこの社が？」

すぐにその社の記者に頼み、朝刊を入手してもらった。記事は二面に出ていた。

『三好顕太郎、総裁選出馬を否定』

総裁選出馬の意向が報道されたことを受けて、顕太郎本人を取材したところ、「参議院議員として職務を全うしたい」として、補欠選挙への出馬、総裁選への出馬ともに否定したという。

血の気が引いた。

「お前、これ……？」

「いや、しかし、顕太郎さん本人が『好きに書いていいよ』って」

「言葉通りの意味だったんだろ。好きに書いていいが、それが事実だと認めたわけじゃない」

がく然とした。

言われてみればその通りだが、小学校で流行る幼稚な引っかけクイズみたいだ。

「でもなんでそんなことを？」

「観測気球だよ」明石が声を低くした。「世論や他派閥の反応を探るために、わざと虚偽の情報を流させた。いかにも顕造のジジイがやりそうなことだ」

「顕造本人は、観測気球ではないと明言していましたよ」

「その言葉を信じるのか？　目の前の現実を無視して？」

和田山は頭を抱え、記者クラブのソファにへたりこんだ。気持ちを落ち着けようと深呼吸をする。頭の中は混乱していた。いや本音を言えば、状況は明白で、見えすいていた。だがそれを直視したくなくて、ごちゃごちゃと考えているのかもしれない。

「顕太郎さんもグルってことですよね？」

「そりゃそうだ。将来的に首相の座を狙っていく野望があるんだろう。一度こうやって、総裁選出馬の噂を流しておけば、『そういうこと』もありえる人だと、周囲が勝手に有力視してくれる。誤報に関してはメディアが責任をとる。本人はノーリスクでリターンだけ得られるわけだ」

「私は、利用されていた、ということでしょうか」

口にしながら、恥ずかしさで消え入りたくなった。

権力者が報じられたくないことを報じるのがジャーナリズムだろう。言われた通りに報じるだけなら広報だ。

それにとどまらず、権力争いのためにいいように使われるなんて。

今思えば、助けられた借りを返すという名目で情報をもらすのも、顕造の策略のうちだったのだろう。苦労した末に手に入れた情報は真実だと思い込みやすい。特ダネに慣れておらず、しかも顕太郎を憎からず思っている和田山は、格好の操り人形だった。

これからの社内外での動きを考えると、目の前がまっくらになるようだった。誤報について非難が殺到し、会社のSNSは炎上するだろう。オンライン記事は反響が見えやすいぶん、否定的な意見もすぐに可視化されてしまう。

部長やキャップとの面談、本社への報告と続くだろう。紙面に訂正記事を出す。建前上、誤報の責任は会社にある。だが、過去に誤報を出した社員の中には、降格のうえ、社史編纂室や資材管理課に異動になった者もいる。分かりやすい島流しだ。

「まー、大丈夫だよ。どうにかなるっしょ」と明石は言うが、明らかにカラ元気だ。

「どうにかって?」

「まだ誤報と決まったわけじゃない。新しく報道した、この新聞社だって、顕造たちにうまく使われているだけさ。真相は違うところにあるかもしれない。あきらめるなよ」

明石は言葉を切って、考えこむように腕組みをした。

「んーと、俺はまず、キャップと部長と話してくる。そのあいだにお前は、もう一度顕太郎をあたれ。事実の真偽を一つずつ確認するんだ。何が何でも、新しい情報をつかんでこいよ。いいか？」

和田山はうなずいた。すぐに身支度をして記者クラブを出る。ハイヤーに乗りこみ、三好家へと向かう。

窓の外の景色をながめながら、もう一度深呼吸をした。

もう朝日はのぼり始めている。黒々としたカラスたちが明るい光をうとむように、日陰でゴミを漁っている。

そもそも、今回の報道に明石は反対だった。功を焦った和田山が押しきるかたちで出してもらった。ほら見たことかと責められても仕方ない。それなのに明石は和田山を励まし、すぐに次の動きを指示した。

あの人は出世できないだろうなあ。

自分のことを棚にあげ、ぼんやりと考えた。こういうときは、部下のミスを責め、自分は反対したはずだと言って突き放すべきだ。キャップや部長には部下から直接謝罪を入れさせ、我関せずの姿勢を貫いたほうがいい。

このままだと明石までまきぞえで左遷されてしまう。明石は結婚しているし、小さい子供もいる。安易に転職もできないだろう。彼の今後を考えると、ゆるんだ頭が引きしまっていく。

三好家の門扉の前に立ち、呼吸を整えた。

日がだんだん高くなり、近くの家でも物音がし始めた。朝の慌ただしい空気が町内に伝染していくようだった。

何度ここに立ったか分からない。膨大な時間を費やしている。自分の人生の何%かを費やす価値のあることをしているのだろうか。

疑問が頭をよぎったが、すぐに打ち消す。

そんなことを考えている暇はなかった。今日という日は、会社員人生を左右する岐路なのだと、はっきり分かっていた。

他社の記者たちも五、六人、集まり始めた。いつもより人が多い。今朝の報道を見てやってきたのだろう。

朝六時を過ぎた頃、顕太郎が出てきた。

和田山に目をとめると、うっすらと微笑みを浮かべた。瞬間的に腹が立った。あざ笑われているのだと分かった。

顕太郎はすぐに記者たちに取り囲まれた。

「総裁選には出馬しないというのは確かですか?」

「補欠選挙はどうですか?」

質問がどんどん出る。

顕太郎は歩きながら、報道に出ていた内容をなぞるように話す。新しい情報はまったくない。あと数秒で車に乗り込んでしまう。

今日の彼の予定は、会議が五件、委員会が一件、会食が二件だったはずだ。このあと話を聞く時間をもらうのは難しい。

今この瞬間に情報をつかむ必要があった。

「顕太郎さん！」

大声が出た。他の記者がこちらを振り向く。

「確認していただきたい写真があります」

考えなしに口をついた言葉だった。とにかく顕太郎の気を引かなくてはと思った。

顕太郎は動きをとめ、優美な動きで、黒塗りの車を指さした。

「乗っていきますか」

「はい」硬い口調で答えた。胸が早鐘を打っていた。

他の記者の舌打ちを聞きながら後部座席に乗り込んだ。

顕太郎から口を開くことはなく、ぼんやりと外の景色に視線を向けている。その美しい横顔を見ながら、「私を利用しましたね」と言った。

顕太郎の眉がぴくりと動いた。

「まあ、それはいいです。今回、総裁選に出馬するつもりはなかったとしても、将来的には出馬の意向があるのですか」

答えはない。車内にはわずかなエンジン音だけが響いていた。

「総裁選について、顕造さんとどういう話をしていますか」

表情に何の変化も見られない。このまま黙っているつもりだろうか。

「はい、いいえで答えてもらえれば結構です。顕造さんと、総裁選について話したことはありますか」

重々しい沈黙が続く。外から場違いに明るい雀の鳴き声がした。車はなめらかに走り続ける。このままだとあと十分ちょっとで議員会館についてしまう。

「写真があるんじゃなかったんですか？」

顕太郎が意地悪い笑みを浮かべて言った。そんな写真、どうせないだろう。気を引きたくて言っただけだろうというあざけりが伝わってきた。

ここで引いてはなめられると思った。

「ありますよ。見たいですか？」

と言いながら、思考をめぐらせた。

写真といえば——二枚ある。

一枚は、朝沼が死に際、送ってきたものだ。遺書、あるいは手記らしきメモ紙が写されている。もう一枚は顕太郎の大学生時代の写真だ。高月と取引して手に入れた。だが高月も、顕太郎から入手したはずだ。それなら顕太郎との交渉には使えない。

一枚目、朝沼のメモが写ったものを使うしかない。

「朝沼さんに関する写真です」

顕太郎はいぶかしげな視線をこちらに向けた。よし釣れた、と内心ほくそ笑む。顔には出さないよう気をつけながら続けた。

「今回の補欠選挙、総裁選出馬の噂にまつわる話を詳しく聞かせていただけるなら、写真をお見せしてもいいですよ」

むっつりと黙りこむ姿から、思案しているのが分かる。

迷え迷えと念を送った。

「どういう写真か教えてもらえないと、何とも判断できないです」

「教えられません。そちらの情報が先です」

言下に言ったが、勝算は五分五分だった。

顕太郎は警察の事情聴取を受けているはずだ。朝沼のメモ紙についてすでに知っている可能性が高い。だから内容を明示するわけにはいかなかった。

朝沼に関する情報であれば、無条件に気になるはずだ。誘惑に負けて取引する可能性がある。和田山から示された情報が無価値だったとしても、顕太郎の判断ミスにすぎない。

こちらに転べ、と祈るように念じた。

ところが顕太郎は、

「いや、いいです」

と平坦な口調で言った。

「朝沼さんの死についてあれこれ言ってくる人もいますが、多くの有権者には正しくご理解いただいています。私のほうで、追加で確認すべきことはないですからね」

期待にふくらんだ胸が一気にしぼんだ。

車はもう議員会館の門をくぐっている。あと一、二分もしないうちに裏口に車をつけ、顕太郎は颯爽と出ていってしまう。

「朝沼さん、自殺じゃないですよね」

和田山は低い声で言った。ゆさぶりをかけたかった。

「殺されていますよね」

答えはなかった。顕太郎は硬い表情のまま、まっすぐ前を見ている。

「顕造さんがやったんでしょ？」

冷ややかに言い放った。

だがやはり、顕太郎は動じなかった。

「そういうことを言ってくる人もいます。ですが、多くの有権者には正しくご理解いただいていますね」

と、先ほどの言葉を繰り返しただけだ。

息苦しくなり、視界が狭まっていく。

もはやこれまでかと気持ちが打ち沈んだ。

する。

政治家にまんまと利用され、会社では切り捨てられ、残り何十年も会社で肩身の狭い思いを
他社を含め、ジャーナリストたちは狭い村社会を築いている。誤報を出して左遷された記者
となると転職も難しい。新興のネットメディアに行くか、なけなしの意地を張って、フリーの
ジャーナリストとして独立するか。

しかも自分だけの話ではない。明石も左遷されてしまう。

あきらめるなよ、という明石の言葉が脳裏に浮かび、ハッとした。

「顕太郎さん」

車はもう裏口の前にとまりかけている。

顕太郎はシートベルトに手をかけた。

「朝沼さんは死去する前の数カ月、頻繁にB県に出かけていますね。彼女はもともと、地元での活動に熱心ではなかった。珍しいことです」

顕太郎の顔色がさっと変わった。よしいける、と意気込んだ。鞄から手帳を取り出し、挟んでいた一枚の名刺を見せた。

『横山ジェンダークリニック』

「現地での訊き込みの結果、色々と分かりましたよ」

あたかも自分で訊き込みをしたかのような口ぶりで言った。

本当のところ、事情は何も分かっていなかった。

だがどんどん青くなる顕太郎の顔を見て、やはり何かあると確信した。あいまいな言葉を使ってゆさぶりをかける。

「超ド級のネタです。支援者たちが知ったら、どう思うでしょうかね」

車はすでにとまっている。顕太郎は身じろぎもせず、食い入るようにこちらを見つめていた。真剣なまなざしを浴びて、胸がじゅくじゅくと痛んだ。

本当は別のかたちで見つめられたかった。こんなふうに、敵対者として相まみえることは望んでいなかった。

婚約者の朝沼はもっと熱い何かを、顕太郎から受けとっていたはずだ。

和田山が手に入れられないものを朝沼は手に入れた。二人の差はどこにあったのだろう。サラリーマン家庭に育ち、忍耐強さだけが取り柄の自分と、政治家一族のお嬢様とを比べても仕方ない。だが、そのお嬢様はもうこの世にいない。何が幸運で何が不運なのか、分からなくなってくる。

「事務所でコーヒーでも飲んでいきますか」

顕太郎が静かに言った。

他の政治家と比べて、顕太郎の事務所はすっきりしていた。地元や支援団体のポスターが貼ってあるだけで、これといった特徴もない。政治家によっては、座右の銘をしたためた書や天皇に謁見したときの写真、有力者から贈られた胡蝶蘭をずらりと並べる者もいる。

政界の貴公子として実力を認められながらも、それを笠に着て偉ぶるところのないさっぱりとした感じが、顕太郎の人気の根源だと改めて思った。

秘書の金堂がコーヒーと茶菓子を持ってきた。

「先ほどの名刺をどこで？」

金堂が出ていき、応接室の扉がぴたりと閉じられたのを確認してから顕太郎が言った。

「お伝えする必要はないです。あなたに与えられた選択肢は二つ。総裁選について話して先ほどの名刺にまつわる事情を伏せておくか、総裁選について何も話さず、あの事情を公開するか。どちらでもいいですよ。ここで選んでください」

自分の口から出た言葉は、思った以上に冷ややかに響いた。

思い通りにならない相手に対する復讐心がにじみ出てしまっているのかもしれない。

「脅しているわけですか」

顕太郎は悠然と腕を組んで微笑んだ。しかしその顔の裏で、必死に頭を働かせていることは明らかだった。政治家らしい黒い光がその瞳に宿っていた。

「あなたが今やっていることは、人として最低の行いですよ。分かっていますか」

和田山は答えなかった。事情が分からないために、何も言えなかったのだ。

「まあ、いいです。何ということはないので話しましょう。ただ一つ、約束してください。その名刺についてあなたの知っていることは絶対に公にしないでください。人間の尊厳に関わる問題だから」

和田山は仔細らしくうなずいた。

「分かりました。約束します。安心してください。これまでも、このことは誰にも話していません」

顕太郎は一瞬、ほっとしたような表情を浮かべ、深呼吸をしてから口を開いた。

「父は私に、補欠選挙に出てほしかったみたいです。そのうえで総裁選に出て、総理の座に王手をかける。本当は父自身が総理になりたくて、あと一歩のところでなれなかった人ですから。せめて子供には頑張ってほしいという思いがあったのでしょう。さっさと衆議院に鞍替えしろと口を酸っぱくして言っていました。そのくせ自分の議席は譲ってくれないのが、出たがりで目立ちたがりの、父の悪いところなのですが」

言葉を切って、「コーヒーが冷めますよ」と勧めてくる。

素直に口をつけた。

酸味のきいたすっきりとした味わいだ。いかにも顕太郎らしく感じた。

「今回の、朝沼さんの件、当然ながら私としては非常に悲しく、耐えがたいことでした。ですが、父としては好機に映ったのでしょう。弔い選挙で私が出馬すれば、票が堅い。是非とも出るようにと言われました」

「それは、いつ、どこで言われたのですか?」

冷静に言葉を挟んだ。裏どりをするために場所と日時は必要になる。顕太郎に再びだまされるのは御免だった。

「朝沼さんが亡くなった翌日、三月十九日のことです。場所はまさにここ、私の事務所の応接室です」

「翌日ということは、朝沼さんの訃報を受けとってすぐ、ということですか？」

顕太郎が渋い顔でうなずいた。

「冷血だと思うでしょう。朝沼さんと父はそれなりに仲がよかったんですよ。それなのにこう、すぐに頭を切り替えて動くのは、私もさすがに驚きました。もしかすると、そのなりふりの構わなさが父を大政治家たらしめているのかもしれませんが」

顕太郎は黙りこくった。目の下のクマが濃い。うつむいていると、ほうれい線もはっきり見えて、年相応の老けを感じた。

「顕造さんは、補欠選挙、総裁選に出るよう打診した。しかし、顕太郎さんはそれを断った、ということですか？」

質問をすると、我に返ったように顔をあげた。

「そうです。だからね、おたくが出した記事が誤報というわけではないんですよ。父が嘘を言ったわけでもない」

記事のほうに話題の矛先が向いて、和田山は姿勢を正した。

確かに記事の内容はあくまで「顕造の野望」として書かれていた。

顕造がそのような野望を持っていたという事実は誤りではない。ただ、顕太郎にはその気がなくて、噂を否定したというだけだ。

あれは、誤報ではない。

急に視界が開けたようだった。

顕太郎は否定したという新情報が出て、政局理解が更新されただけだ。今聞いた話をとりまとめて新情報として報じれば、既存の報道と矛盾はない。

救われる思いだった。深呼吸をする。数時間ぶりに生きた心地がした。

だが同時に、不可解な点にも行きあたった。

「それならどうして、私が裏どりにきたとき、『好きに書いていいよ』と言ったんですか。あのとき否定すればよかったじゃないですか」

「どうしてだと思いますか?」顕太郎は薄く笑った。「僕の策略だったんですよ。あなたに誤報を出させるための」

「私に? 誤報を?」

「朝沼さんの遺書を写した写真を、あなたは持っているでしょう。ちょっとしたつてがあって、僕はそのことを把握していました。あの遺書を世間にばらまかれたくないんです。写真を公開しないと約束してもらうかわりに、総裁選に関する補充情報を与えようと思っていました。取引をするために、わざわざあなたをピンチに追い込んだのに、返す刀で切りかかられたわけだ。とんだやぶ蛇でしたよ」

顕太郎は苦笑した。

「でも、あの写真を公開しないと、あなたなら約束してくれるんじゃないですか?」

穏やかな微笑が向けられた。目が合うと、やはり胸がしめつけられた。だが和田山はつとめて冷静に答えた。

「約束はできません。公開するべきものなら公開するし、そうでないならしない。それだけですよ」

「じゃあ大丈夫だ」顕太郎は笑った。「あれが渡ったのが、和田山さんでよかった」

何が言いたいのか分からなかった。だが余計なことを言ってボロを出すのが恐ろしい。

「一つ、お伺いしたいことがあります」

これ以上話さないほうがいい。頭では分かっていたが、口は勝手に動いた。どうしても気になることがあった。

「あなたの父、顕造さんが朝沼さんを毒殺したと、私は考えています」

注意深く、顕太郎の顔を見つめた。表情に変化はない。驚きも、悲しみも、怒りも恐れも浮かんでいない。

「あなたはどう思いますか？」

「何か証拠があるんですか」顕太郎は落ち着いた口調で言った。「証拠があるなら、警察に提出したほうがいいと思いますよ」

「警察に出せるようなものはありません」

「そうでしょうね」

顕太郎は微笑を浮かべた。その目には苛烈な光が宿っていた。ぎらぎらと、すべてを焼きつくすような熱い光がたぎっている。

「私は、朝沼さんが顕造さんを殺そうとしていた、とも考えています。でも朝沼さんはどうしてそんなことをもくろんだんでしょう？」

「話せることは何もないです。お引きとりください」

それ以上の会話は交わさず、事務所を辞した。

8

今回ばかりは裏どりをしっかり行った。

明石、キャップ、部長にそれぞれ報告し、本社のチェックを経て、続報を打った。たった二日でそこまでこぎつけるのは並大抵のことではなかった。

誤報だと非難する声は、SNSを中心に高まっていた。いち早く火消しをする必要がある。ほとんど寝ずに奔走し、入稿後には気を失うように倒れ込んだ。

続報を打ったあとも、「言い逃れだ」という批判の声はあがった。

とはいえ、おおむね世論は好意的だった。顕造、顕太郎の親子間確執に興味が移り、誤報か否かという論点は軽視されていた。

再度しめくくりの報告書をつくって提出し、迷惑をかけた同僚たちにも詫びのメールを入れる。細々とした残務処理をしてから、記者クラブのソファで仮眠をとった。

もう何日も家に帰っていなかった。

身体がにおうかもしれないが、それを気にしている余裕もない。煙草のにおいが服につくのを気にしていた頃がもはや懐かしかった。

「おーい、おはよー」

呑気な声が降ってきて、まどろみを邪魔した。

「なんですか」

目をこすりながら身体を起こすと、案の定、明石がいた。

「せっかくコーヒー買ってきてやったのに」と口を尖らせている。

缶コーヒーを一本投げてよこす。つかむとひんやりしていて、徐々に目が覚めてきた。

「寝ようとしている人を起こして、コーヒーを飲ませるって、どういう思いやりですか」

明石は何食わぬ顔でポケットに手を入れ、周囲を見まわした。近くに人がいないことを確認しているようだった。

時刻は午後五時半、記者クラブは閑散としていた。

政治家たちは国会議事堂を離れて打ち合わせや会食に赴く頃合いだ。記者たちもそれを追って出かけている。もう少し遅い時間になると原稿を書くために戻ってくる者が多いが、それまでの時間、ここはしばしゆったりとした時間が流れる。

壁によせておかれたテレビから聞こえる梅雨入りの予報が寝不足の頭に響いた。

「あれからさ、朝沼さんの実家、足しげく通っていたんだよ。それで昨日、これをもらったたんだ」

クリアファイルから一枚の紙を取り出してよこした。

見たことのある文字が並んでいた。

『女に生まれてごめんなさい。

お父さん、お母さん、迷わくをかけました。

……』

「これって、朝沼さんのメモ紙の、原本?」

和田山は目を見開いた。明石はきざっぽい笑みを浮かべた。

「そうだよ。警察から返還されたんだって。自殺という処理で確定したから。でもさ、裏面を見てごらん」

震える手で、慎重にクリアファイルをつまみ、裏返した。

乱れた小さい文字がぎっしり並んでいた。

いつも思いだすのは国会の中庭にいるコイです。

まだ小学校にあがる前のことでした。お父さんに連れられて、国会に遊びにきたことがありました。お父さんは再選が決まったあとで、すごくきげんが良かった。

お父さんに肩車してもらって、中庭をまわった。「ここがお父さんの職場だよ」と言って、中庭から国会議事堂を見あげた。

「あの窓の向こうが、本会議場だ」

白と灰色の石づくりの立派な建物で、海外の映画の中みたいだった。中庭の池には色とりどりのコイたちが優雅に泳いでいた。

「いーち、にーい、さーん……」と指をさしてコイを数えた。白っぽいのもいるし、赤がまざったのもいる。お母さんが正月に着る着物のようでうきうきした。……

「あのメモ紙の続き、ですか？」

「そのようだ」明石はうなずいた。

「確かに顚造も、あのメモ紙の本体、ノートがあると言っていました」

「これは遺書というより、手記。あるいは、家族にあてた長い手紙のようなものなのかもしれない」

「警察は、この裏面を見てなお、これは遺書で、朝沼さんは自殺だと結論づけたんですか。いくら政治家から圧力がかかっていたとしても、さすがにそんなこと」

「警察はそれほど不合理な組織じゃないよ。適切に捜査がなされたはずだ。彼らはおそらく、俺たちが知らない情報も握っている。例えば、ノートに記されている他の内容。どうもこの手記は、朝沼さんの心中、悩みを記したものらしい。警察はノートを通して読んで、自殺するほどの深い悩みを抱えていたと判断したんじゃないか」

胸中をぞわぞわと、不快感が走った。

顕造が殺したのに。自殺ではないのに。自殺と処理されてしまう。いくら反撃だったとはいえ、顕造のやったことは犯罪だ。処罰されないまま彼はのうのうと生きていくのか。敵対する者の屍を肥やしにして、権力をたくわえていく。「敵はいればいるだけ、便利なんだよ」という言葉通りの動きだ。

「許せないですよ。さすがに許せない」声が震えた。「そりゃあ、顕造を殺そうとした朝沼さんも悪いですよ。でも回避する手段はいくらでもあった。何も、殺し返すことはなかった」

明石がこちらに、暗い目を向けていた。分かるよ、と言われている気がした。だが彼は何も言わなかった。どうにもできないことを知っているからだろう。

しばらくしてから、明石が口を開いた。

「俺たちは俺たちの仕事をしよう。補欠選挙に総裁選。追うべきネタはたくさんある。朝沼さんのことは一旦忘れよう」

和田山はうつむいた。

「分かってますよ。どうしようもないって、分かってます。でも朝沼さんは死んじゃったんですよ。私はあの人のこと、嫌いだったけど……」

深いため息とともに、両手で顔をおおった。

「お嬢はわがままで、自分勝手で、ちっとも仕事をしなかった。それなのに皆に愛されていた。現に今、私もどうしてだか、もう一度、お嬢に会いたくてたまらない。本当に会えたなら、こんなやつはやっぱり嫌いだと思うんでしょうけど」

「そりゃそうだ」明石が軽い調子で言った。「また会いたいと思わせる。それこそが政治家の一番の才能だもん。お嬢はやっぱり、天稟の政治家だったんだろう」

和田山は顔をあげ、ティッシュペーパーを手に取って乱暴に洟をかんだ。

お嬢は死んだ。顕造が殺した。事件の一部始終は分かった。表向きには自殺として処理される。一件落着だ。

でも、気持ちはすっきりしなかった。

お嬢は何に悩んでいたの？

どうして顕造を殺したかったの？

根っこのところが、どうにも分からなかった。

「速報です、速報です」

耳ざわりな電子音とともに、ニュースキャスターがうわずった声を出した。

「国民党所属の衆議院議員、三好顕造氏が死去したという知らせが入ってまいりました。本日早朝、入院中の病室で朝食をとったあとに体調不良を訴え、そのまま死亡。八十三歳でした。速報です。三好顕造氏、八十三歳が……」

テレビに首だけ向けた姿勢のまま固まった。明石も同じ状態だった。

汗が一筋、和田山の首元を流れた。

唾をのんだ。

衆議院の議席がまた一つ、空いた瞬間だった。

第三章　地方議員

わたしの秘密を知ったら、地元の人たちはなんと言うでしょうか。

もう地元には帰れないかもしれません。

県連にはおせわになりました。議長も、県議のみなさんも、わたしをおしてくれた。感謝しています。そのぶん、ずっと、だましているようで、つらかった。

この告白を裏切りだと思わないでほしい。むしろ、わたしなりの誠意です。

隠しておいたほうがずっと楽なのです。本当のことなんて、言わなくてもいい。それでもこうやって、自分の気もちを書いているのは、きっとあの人のえいきょうです。

あの人が受けいれてくれたから、期待してしまった。他の人もきっと、分かってくれるんじゃないかと。

わたしはたぶん、おろかなのでしょう。

1

空の弁当箱を前にするとわくわくする。

さて、今日はどう入れようかな。

間橋みゆきはパジャマの袖をまくり、まずは下の段に白米をつめた。隣のおばあさんからもらった野沢菜と沢庵を添える。ゴマ塩をまぶして、ここはオッケー。

問題は上の段だ。一番端にキャロット・ラペを入れて、その隣は鶏もも肉の西京焼き。かぼちゃバターをそっと置いてアスパラのゴマ和えを押し込み、プチトマトをのせる。思った通りにおさまった。

鶏もも肉の西京焼き以外はすべて、週末につくりおきしている。西京焼きも昨晩のうちに漬け込んであるので今朝は焼くだけだった。

朝六時に起きて、まどろみの中で弁当つめのシミュレーションをする、なんてママ友に言ったら、「やだ、うちは全部レンチン。つめかたなんて考えたことないよ」と笑われた。だけど間橋は、おかずの組み合わせを考えるのがテトリスみたいで結構好きなのだ。

障子の向こうからは、義父が漢詩を朗読する声が聞こえる。タクシー運転手として男手一つで子供を育てた苦労人だ。若い頃から学問への憧れが強く、最近は駅前のカルチャーセンターで中国文学を学び始めた。

邪魔しないように静かに障子の前を通り、夫と息子を起こす。二人ともなかなか起きない。夫とは高校生の頃から付き合っている。バレー部で一緒だった。夫は昔から朝が弱くて、朝練によく遅刻してきたのを思い出し、頬がゆるむ。息子は保育園に行っていた頃は早起きだったのに、小学校にあがる頃からぐずり始め、九歳の今、朝はもっともテンションが低い。布団を引っ張って、「ほら、朝だよー！」と二人を叩き起こす。

朝の慌ただしい時間が嫌いではなかった。

七時過ぎには夫と子供を送り出し、全自動洗濯機をまわして、掃除機をかける。八時半頃に、デイサービスの職員が義父を迎えにきてくれる。

ふう、と息を吐いてエプロンを外すと、量販店で買った白いジャケットをつかんで自転車のかごに入れ、家を出た。背中にはいつものリュックを背負っている。

六月に入ったというのに、今年は雨量が少ない。晴れ晴れとして気持ちのいい日が続いている。頬をなでる風が心地よく流れていく。あおぎりの葉のにおいが鼻をかすめる。空気をいっぱいに吸って吐き出すと、身体じゅうの細胞が喜ぶようだった。

こりゃあ水不足で、農業用ため池の補正予算が出るかもな。国民党の梅爺が後援会にせっつかれて、議会で大立ちまわりを演じそうだ。市役所の職員たちが事態の収拾にてんてこまいになるだろう。懇意にしている農業土木課の職員に、事前に一言伝えておこうと思った。

十五分ほど自転車を走らせると駅前についた。ジャケットをはおり、

「おはようございます。間橋みゆきです」

と第一声を出す。

「おはようございます。国民党、市議会議員の間橋みゆきです。O市の皆様、いってらっしゃいませ。おはようございます」

内容のあることを言う必要はない。毎朝元気よく挨拶をする。名前を言う。それだけだ。毎朝そこにいて、いつも頑張っている人として覚えてもらえれば、それだけで選挙に有利になる。

市議会議員になってから四年と二カ月、ほとんど毎朝駅頭演説をこなしてきた。本会議が盛りあがっていたり、市民からの相談が朝に入ったりしないかぎり、基本的には毎朝だ。

市議会議員ではそこまで駅頭演説をこなす人も珍しい。人口四十五万人ほどのB県O市では、

二千三百票くらい集めれば当選可能だ。地元で顔が広い人だと、親族や友人知人、同級生の票をかき集めれば到達できるラインである。

だが間橋は好んで駅頭演説を続けていた。平日は市議会と議員控室、市役所だけで一日が終わってしまう。土日はイベントに引っ張りだこだ。普通の人の、普通の一日に触れられるのは朝の時間だけだ。

エコバッグをさげた三十代の主婦が近づいてくる。ママ友のミキさんだと分かった。ミキさんは小さく手をふって、にこりと笑うと、言葉をかけずに立ち去っていった。保護者会で顔を合わせるとおしゃべりに花が咲くが、仕事中の間橋を邪魔してはいけないと思っているのだろう。間橋も片手をあげて笑い返すだけだ。

「あのー、あんたね」

七十代くらいの男性が話しかけてきた。耳が遠いのか、声が大きい。くしゃくしゃのブルーシャツの上に橙色(だいだいいろ)のフリースジャケットを着ている。

「今何時だと思ってるの。もう九時でしょ。駅頭演説するならね、七時とか、八時。通勤の時間にしないとダメじゃない。最近の人は、そんなことも教わらないのか？　会派はどこだ？」

「おはようございます」

笑顔をつくって頭をさげる。

「国民党の間橋みゆきです。子供が小さいですし、家のこともありますので、この時間に立つようにしております」

「はあ？　子供だあ？」

声が一段と大きくなる。

「あんたね、そういうのを税金泥棒っていうんですよ。片手間でやってもらっちゃ困りますよ」

「はい、しっかりつとめさせていただきます」

同じような問答を数往復繰り返した末、男性は「まったく」と言いながら離れていった。よくいるタイプの有権者だ。議員に話しかけてくるのは政治的な関心があるからこそで、本人に悪気がないのがよりやっかいだ。

初めての選挙活動のときは面食らったが、五年目の今となっては気にならない。否定せずに受け流すのが一番だ。

三十分ほど立ったら再び自転車に乗り、市役所に向かう。市役所第一庁舎の六階と七階が市議会になっている。セキュリティゲートをくぐり、エレベーターに乗る。去年、不審者が議員控室に侵入して騒ぐ事件があった。それで初めてゲートが設置された。それまでは不用心なことに誰でも入ってこられるつくりだったのだ。

「おはようございます」「おはようございます」

誰とすれ違っても挨拶をする。これは会社員時代からの鉄則だ。

間橋は地元の大学を卒業したのち、地方テレビ局に就職し、情報番組のアナウンサーをつとめていた。同じ大学を卒業し、地方銀行に就職した夫と結婚したのが、二十四歳のときだ。不妊治療を経て、二十九歳で子供を授かった。産休育休が明け、仕事に復帰したのも束の間、息子の通う保育園が移転するという話が浮上した。

再開発で、ショッピングモールができるという。保育園は車で二十分ほどの距離のところに移転すると聞かされた。それは困る、と母親たちは口々に言った。朝の二十分は大きい。きょうだいで異なる保育園に預けていて、行って戻って四十分のロスになる人もいた。

そうなるとじっとしていられないのが間橋の性だった。保護者たちの集会を開き、意見を聞き、請願書にとりまとめた。誰に頼まれたわけでもない。困りごとが目の前に転がっていると、放っておくのが我慢ならなくて、さっと拾いにいってしまう。三人姉妹の長女だからなのかもしれない。

請願書を市役所に持っていったが、受け付けてもらえなかった。たかが主婦のクレームとしてあからさまに軽んじられているのが伝わってきた。

そんなとき、話を聞いてくれたのが国民党の衆議院議員、朝沼侑子だった。

朝沼は三代続く政治家の家系で、地元B県では「お嬢先生」として親しまれていた。間橋からしても、素敵な才媛だなあ、こんな立派な人が県内にいるんだなあ、と思う存在だった。その本人が、市役所で右往左往している間橋たちにつかつかと近づいてきて、

「どうしたの？　お困りごとですか？」

と話しかけてきたから驚いた。

テレビで見る以上に可愛くて、きさくな人だった。どこで買ったのか、上品な水色のツイー

ドスーツがよく似合っていた。肩につくくらいの髪には綺麗にパーマがかかっている。間橋より年上なのに、所帯じみておらず、あどけない少女っぽさが残る人だった。

「はい、はい、はあ。そうなの、はい」

と細かく相づちを打ちながら間橋の話を聞き、

「県議と市議、両方にかけあってみますから」

と請け合った。その場で、電話を一本かけ、

「あー私だけど。そう、県連の春日井(かすがい)さんと梅本(うめもと)さん、お昼にでも会えないか調整してくれる? うん、はい、じゃよろしく」

判断の速さと、さばけたしゃべりかたに面食らった。切った張ったの世界で生きている人だと伝わってきた。

そして実際に、一カ月後には保育園移転の話は立ち消えになっていた。

魔法のようなその力に、間橋たち一同は顔を見合わせ、驚いたものだ。

それからというもの、間橋たちは何かと朝沼に請願に行くようになった。古くなった公園の遊具を整備してほしいとか、保育料をすえおいてほしいとか、日常的なことばかりだ。そのたびに朝沼は、適切な担当者につないでくれた。自分たちで動いてもどうにもならないことが、朝沼の言葉添え一つですんなり進む。

テレビでは国会本会議中に居眠りをする朝沼の様子が大写しになったり、週刊誌の行った「女性が選ぶ! 嫌いな女性議員ランキング」で朝沼が堂々の一位を獲得したりしていた。選

出理由には「働かずにおじさん議員に媚を売っているだけの人」と記されていた。

間橋はびっくりした。朝沼ほど地元で存在感のある人もいない。確かにあまり地元にも帰ってこないし、駅頭演説、街頭演説はほとんどしていない。夏祭りにも忘年会にも顔を出さない。だが、ここぞというときにビシッビシッと動いてくれる。それで十分だった。

朝沼の後援団体に入り、選挙の手伝いをするうちに、「間橋さんも市議会議員選挙に出ない?」と誘われたのだ。

「いやいやいや、私なんて」

と恐縮しきりだったが、

「向いてると思うよ。そんなに難しく考えることないって。困ってる人の話を聞いて、どうにかしてあげる。それだけだから」

という言葉に励まされた。何度も説得を受け、ついには「分かりました。出ます」と承諾してしまった。

昔から相談を受けやすいタイプだった。保育園でも、発達障害を持つ子供に関する相談、介護が必要な親戚に関する相談、隣の家がゴミ屋敷で困っているという相談など、何かと困りごとがよせられた。話を聞く人の範囲を、身近なところからもう少し広げればいいだけだと思った。

夫に反対されるかと思ったが、意外にも彼は協力的だった。もともとアナウンサーとして人前に出ていたから、生活が大きく変わるわけではないと思ったらしい。

アナウンサー時代の知名度もあって、選挙は難なく乗りきれた。でも、チラシを一回配るのに数百万円かかるのには驚いた。間橋の場合、政党から補助金が出たから持ちだしはなかったものの、無所属で出ている人は大変だ。

お節介で人が好きな性格が、この仕事に向いていたのだと思う。議員としての生活はおおむね順調だった。

ただ一点をのぞいては——。

議員控室につくと、スマートフォンを取り出して、SNSのDMを開く。

やはり、きている。「不思議の国のひこまる@ギター垢」というハンドルネームからだ。

『今日は白いジャケット、素敵ですね。ウニクロの完璧ジャケット、五千九百九十円。さすが庶民派のみゆきちゃん』

毎日、ひどいときは数時間おきにこのようなDMがくるのだ。誹謗中傷の類ではない。必ず褒めてくれるし、応援しているニュアンスのコメントだ。性的な要求をされたことはないし、付きまといやストーカーといえるのかどうかも微妙なところだ。

ブロックするわけでも、警察に相談するわけでもなく放置している。

だが、じわりじわりと気味の悪さがつのる。

笑い話めかしてママ友に愚痴ると、「それめっちゃ怖いじゃん。私、独身のときストーカー被害にあったから、よく分かるよ。よかったらこれ使って」と、バグチェイサーと呼ばれる本格的な盗聴発見器をくれた。バナナみたいな黄色のハンディタイプだ。使うわけでもないのに持ち歩いている。

市議会議員の報酬額は月に六十万円ほどだ。普通の会社員からするとかなり高く感じられる。けれども、支援者に配る会報づくりやウェブサイトの更新、街頭で使う物品調達、政策を勉強するときの取材費など、出ていくお金も大きい。秘書を雇うなんて夢のまた夢、事務所を構えることもままならない。自宅の住所と電話番号を名刺にもウェブサイトにも記載している。

配偶者や子供に万が一の危害が及んだら――という心配は、家庭を持つ議員なら誰もが一度は頭をかすめるだろう。聞くところによると、息子は小学校で「間橋くんのお母さん、政治家なんでしょ」という理由で、学級委員長を任せられたという。いじめられるわけではないが、「いじられている」らしい。

もう一件、DMが届いていた。

若い女性から、会社の給与をあげてほしいという訴えがきていて、昨日、労働組合の立ちあげかたや、労使交渉の方法を丁寧に返信していた。すると、それに対して、

「何もやってくれないいんですね。失望しました!!」

と返事がきている。

その人自身の投稿欄には、「間橋みゆきに相談したけど使い物にならなかった。偽善者」と書き込まれ、八件の「いいね」がついている。気にする必要はないと分かっていても、ため息が出る。

政治家は魔法のように要望を叶えてくれる存在だと思っているのだ。確かに間橋も、朝沼に

請願していたときはそれに近い意識があった。だが朝沼からアドバイスを受けて、署名を集めたり、集会を開いたり、自分たちで動けることは動いてきたつもりだ。自分自身は何一つ動かず、誰かに頼めばやってもらえるほど世の中は甘くない。

「間橋さん、これ、ありがとう」

議員控室で、声がかかって顔をあげた。プリントアウトされた書類が差し出されている。

「質問案、よくまとまっていたよ」

同じ会派に属する市議会議員、加賀美康彦(かがみやすひこ)だ。

地元の名門高校から東大経済学部に入り、日本銀行勤務のあと、戦略コンサルティング会社に転職した。地元O市に帰ってからはコンサルタントとして独立して事務所を構え、四十代前半にして、兼業で市議会議員をつとめている。

「よかったです。今日これから一般質問ですよね？」

「そう。だから、もうちょっと、一日か二日でも、質問案を早く用意してくれると助かるんだけどなあ」

「はあ、そうですか」

釈然としない気持ちで答える。

加賀美は大げさにため息をついて、議会へと歩き出した。時計を見るともう九時五十五分、開始五分前だ。

会議場では、中央奥の議長席から扇状に広がるように議席が配置されている。議長から見て右側から大会派が配置され、前のほうは当選回数が少ない新人、後ろにいくにつれベテラン議員が座るようになっている。

間橋が所属する国民党の会派には十五人の議員がいて、三十八人の総議員の中で最大会派となっている。

議長席に向かって左側前方の席に間橋は座り、出席札を立てた。

パソコンやスマートフォンを持ち込めないから手持無沙汰だ。以前は資料と称して新聞記事を持ち込んで読んでいた。だが最近はペーパーレスということで、資料も電子化され、スタンドアローンのタブレットが各席におかれるようになった。

「ちょっとー、これ、お願いねえ」

後ろから声がかかる。御年八十五歳の梅本湧太郎（ゆうたろう）、通称「梅爺」だ。生涯現役を旨とし、会長の座を誰にも譲ろうとしない。

「はいはい」

と答えながら、梅爺のタブレットを操作して今日の資料を表示してやる。

「お茶、持ってきましたか?」

「はあ?」

耳に手をあてて訊き返してくる。

「おーちゃー」

「あー、はいはい。あるよ」

と鞄からマイボトルを取り出す。奥さんが毎朝、麦茶を入れて持たせてくれるのだ。梅爺は以前、熱中症で倒れたことがある。

「こまめに飲んでくださいね」

まるで介護職員だ。だが誰かがやらないと、市役所職員の手を煩わせることになる。ただでさえ多忙な会期中、老議員の面倒まで見させるのはあまりに心苦しい。

「みゆきちゃんは、いいお嫁さんになるねえ」

梅爺は目を細めて言う。もう結婚して、子供もいるんですけど、と思いつつも、あえて訂正はしない。

今は年四回の会期のうち、六月定例月議会の真っ最中だ。

初日に市長からの議案説明がなされる。今期は補正予算案七本、条例制定議案一本、条例一部改正議案が十三本、専決処分承認を求める案件が二本、その他案件が四本あった。

議案説明が終わると、一週間ほど休会になる。議案調査といって、各会派で提出議案の吟味をするのだ。そのうえで、会派代表による代表質問、各議員からの一般質問と続く。

加賀美が一般質問に立った。

「国民党の加賀美康彦です。昨今のインフレーションの影響で、食品の原価が上昇していま す」

間橋が書いた原稿を我が物顔で読みあげる。腹から出る太い声は堂々としており、なかなか人を引き込むところがあった。

「それにともない、給食にかかる経費も上昇の一途をたどっております。例えば、エノタケの場合……」

エノタケって何だ？　と思った瞬間、ハッとした。

「榎茸（えのきたけ）」にルビを振るのを忘れていた。その後も、加賀美は「エノタケ」と連呼している。議場を見まわすが、これといった反応はない。誰も間違いに気づいていないようだ。ほっと胸をなでおろす。

後ろのほうでは、ショッキングピンクのスーツを着た寺山蘭子（てらやまらんこ）、通称「蘭子ネエさん」がいびきをかいて寝ている。ネェさんとはいうものの、もう六十三歳だ。それでもまだ「若い女の子」を張っている。六十代以上が半数を占め、五十代以上が七十五％を占める議会では、確かに年増とはいえなかった。蘭子ネエさんは、毎晩繁華街のバーを訪れ、寂しそうにしている独身男性に声をかけて支援者に引き込んでいる。深夜営業の疲れがあるので、午前中の本会議では寝ていることが多い。

それにしても、「榎茸」が読めない大人がいるとは驚いた。スーパーに行かないのだろうか。

加賀美は本会議には出席するが、会派の集まりにはほとんど顔を出さない。

一般質問の担当がまわってくると、市役所の職員を呼び出し、自分の関心事をつらつらと語って聞かせる。それに基づいて質問案をつくれということらしい。職員は仕方なく、質問案をつくる。だがその質問への回答案をつくるのも執行部門の職員だ。自分でつくった質問に自分で答える。議会では議員が質問案を読みあげ、市長が回答案を読みあげる。市議会が「学芸会」と揶揄されるゆえんである。

「正直、負担が大きくて困ってるんです」

と年度初めに、職員から相談を受けていた。産休で欠員が出たらしく、急きょ派遣の事務員を雇ったものの、議会対応は任せられない。残った数少ない職員で対応するのには手にあまるというのだ。

間橋は会派の集まりでこの問題をとりあげ、自分の一般質問は自分で用意しましょうと提案した。当たり前すぎる。小学校の学級会を運営しているようだ。だが、老議員たちはおおいに反発した。何十年とやってきた慣行を崩したくないらしい。結局、正式な会派決定はなく、「なるべく自分でやりましょう」と確認し合って終わった。

今期の議案調査期間に入ってすぐ、間橋は加賀美に呼び出された。

日本経済がいかに深刻な状況か、現在のインフレーションがいかに異常か、つらつらと話してくる。意図が分からず、困惑しながら「はあ」「そうですか」と聞いていると、

「間橋さんもそう思うよね？」

と突然尋ねられ、

「確かに。お給料はあがらないのに、物価ばかりがあがって。最近は子供に果物を買ってやるのもちゅうちょするんですよ」

と答えた。

「でしょ。じゃあ、その線で、質問案の用意をよろしく」

と言って、立ち去っていった。

その背中をあぜんとして見送った。

東大経済学部、日本銀行出身の加賀美は「経済に強い」という理由から、昨今のインフレ問題について何か質問することになっていた。市役所の職員に丸投げできない雰囲気になったから、丸投げに反対した間橋に質問案づくりを押しつけようという魂胆だ。

本当にしょうもないな。胸のうちにむらむらと怒りがわいた。だけどそれも一瞬のことだった。

物価があがって困っているという相談は各所からよせられていた。なかでも、給食センターからの相談は深刻だった。食材費が高いので、給食費を値あげしないとまかなえないというのだ。小中学校それぞれで年間六千円ほどの値あげが見込まれた。子供が三人いる家庭なら、年間一万八千円。給食費を払うのもやっとという家庭も多いのに、これ以上の値あげは困るだろう。

給食費のすえおきのため、食材費高騰分を全額公費負担する提案を行おうと思った。

「総額九千万円ほどの予算増ということになりますが、これらはすべて、国からの臨時交付金をあてれば十分にまかなうことができ、その他の事業区分に影響を及ぼすことはありません」

加賀美は力強く原稿を読みあげる。

よしよし、その調子、と心の中でエールを送る。

間橋が言えば「主婦目線の生活課題」になる話も、加賀美が言えばれっきとした「経済問題」として扱ってもらえる。そのほうが老議員たちに話を聞いてもらいやすい。経済のことは難しいから、若くて詳しい人に任せてしまおうと思うらしい。

間橋には目立ちたいという欲求がなかった。課題が解決されるなら手段は何でもいい。使えるものは使っていこうと思って、自分の通したい政策によせた原稿を用意したのだった。

「何卒、ご検討のほど、お願いするところであります」

と話を結んだ加賀美に、

「よく言った！」

という味方からの野次が入る。梅爺の声だ。

耳が遠いくせに、野次だけは人一倍うまい。若い頃は「喧嘩の梅さん」と呼ばれ、市民のために身をていして戦ったらしいのだが、今となってはその影は野次の力強さにしか残っていない。

周りが口々に応援の野次を口にするので、間橋も、

「その通り！」

と叫んでおく。

自分でつくった原稿に自分で「その通り！」と言うのも変だが、やはり野次は議会の華なのだ。タイミングや発声がばっちり決まると気分がよい。

昼食を挟んで、一般質問は午後八時まで続いた。本来の議事終了時刻は午後五時だが、毎回のびのびになってしまう。

慌てて荷物をまとめて自転車に乗り、自宅に帰る。息子は学童に行っているし、午後七時過ぎには夫が帰ってきている。

自宅につくと、義父と夫、息子の三人でハヤシライスを食べていた。間橋が週末につくって冷凍しておいたものだ。

「遅くなったー、ごめんねー」

と言いながら、ジャケットを脱ぐ間もなくエプロンをかけ、

「あっ、もやしのナムル、食べちゃって。もう悪くなるから」

と常備菜をいくつか盛って出す。

「えーまた、これー？」

息子が口を尖らせる。

「文句言わない」

と流しながら、よく冷えた缶ビールを出し、プルタブを引いて開け、夫と乾杯する。きりっとした辛口が喉を流れ、爽快な気分になる。

このひとときが一日のご褒美だ。ビールだけは本物を飲みたくて、余裕のない家計の中でも第三のビールには手を出さないようにしていた。

隣の椅子に置いた鞄の中でスマートフォンが震えた。何気なく開いてみると、ＳＮＳにＤＭがきている。「不思議の国のひこまる＠ギター垢」からだ。

「今日は遅くまでお疲れさま。一般質問はいつも長引いて、困っちゃうよね。晩御飯は何か

な⁉　ゆっくりおネンネください♪」

「おネンネ」のあとに寝息を表す「z」の絵文字がついている。

ギョッとした。

なんというか……何が悪いとは指摘しづらいが、不快である。

缶ビールを持つ手がとまる。せっかく心地よい疲労感に浸っていたのに、どっと重い疲れが押しよせて、ため息が出た。

「どうしたの？」

心配そうにのぞきこむ夫に、「大丈夫」と答えて、スマートフォンを伏せる。

辛いと愚痴れば「議員なんてやめちゃえば？」と言われかねない。それが怖くて、弱音を吐けなかった。

再びスマートフォンが鳴る。今度は着信だった。

「ちょっとごめんね」

と言ってスマートフォンを持ち、寝室に移動した。

「はい、間橋です」

「あー、みゆきちゃん？」

支援者の一人、六十七歳の多部(たべ)雄一(ゆういち)だ。飲食店をいくつか経営している。ママ友の紹介で知り合ったのだが、相談と称してたびたび電話をかけてくる。

「最近さあ、どうも困ったことがあって。聞いてほしいんだけど……」

健康診断の数値が悪くて病院に行ったら、あまりにも待ち時間が長い。これは医療崩壊ではないか、という話が始まる。今日は結構まともな話題だと思っていたら、

「俺もねえ、最近、あっちのほうが弱くなってきて。えへへ。その薬なんかも本当はもらいたいんだけどさ。心臓に悪いそうで、医者がなかなか出してくれないんだよねえ。これはさ、もう、実戦で鍛えるしかないよねえ」

と安定の下ネタに入っていく。

「すみません、次の予定があるので、本日はそろそろ――」

「こんな夜遅くから、何の予定があるわけ？」

不快感がにじんでいる。

「え？　男？」

「本会議期間中で、議案検討をしなくてはなりませんので」

「俺の言う通りにしたら、俺は百票持ってくるぞ」多部が怒鳴った。「え？　いいのか？　百票だぞ」

多部はいわゆる「百票おじさん」である。地方議員の周りによく出没する妖怪のようなもので、百票を持っている俺の言うことを聞け、と要求してくる。こういう人は実際のところ、百票も持っていないことが多い。

だが相手は有権者だ。無下にするわけにもいかない。なあなあに相手をして、切りあげる。こちらが拒否できないと向こうも分かっているから、こりもせず、また電話をかけてくる。

ため息を重ねて、食卓に戻ろうとしたとき、再び着信が入った。

「今度は何よ」

と独りごちながら電話に出ると、

「こんにちは、民政党衆議院議員の高月馨です。間橋みゆきさんのお電話でお間違いないでしょうか？」

テキパキとした女性の声がする。

「え、はい。間橋ですが」戸惑いが隠せない。「民政党の高月先生？　が、どのようなご用件で？」

本当に本人なのかも疑わしい。同じ政治家といっても所属政党が違うし、国政と市政ではレイヤーが異なる。高月をテレビで見たことはあっても、直接見たり会ったりしたことはなかった。

「折り入ってご相談したいことがあるのですが、明日、もしくは明後日、どこかでお時間を頂けないでしょうか」

よくよく聞けば、確かにテレビで聞く高月の声だ。やはり本人なのだろう。

「なるべく調整しますけれども。まず、ご用件を伺ってもよろしいでしょうか？」

「先日亡くなった朝沼さんのことです」

低い声が胸にずしんと響いた。なるべく考えないようにしていたことだった。これ以上、落ち込みたくない。けれども、朝沼の名前を出されると断れない。

明後日のお昼休憩に市役所六階の個別面談室で落ち合うことになった。

2

翌々日、間橋が市役所の議員控室に行くと、議員たちが壁際のテレビを囲み、食い入るように見つめていた。

「井阪修和容疑者が、今、警察署から出てきました。井阪修和容疑者です。東京地検に移送されていきます」

頭にフードをかけられた長身の男が、うなだれながら歩いていく姿がテレビに大写しになる。

昨日からメディアは三好顕造殺害の件で持ちきりだった。

間橋は苦々しい気持ちでテレビから視線を外した。三好家関連のニュースを目にするのは苦痛だった。否が応でも朝沼のことを思い出し、辛い気持ちになるからだ。

先月、大物衆議院議員の三好顕造が急死した。

顕造は、B県で開催された決起集会のあと、体調不良を訴えて入院していた。間橋も同じ決起集会に参加し、顕造に挨拶したばかりだった。

間橋が自己紹介するなり、顕造は大声で、

「元アナウンサーだけあって、やっぱり美人だね。ポスターより実物のほうが、ずっと綺麗じゃないか。え?」

と言った。よくも悪くも、彼は元気いっぱいだったのだ。

まさかあのあと、二週間もしないうちに死去するとは思ってもみなかった。

報道によると、顕造は、決起集会後の飲みの席で、薬と服薬補助ゼリーを口にした。そのゼリーに毒物が混入していたという。一命をとりとめたものの、十日ほど経ってから心停止した。高齢のため弱っていた心機能に、負担がかかったのが原因だったらしい。

世間が犯人捜しにわきたつなか、井阪という議員秘書が自首した。

金銭トラブルが原因で顕造に恨みをつのらせ、犯行に及んだという。

服薬補助ゼリーは注ぎ口つきのパウチに入っている。井阪によると、キャップを一度開けて、注ぎ口天面のアルミ箔フィルムを少しだけはがし、そのすき間から注射器の針を刺して毒物を注入した。はがしたフィルムは市販のヒートシーラーで加熱して再接着させたという。キャップを元通りに閉めれば、毒入り服薬補助ゼリーの完成だ。

井阪は、顕造の出張時を狙って、毒入りゼリーを差し出した。

普段の服薬時は、顕造の夫人がゼリーを容器に出して用意する。キャップが一度開けられていることに夫人が気づく可能性があった。

出張時、それも飲みの席であれば、顕造はほとんど注意を払わずにキャップを開ける。一度開封されていることに、まず気づかないだろう。

井阪は自首するとき、犯行に使用した注射器とヒートシーラーを持参した。自白も物証もそろっている。容疑は固かった。

殺人なんて縁遠いことに気をとられている場合ではない。今日は委員会審査がある。頭を切り替えて、控室をあとにした。

午前中の委員会審査を終えると、急いで六階に向かった。高月に指定された個別面談室の扉をノックする。

「どうぞー」中から明るい声が響いた。

すでに高月は到着しているようだ。

緊張しながら中に入った。高月は遠慮なく上座に腰かけている。その後ろには忠犬のように秘書が立っていた。若い女性秘書だったので少し面食らった。国会議員の秘書はたいてい中高年男性だからだ。

「こんにちは。本日はご足労いただきありがとうございます」

呼びつけられたのはこちらだが、したてに出て挨拶をする。相手は国会議員だ。一地方議員の間橋などとは格が違う。

「あーどうもー、急にすみませんねえ」

高月はニコニコしながら立ちあがり、名刺交換をした。

「どうぞどうぞ、座ってください。あっ、これよかったら」

菓子折りが差し出される。高月の地元の銘菓だった。

思ったより明るく、気さくな感じに驚いた。

高月は「ザ・怖い女、強い女」というイメージが強かった。国会中継ではよく「憤慨しています！」とかみつき、相手が大臣だろうと首相だろうと向かっていく。そのたびにネット上では「憤慨おばさんキター！」と騒がれていた。

朝沼しかり、高月しかり、政治家というのは実際に会ってみると、「イメージよりいい人だった」と思ってしまう。多くの人に会って人をたらしてまわるのが仕事だから、当然皆、そのくらいのカリスマ性を備えているのだろう。

戸惑いながらも腰かけ、おそるおそる尋ねた。「本日はどのようなご用件で？」

「そうそう、朝沼さんのことなんだけどね」

すでに友達になったかのような親しげな口ぶりだ。

「単刀直入に言いますよ。朝沼さんが亡くなって、B県の衆院議員の議席が一つ空いたでしょ。今度その補欠選挙をするのね。で、あなた、間橋さん。民政党の公認候補として出馬しない？」

「えっ？」思わず顔が前に出た。聞き間違いかと思った。

「私も色々調べました。で、あなた以上の候補者はどこを探してもいないのよ。あなた、国政に打って出るべきよ」

「ちょ、ちょっと待ってください。何を言ってるんですか」

訳が分からなかった。ずっと地元で暮らしてきた。親族には政治家がいないどころか、大卒の者すら少ない。自分が市議会議員をしているのは奇跡だった。今でもしっくりこない。過大評価されているだけだ。いつか本当の、しょうもない自分の姿が暴露されてしまうのではないかとおびえている。

それなのに。

国政、国会議員なんて。

今まで一度も考えたことすらなかった。

「話が急で、全然見えてこないんですけど。まず、私は国民党所属です。離党して、民政党に移れとおっしゃるんですか」

「受け入れ側がOKしてるなら、離党は問題ないでしょ」高月はけろりと言う。「それに、あなたこのまま国民党にいても、ていのいい使いっ走りとして重宝されて、それだけの政治人生になっちゃうよ」

政治人生などという大げさなことは考えたことがなかった。

「本気で言ってるのよ。あなた以上にふさわしい人はいないの」

「いやいやいや、ちょっと、本当に待ってください。自分はそんな器ではないです。市議会議員の仕事にもやっと慣れてきたくらいで。候補者を立てたいなら、民政党さんの県連で活きのいい人、県議会議員を三期か四期かしているような人を探してくればいいじゃないですか。探すほどでもない。そういう人はごろごろいますよ。国政に出たくて、その前段階として県議になるような人も多いですし」

普段はゆっくり話すのに、思わず早口でまくし立てた。

高月はフッと笑って、

「あのねえ、間橋さんは自分の力に気づいてないのよ。あなた、三カ月前の市議会選で何票とった？」

「一万……と、三千五百七票です」

「そう。それは候補者の中で何位？」

「一応、一位でした」

「でしょう」高月はにっこりと笑った。「しかも二位の四千六百十一票と圧倒的な差、三倍近くの票を得ての一位よ。県議会議員でもこんな得票数の人はいない」

「いや、それには事情があるんです」

言い訳するように言った。

「私はもともと、地方テレビ局のアナウンサーをしていました。だから皆さんによく知っていただいていて。つまり知名度で入れてもらっている票なんです。私に実力があるからではなくって」

「政治家にとって知名度もれっきとした実力じゃない。間橋さんは特に、アナウンサー時代からお茶の間の主婦層に人気が高かった。可愛らしい見た目なのに、飾り気がない。地元一番の大学を出ている才媛でもある。高校のときはバレー部の主将としてチームを春高バレー出場に導いたという経歴もある」

「それも事情があるんです。私は主将でセッターでした。ものすごくうまいアタッカーの子がいたので、その子のおかげで――」

「バレー部のＯＢＯＧ総会の会長をしているわね？」

「はい。まあ、なりゆきで」

「お子さんの小学校のPTA役員もしているわね？」

「はい」

「その他六つの団体で会長をしている」

「面倒な仕事を押しつけられやすいだけで、リーダーシップがあるわけではないんです。縁の下の力持ちというか、私、セッターでしたし。もともと目立つのが好きってわけではないんですよ」

「あなた、なんでそんなに自分の実力を否定するの？」

高月はじっと目を見つめてきた。その眼力の強さにたじろぐ。

「なんでか分かるよ。あててやろうか。戦うのが怖いからでしょ。圧倒的に不利な男社会で前に出たところで、潰されるに決まっている。本当は実力があるのに性差別のせいでそれが発揮できない。そんな理不尽を目の前にしたら苦しい。だから、実力を下方修正する。自分はもともと栄光に値しない人間なんだと思い込むことで、自分の心を守っている。そうでしょ？」

瞬間的に腹が立った。

これまでの間橋の四年間に手を突っ込んで、ぶしつけに値踏みされている。B県とは縁もゆかりもない国会議員に、何が分かるというのだ。

自分なりに戦ってきた。一つでも政策を通そうと、手段も選ばず、自分を犠牲にしてきたつもりだ。それを、それを――。

「私は」声が震えていた。「やりたいことがあって、市議会議員になっているんです。地元で暮らす皆の生活を少しでもよくしたい。だからここにいるわけです。その職務をなげうって国政に出るなんてことはできません」

地方政治を見下しているのだと思った。地方議員は皆、国会議員に憧れを抱いているはずだと。なれるものなら皆、国会議員になるはずだと思っている。だから立候補を打診されたら喜んでのってくると踏んでいたのだろう。

馬鹿にするんじゃない。国会議員になんてなりたくない。

党の集まりで接する国会議員たちは、皆どこか殺伐としている。常に選挙、議席、公認、票田のことが頭にある。政策は二の次、三の次だ。

そんな人たちに憧れるわけない。自分は自分なりに誇りを持って市議会議員をつとめてきた。

「お話はそれだけですか？　私はこれで、失礼します」

床においていた鞄を荒々しく持ちあげようとして、取り落とした。鞄の中からバナナ色のバグチェイサーが転がり落ち、机の脚にあたった。

ザザザザという起動音の後、「ピピピピピピ」とけたたましい電子音があがった。

「あれ？」拾いあげて画面を確認する。信号強度表示ＬＥＤが六個中四個も光っている。

「それ、盗聴発見器？」

高月が立ちあがり、のぞき込んできた。

「はい。でも、どうして？」

驚きで先ほどまでの毒気が抜かれてしまった。

バグチェイサーを持ったまま、部屋の中、壁際を一周すると、奥のコンセントの前で信号強度表示LEDがマックスに光った。

「あっ、これだ」

壁のコンセントに三穴コンセントプラグが差さっている。引き抜いた瞬間、バグチェイサーの電子音がとまった。コンセントから電力供給を受けて稼働するタイプだから、引き抜いてしまえば盗聴できないのだろう。

手のひらのうえでよく見ても、家庭によくある普通のコンセントプラグに見えた。

「さっきの会話、全部誰かに聞かれていた可能性がある」高月が腕を組んだ。「面倒なことになったな」

ずっと黙って立っていた秘書がぬっと動いた。盗聴器に視線を落とし、それから間橋の顔を見て言った。

「心あたりは?」

「ありません」とっさに答えてから、「あっ、いや、あります。この人」

スマートフォンを取り出して、SNSに届いている「不思議の国のひこまる@ギター垢」からのDMを見せる。

「この人にストーキングされているかもしれません」

「このフロアにくるのには受付とセキュリティゲートを通る必要があるよね。出入館履歴と、この部屋の予約履歴を確認してみよう」

高月はそう言うと間橋の返事も待たずに歩き出した。

間橋が固まっていると、秘書が「行きましょう」と静かに言った。

「あ、はい」

とにもかくにも調べてみるしかない。慌てて高月の背中を追った。


市役所は昼休み中でも忙しそうだった。この日は午後も委員会審査が予定されている。議員の誰かが指示したらしい資料のプリントアウトに駆り出される職員や、ぎりぎりになって届いた質問案の回答を慌ててつくる職員、故障したらしいタブレット端末と格闘する職員など、皆が殺気立っている。

間橋は、高月とその秘書と連れ立ってカウンターに行き、資料を手押し台車にのせて運ぼうとしている若手の男性職員、田崎（たざき）に声をかけた。

「ちょっと、いいかな？」

「なんですか？」ムッとして顔をあげた田崎は、間橋を見ると表情をやわらげた。「ああ、間橋さんでしたか」

普段から気を配って仕事をしているぶん、田崎は間橋を信頼してくれているようだった。

「忙しいときにごめんね」顔の前で手を合わせながら言う。「出入館履歴と、個別面談室の予約履歴を見せてほしいんだけど」

「今ですか？」

田崎は戸惑った様子で訊いた。これまで間橋から無理に急ぎの依頼をしたことはない。

「今、お願いします」

脇から高月が言った。

田崎は高月をじっと見て不快そうに眉をひそめた。

「今じゃなくていいよ」間橋がとっさに言う。「私もこれから委員会だから、そのあとの時間に見せてちょうだい」

ふと、田崎はシングルファザーで、定時で帰りたがっていたことを思い出す。委員会が終わるのを待っていたら、七時、八時過ぎになってしまう。

「あっ、やっぱり、明日の朝でいいよ。またきますから」

と言って、高月たちを引っ張ってカウンターから離れた。

自販機が置かれた休憩コーナーまできて、

「ずいぶん気を遣うのね」

高月が間橋をまじまじと見て言った。非難するというより、驚いているらしい。

「みんながみんな、二十四時間、戦えるわけじゃないですから。その中でどう動いてもらえるか、考えるしかないでしょう」

高月は不満げな顔をしながらも、

「じゃあ、とりあえず、明日の朝、ここにきますから。さっきの件も、考えといてね」

と話をまとめ、こちらが答える間もなく、足早に立ち去っていった。

忠犬のように控えていた秘書が少し後ろを歩き、スマートフォンを見ながら何か話しかけている。次の予定があるのだろう。

その背中を見送りながら、ふう、と息を吐く。

嵐のような人だった。

二十四時間戦えないという話がどれだけ通じたか分からない。高月は市民運動家あがりの政治家だ。人生を志にささげるような情熱が感じられる。その姿はまぶしく見えもするが、どこか腹立たしくもある。時間をすべて自分の好きに使っていい身分はお気楽なものだろう。

ふと、先ほどの話を思い出す。

――民政党の公認候補として出馬しない？

国政出馬だなんて。国会議員になったら、一年の半分は永田町に張りつくことになる。息子や義父の世話は誰がするのだろう。夫は夫で地銀の仕事が忙しい。一人で家のことができるわけがない――と考えて、ハッとした。

国会議員になっている自分を想像しているのがおかしい。国政選挙の厳しさは市議会議員選挙とは比べものにならない。仮に自分のようなものが出ても、あえなく落選して恥をかくだけだ。

やっぱりあの人は何も分かってない。

高月のシャープな顔を浮かべながら思った。

午後の委員会審査はとどこおりなく終わった。与えられた時間を大幅に超過して自説を展開した議員がいたため、終了時刻が七時過ぎになったのが唯一のトラブルだった。間橋が起案し、加賀美が一般質問で発表した給食費のすえおきについても議論が及んだ。他の会派の議員からいくつかの質問が出たが、原稿を読みあげただけの加賀美は答えられない。間橋が一つずつ丁寧に答えていくと、質問した議員も納得した表情で席に戻った。結果として、提案内容は委員会でもおおむね認められ、次の補正予算に組み込む方向で検討を進めることとなった。

これには間橋自身も頰がゆるんだ。政策がきちんと実現するのが一番嬉しい。

自宅に帰って慌ただしく夕食の用意をし、息子の宿題を見て風呂に入れ、ひと息ついたのは午後十一時過ぎだ。

SNSを開くと、国民党の市議会議員、加賀美康彦が投稿している。

「今日は委員会審査。私はインフレ対策の一環として、給食費のすえおきを提案していました。委員会でもおおむね認められ、次の補正予算に組み込まれる予定です。まずは一勝！」

居酒屋でビールジョッキを持ちあげている画像が添付されていた。一枚板の天然木材を使ったテーブルから、駅前の「助六」という居酒屋だろうと分かる。腕には国産ブランドの腕時計が光っている。控えめなデザインなので有権者には気づかれにくいが、限定生産されたモデルで実は数百万円もする。「すごいっしょ、知り合いのディーラーに押さえてもらったんだ」と自慢されたことがあった。

はあ、とため息をついて目頭を押さえる。

男性議員によく見られる「アレオレ詐欺」である。「アレ、オレがやったから！」と何でも自分の手柄にして吹聴するのだ。

今回の場合、確かに加賀美が一般質問で提案した内容が委員会でも前向きに受けとめられ、次期には正式に可決される見込みなのだから、加賀美の投稿に嘘はない。だが実際に動いていたのはほとんど間橋である。

投稿のコメント欄には「さすが加賀美先生！」「これからも応援しています。」と加賀美に好意的なコメントが並ぶ。

その中で、「間橋みゆきとは大違い!!」というコメントが目についた。「！」を二つ並べる使いかたに既視感を覚え、アカウントのプロフィール欄をのぞくと、以前、会社の給与をあげてほしいと相談してきた若い女性のアカウントだった。労使交渉の方法を教えただけだったのが不満らしく、それ以降、間橋を攻撃する投稿を繰り返しているようだ。

「間橋みゆきは偽善者!!」

「あのおばさん、マジむかつく。」

「元女子アナだからって何？　どうせ枕してるんでしょ（笑）」

いくつか投稿を読み、そっとスマートフォンを閉じた。

男性からのセクハラっぽいからみも嫌だが、同性からのこういった批判がよりこたえる。

ふいにスマートフォンが鳴った。

明石陽介という男からの着信だった。

「もしもし？　俺です！」

朗らかな声が電話口から響いた。

「こんばんは、間橋です。明石さん、俺ですだけじゃ誰だか分かりませんよ」

「あれ、でも間橋さんは分かったじゃないですか」

間橋は苦笑した。一日の疲れがすうっと抜けていくようだった。

明石は大手新聞社の政治記者だ。朝沼の実家に弔問に訪れた際に顔を合わせ、名刺交換をした。それきりになると思いきや、たまに電話がかかってきて、五分、十分程度の世間話をしている。

記者だからか、明石の特性なのか分からないが、妙に話しやすい人だった。明朗で、ほどよく抜けていて、聞き上手だった。チャラいというか、かなり、女慣れしている感じもあった。

「あのですね。ちょっとお伺いしたいんですけど」今日はいつになく改まった口調だった。

「間橋さんってもしかして、国政に出ます？」

え、と声がもれた。

どこから聞いたのだろう。高月から連絡があったのは二日前で、国政出馬を打診されたのは今日の昼だ。出馬打診の噂をつかんだのだとしたら、耳が早すぎて不気味なほどだ。

「あれ、図星ですか」

「いえ、あまりに唐突な質問だったので、戸惑っただけで。国政出馬なんて考えていませんよ。

あはは、びっくりしたあ」

笑ってごまかしつつ、切り返した。

「どうしてそんなこと訊くんですか？」

「俺の第六感がそうささやいたんです。間橋みゆきが国政に出るぞ、と」

大真面目な口調で言うから、吹き出してしまった。

第六感なんて嘘に決まっている。取材源は教えられないというだけだ。だがそのまま伝えないところに、明石の人柄を感じた。

「もし国政に出る気になったら、俺に一番に教えてくださいよ」

と、悪びれもせずに言うと、明石は電話を切った。

暗くなったスマートフォンの画面を見つめながら、個別面談室のコンセントプラグに差さった盗聴器を思いだした。明石はあの盗聴器を使って、高月と間橋の会話を盗み聞いたのだろうか。

そんなはずはない、とすぐに否定した。

東京にいる記者が市役所にやってきたら目立つ。特に明石は派手な赤いシャツを着ている。市役所内を歩いていたらすぐに職員たちの話題にあがるはずだ。明石が盗聴器をしかけることはできない。盗み聞いた音声を録音して、遠隔地に送信することは可能だろう。

だがいずれにしても、盗聴器をしかけたり、電波を受信して音声を録音したり、市役所付近で動きまわれる協力者が必要だ。

間橋のあずかり知らぬところで不気味な動きがあるような気がして、背筋が冷えた。

3

翌朝、駅頭演説を終えてから市役所に行くと、田崎はまだ窓口に出ていなかった。高月とその秘書とも合流し、とりあえず個別面談室に向かう。

所属政党が異なる間橋と高月が連れ立って歩いていると、何を噂されるか分からない。

面談室に入ったところで、高月の秘書が、

「ちょっと、これ、見てください」

とスマートフォンを差し出した。

画面には「国民党、陽三会が分裂」と見出しが出ている。

速報のニュース画面をタップし、つい先ほどテレビで流れたらしい映像を確認する。

「国民党の諸川辰彦（もろかわたつひこ）議員が、陽三会から三十人の議員とともに離れ、三好派に合流する見込みです。三好派はこの動きにより、七十二人の議員を抱える国民党最大派閥となり、次期総裁選でも大きな影響力を……」

あまりの衝撃に頭を殴られたようだった。

与党、国民党の最大派閥、陽三会の内部分裂だ。三好派に合流したことで、三好派が最大派閥へと成りあがる。だが三好派は、直近でそのトップである三好顕造を亡くしている。しかも顕造殺害の容疑者として、陽三会所属の山縣議員の秘書、井阪が逮捕されていたはずだ。

映像が切り替わり、諸川の顔が大写しになる。垂れた顔の肉に、小さな目と鼻が埋もれているようだった。けだるそうな見た目とは裏腹に、快活な声でしゃべっている。

「……三好顕造君と私、諸川は旧知の仲で、志を一つにしてきました。同じ派閥のもとに集い、その志をとげようとひそかに誓い合っていたのです。ところが、その動きをかぎつけた私の派閥の議員の秘書、井阪が邪魔をした。派閥合流の動きを阻止するために顕造君を殺害したものと、私はそう理解しております。井阪は顕造君との間に金銭トラブルがあり、派閥合流を機に金銭トラブルが露見することを恐れて犯行に及んだというのが、私の認識であります……」

カメラのフラッシュが一斉にたかれる。諸川はまぶしそうに目を細めた。

金銭トラブルの発覚を恐れて犯行に及んだ？

そんな理由で人を殺すだろうか。いかにも政治家がこしらえた表向きの説明に思えた。人を殺してでも守りたい秘密があるとしても、お金がらみではないだろう。

例えばそれは――と考えて、思考をとめた。考えれば考えるだけ、自分が苦しくなると分かっていた。

「このような卑劣な行為に、私は決して屈しない。三好顕造君と誓い合った志を果たさなくてはならない。幸い、ご子息の顕太郎君は、顕造君の志を引き継いでいます。私は、顕太郎君と合意して、予定通り、陽三会から離れ、顕太郎君たち三好派に合流することにいたしました」

脇の高月を盗み見る。

高月は口をあんぐり開けてスマートフォンの画面に見入っていた。政局の急変を知らなかったようだ。野党議員という立場上、知りようがなかったのだろう。

一方、間橋は与党所属だが、一地方議員にすぎない。政局の最新動向が事前に共有されることはほとんどない。寝耳に水だった。

朝刊には載っていなかった。映像は議員会館のロビーで撮られているようだった。諸川が今朝、知り合いの報道関係者を集めて、即席の記者会見をしたのだろう。

「高月さん、ご存じでしたか?」

その場をつなぐために、小さい声で高月に話しかける。

高月は首を横にふって「全然」と言った。

「でも、状況は理解できた。なるほどね」

低い声で続けた。

「このあいだ新聞報道で、顕太郎が総裁選に出るって話、出てたでしょ。顕太郎本人は否定していたけど、顕造の野望として語られていた。あれを実現しようとしてるんじゃない? あのときは、国民党内で顕太郎を推す勢力がそれほどあるとは思われなかったから、総裁選で勝つ見込みも薄いと予想されていたわけだけど、裏では諸川さんと話が進んでいたのね。顕造には、総裁選で顕太郎を勝たせる目算があったのよ」

高月は顔をあげ、にやりと笑ってこちらを見た。

「でもこれは、私たちにとってはラッキーかもしれない。顕太郎は顕造の地盤を引き継いで、補欠選挙に出るでしょ。このB県の補欠選挙で、朝沼さんの議席を引き継ぐために出馬するっていう噂もあったんだから。そうなると他の候補者は敗色濃厚なわけだけど、父の遺志を継いでというストーリーなら、顕太郎は必ず顕造の地元から出馬する」

「いや、私たち、と言われましても」慌てて否定する。「私は出馬するつもりはありませんよ」

「はいはい」高月は流すように言った。

そろそろ田崎がつかまるだろうと、連れ立って窓口に戻る。

「こちらです」

田崎は出入館履歴と、個別面談室の予約履歴をスプレッドシートに打ち出してくれていた。時間に余裕を持たせて頼んでおけば、丁寧な仕事をしてくれるのが田崎のいいところだ。

休憩コーナーに引っ込んで、ざっとながめる。

昨日の午後だけでも百人以上が建物から出たり入ったりしている。市役所の職員と市議会議員をのぞいても、三十人以上いる。ここから誰か一人を特定するのは難しそうだ。

個別面談室の予約履歴は、一日にせいぜい六件しか入っていない。記載されている名前も見知った議員たちだ。

「だけど、どのタイミングで盗聴器をしかけたのか分からないですし、これじゃ絞りきれませんね」

「他の人を狙ってたのなら絞れないけど、間橋さんの話を聞くのが目的なら、間橋さんが利用する直前か、少し前に部屋を利用するんじゃないかな。あんまり早く盗聴器をしかけると、そのぶん見つかる可能性が高まるわけだから」

「面会の二日前の夜、高月さんから連絡をいただきましたよね。翌日、つまり面会前日に、個別面談室の予約をとりました。予約完了時間は午前十一時五十五分となっています。私を狙って盗聴器をしかけられるのは、前日の午後から当日の午前中にかけて、個別面談室を利用した人です」

前日午後には、寺山蘭子、通称「蘭子ネエさん」が同じ面談室を利用している。当日午前には、加賀美康彦が使用し、その後、梅爺が使ったようだ。

「この三人以外でも、面談室を管理している市役所の職員なら、いつでも立ち入ることができるよね?」

高月が予約履歴を指さしながら言った。

「もちろんです。ただ、現在は会期中で、市役所職員は多忙を極めています。わざわざ議員の話を盗聴してまで、首を突っ込む人がいるのか、おおいに疑問ですね」

「じゃあ逆に、この三人なら間橋さんを盗聴する理由がありそうなの?」

「うーん、どうでしょう。三人とも毎日議会で顔を合わせる相手です。これといって恨みを買った覚えはないのですが」

強いていうなら、蘭子ネエさんは若い女性議員に対してあたりがきつい。けれども直情型の人だから、直接文句を言うことはあってもコソコソ盗聴するとは思えない。

他方で梅爺は、もっとありえなそうだ。最近は耳も遠くなっていて、盗聴データすら満足に聴きとれないのではないかと思われた。しかも梅爺の予約枠には同席者として現在の議長の名前も入っている。二人で何かを相談する場で、わざわざ盗聴器をしかけるとは思えない。

するど、残るは加賀美だ。確かに加賀美は周りをきょろきょろ見ながら慎重に動くタイプだ。盗聴というのも違和感がない。けれども、ピカピカのキャリアと一応の人望がある加賀美が、間橋を敵視する理由がない。

高月が首をかしげた。

「間橋さんは、付きまといの被害にあっているのよね。その人が面談室に侵入したのでは？」

「改めて考えると、それは無理かもしれません。一般のかたが六階まであがってくることは物理的には可能です。でも誰かに見つかってとめられる可能性もある。面談室は使わないときは施錠されているから、よほどのすきをつかないと侵入できません。しかも、予約履歴は議員と職員しか見られませんから、私の予約を狙いうちして盗聴器をしかけるのは、一般のかたには無理だと思います」

高月の脇に控えていた秘書が、突然、一歩前に踏み出した。

「付きまといアカウントの投稿、見せていただけませんか？」

抑揚のない声だった。表情の乏しい顔は、ちょっとやそっとのことで動じそうにない。若い子なのにずいぶん落ち着いているんだな、と感心してしまった。

「こちらです」

スマートフォンを取り出してＳＮＳを開いた。「不思議の国のひこまる＠ギター垢」のプロフィール欄を見せる。

新しい投稿があったようだ。美味しそうな唐揚げが盛られた写真だ。

「いくつになってもコレはやめられない！　部活帰りの少年みたいにいただきます」

と書かれている。

「この写真がどこで撮られたか、推測がつきますか。例えば、唐揚げの皿、テーブルの模様、ビールジョッキのかたち。付きまといをしているなら、おそらく近隣に住んでいるはずです。この店も、あまり遠くないところにあるはずです」

画像を拡大して、指先でスワイプしながらまじまじと見た。特徴的な木製のテーブルだった。どこかで見たことがある。

「あっ、これ、助六のテーブルだ」

思わず独り言がもれた。

「駅前の居酒屋の、助六。天然の一枚板を使ってるんですよ、あそこ」

「ちょっと、とめてください」

秘書が画像の一部を指さした。

「このビールジョッキの表面に、写り込んでいるものがあります。きらきらした銀色の、これは腕時計ですね。よく見ると珍しい文字盤をしています」

「あ、この腕時計、限定生産のものです。そうか、そうなんだ」

間橋は顔をあげて言った。

「これ、加賀美さんだ」

加賀美の投稿も見せた。二つの投稿を見比べると、テーブルの木目や、ビールジョッキのかたち、そこに写りこんでいる腕時計の文字盤も一致する。

「ほら、同じ日に同じ場所で撮られた写真だと思うしかないです。つまり、この、ひこまるってアカウントは――」

「加賀美さんの裏アカウントってことですね」

秘書が言った。

「名前の康彦からとって、ひこまる。加賀美を鏡とおきかえる。『鏡の国のアリス』という作品があります。『不思議の国のアリス』の続編です。だから『不思議の国のひこまる』と名乗っているのでしょう。ギター垢とある通り、ギターが趣味なのかは分かりませんが」

秘書が冷静な口調で分析するから、おかしかった。

硬い雰囲気だから忘れそうになるが、まだ二十代と思われる若い女の子だ。間橋よりもずっと「裏アカウント」になじみが深いのだろう。

「えっでもさ」高月が無邪気に言った。「そんな分かりやすい名前で裏アカウントをやって、同僚の議員にからんで、バレると思わないの？」

「さあ、中高年男性のネットリテラシーは、私の想像をこえるところがありますから」

秘書はあくまで真面目な顔で言う。

こんな若い女の子に裏アカウントの分析をされているなんて、本人が知ったら赤面するに違いない。

「でも、なんで加賀美さんが？」

素直な疑問を口にした。

「加賀美さんとは特に対立することもありませんし、市議会選挙でも加賀美さんは悠々と当選されていて、議席を争ってバチバチするようなことはなかったんです」

むしろ一般質問の原稿を用意してやったり、何かと役に立っているはずだ。感謝されこそすれ、恨まれるいわれはない。

「でも、この加賀美という議員が間橋さんにストーカーまがいのことをしていると考えると、盗聴のほうも説明がつくよ。加賀美は当日朝に同じ面談室を使っている。間橋さんの予約が入っていることを確認したうえで、盗聴器をしかけたんだよ」

「まあ確かに。そんなことをする理由が、本当に分からないんですけど」

もともと加賀美に好感を持っていなかった。まさかこの人がとショックを受けるほどではない。だがひたすらに不可解で、不気味だった。

「理由なんて何でもいいじゃない」高月はあっさり言った。「加賀美っていう議員が後ろ暗いことをしているって事実をつかんだんだから。今はそれをどう使うか考えるべきよ」

「どう使うか？」

間橋は手に握ったスマートフォンをぼんやりとながめた。

そんな謀略じみたことを考えたことがなかった。

政治家といっても市議会議員だと、地道な活動を積み重ねていけば十分にやっていける。他人と秘密裡（ひみつり）に手を組んだり、出しぬいたりしなくてもいい。どこか遠い世界、例えばスパイ映画の中に急に放りこまれた気分だった。

「問題行動として会派に報告するにしても、証拠が足りませんよね。開示請求をして投稿者を特定しないかぎり、本人は『君の勘違いだろう』などと言い逃れると思います。いつの間にか私が悪者になってるのがオチです」

「いやいや、だからさ」

高月が手をひらひらと動かして笑った。

「正攻法でいかなくていいんだよ。重大な証拠を握っているように見せかけて、本人に脅しをかければいいじゃん。何かのときに役立つかもしれないから、とりあえずこの男はしばらく泳がせておきなよ。気持ち悪いＤＭがきたらスクリーンショットを撮って保存して、本人だと特定できそうな投稿も保存しておいて」

「はあ。分かりました」と答えるしかなかった。戸惑いばかりがつのっていく。

高月はテキパキと話を進めた。

「離党して民政党の候補者にならないかという話を、この加賀美という議員に聞かれたわけだけど。間橋さんははっきりと断ったんだし、今すぐ問題になることもないでしょう。それはそうとして、立候補の話は真面目に考えておいてくださいね。私たちは今日の午後には永田町に帰るけど、またこちらに伺いますから」

一方的に言いきると、「じゃ」と手をあげて歩いていく。かなりの早足だ。負けじと早足な秘書が後に続く。

「待ってください」背中に声をかけた。「昨晩、東京の政治記者さんから、電話がありました。私の国政出馬について聞かれたんです。その記者が加賀美とつながっているのかもしれません。ですが他の可能性として、高月さんたち、民政党から話がもれているのかもしれない。心あたりはありませんか?」

高月は振り向いた。「その記者ってのは、どこ社の、誰?」

明石の名前と、所属新聞社名を告げた。

「ああ、その新聞社の政治記者なら、心あたりがある。裏でかぎまわっているんだろうな。調べてみるよ」

と言うと、風のように去っていった。

この人たちはいつもこうやって突然やってきては、さっさと用事をすませ、帰っていくのだろうか。どっと疲れた気分になりながら、その背中を見送った。

4

翌週の日曜日は息子の運動会だった。

梅雨どきにもかかわらず、よく晴れた運動会日和で、やはり今年は水不足になって、農業用ため池の補正予算が必要になるだろうと思われた。

早朝から、運動会用の弁当づくりに精が出た。前日の土曜日の夜に、しっかり仕込んである。正月用のお重に肉巻きおにぎりとタコさんウィンナー、卵焼き、たらこパスタ、ジャムサンドイッチ、いんげんとニンジンの炒めものなどを、彩りよくつめていく。

追加で唐揚げでも揚げようかと考えた瞬間、加賀美が撮っていた唐揚げの写真が思い出されて、身震いがした。加賀美が嫌がらせをしていたと知った当初は、驚きと戸惑いでいっぱいだった。ところが日が経つにつれて、不快感が喉元にせりあがってきた。

あれから何度も加賀美と顔を合わせているが、変わった様子はない。いつもの通り、少し偉そうで、だが気さくに話しかけてくる。だがその裏で、相変わらず「みゆきちゃん、今日も可愛かったね！」などとDMを送ってきているのだ。

他人の悪意が恐ろしかった。

政治家になってからずっと感じつつも、直視しないようにしていたことだ。

世の中には理由もなく悪意をぶつけてくる人がいる。その人だって悩みやストレスを抱えているのだろう。だからこそ、やつあたりのように、決して口答えができない立場の人間に対して悪意を投げつける。人間には誰しもいいところと悪いところがあるとして、その悪いところばかりをまざまざと見せつけられているようだった。

加賀美ばかりではない。百票を持ってくるから言うことを聞けと迫る「百票おじさん」や、駅頭演説をしていると頭ごなしに説教をしてくる有権者たち、ＳＮＳで間橋の悪口を投稿し続ける人。

敵にぐるりと囲まれて、少しずつ追いつめられる感じがする。表ではニコニコと接してくる人も、裏では悪口を言っているかもしれない。息が苦しくなるような錯覚をおぼえる。どうしてこんな目にあうのか分からない。悪いことは何もしていないはずなのに。世界が急に反転して、乾いた死灰が積み重なって自分へなだれ落ちてくるようだった。

「みゆき、大丈夫か?」

夫の声で我に返った。パジャマ姿でこちらをのぞき込んでいる。

つとめて深呼吸をして、意識を現実に引き戻した。

「ああ、ごめん。もう起こす時間だったね」キッチンの壁にかかった時計を見あげながら言う。

「いや、そうじゃなくて、顔色悪いけど、大丈夫?」

ふちなしの眼鏡の奥から、すっきりとした一重の目がのぞいている。黒々とした瞳には邪気がまったくない。

ああ、この人は高校時代からこういう目をしていた、と思い出す。間橋がバレー部の運営につまずいて悩んでいたときも、こうやって話しかけてくれた。解決策を提示するわけでもなく、慰めるわけでもなく、ただ話を聞いてくれた。ずいぶんと助けられ、高校三年生の春の大会が終わる頃には付き合っていた。

すごくモテていたサッカー部の部長からの告白を断って、全然モテない感じの夫と付き合いだしたから、友達にはびっくりされたのだった。「格差カップル!」といじられても、夫は毛ほども気にしていない様子だった。昔からマイペースで、だからこそ妻が市議会議員をしていても平気なんだろう。

「あのさ、私が仕事やめるって言ったらどうする？」

「やめたいの？」

夫は心底驚いたように目を丸くしていた。

「うーん」間橋は首をかしげた。自分でもよく分からなかった。

「みゆきがやめたいなら、やめればいいと思うけど」夫はからりと言った。「でもやめたところで、また同じようなこと、始めそう。みゆきって根っからの世話焼きだから」

キッチンの窓からさす朝日が夫の眼鏡に反射して、きらめいている。まぶしいふりをして、目を細めた。そうでもしないと涙がこぼれそうだった。

「そうだよね」笑いながら応える。自分でもすうっと力が抜けていくのを感じた。「確かに、仕事をやめたところで同じようなことやってそうだわ、私」

我慢していたのに、目頭に涙がにじんだ。

「何かあった？　大丈夫？」

「ううん、大丈夫。ちょっと疲れていたみたい」

「悩みがあったら言ってね。聞くよ」高校生のときから何一つ変わらぬ口調で言う。

ふっと頬をゆるめて、

「目下の悩みは、唐揚げを揚げるかどうかということ……だったけど、せっかくだから揚げることにするわ」

腕をまくって揚げ鍋を取り出した。

夫はその後、保護者観覧席の場所とりに出かけていった。

東京だと場所とりも早朝からで大変だと聞くが、このあたりはのんびりしたものだ。無事、ほどほどにいい席がとれた。

息子は間橋に似て足が速い。かけっこでは断トツの一位だった。ゴールテープを切る瞬間をカメラにおさめようとしたものの、手振れが激しくて何を撮っているのか分からない写真が手元に残った。それを見て夫と一緒に笑い転げる。久々に家族と過ごした休日だった。

夕方近くになってから、スマートフォンにメールが入っているのに気づいた。

国民党の県連会長から「明日、折り入って話をしたい」というメッセージだ。用件に想像がつかなかった。

六月定例月議会は終盤に差しかかっている。実は日曜日のこの日も、会派の集まりがあった。週明けの本会議での討論、採決に向けて弾みをつけるための集まりとされていたが、要は飲み会である。

会派のメンバーと休日の昼間から飲んでも楽しいはずがない。議案調査に関する根まわしはきちんとしたうえで、息子の運動会を優先することにしていた。

そういえば、県連会長も飲み会に出席すると聞いていた。自分のいない酒の席で何かあったのだろうかと不安がくすぶった。

翌日、いつもの通り駅頭演説を終えてから市役所に向かった。自転車をとめ、ジャケットを片手に持ちながら議員控室に入っていくと、

「君、遅いよ」

加賀美が近づいてきて大声で言うので、面食らった。

これまで加賀美に「君」と呼ばれたことはなかったし、「遅い」と言われても、普段通りの登庁時間だからだ。本会議の開始まではまだ二十分もある。

控室の奥のソファには、県連会長の春日井が座っていた。丸々とした身体をベージュの麻のスーツにおさめて、ステッキを握りしめている。英国風の紳士然としていた。

「おはようございます」間橋はとっさに頭をさげた。「昼頃にいらっしゃると伺っていたのですが――」

加賀美がわざとらしく顔をしかめて口を挟んだ。

「会長が待っておられるのに、どうしてこんな時間に出てくるんだ」

「すみません」あえて加賀美を見ず、春日井に向かって言った。「子供を小学校に送り出したあと、駅頭演説をしてからこちらにくるようにしているもので」

すると加賀美が意味ありげに春日井に視線を投げた。口元が笑っている。

「今度の秋の、衆議院議員補欠選挙」

春日井が重々しく口を開いた。

「国民党のB県連としては、加賀美君を公認候補者として推薦することにしたから」

「えっ？」急な話に声が裏返った。

周囲を見まわす。国民党の会派の議員は事情を知ったふうで、驚く様子はない。他の会派の議員はまじまじとこちらを見ている。だが国政選挙のことなので、どこか他人事で、興味本位に耳をかたむけているという感じだ。

「そうですか」と言うしかなかった。

国民党の公認候補者が誰かということに、さほど関心をよせていなかった。県議会議員で活きのいい人を見つけてくるのだろうと予想していた。

だが加賀美が出たいというのなら、確かに適任な気がした。東大経済学部卒という学歴があるし、日本銀行や戦略コンサルティングでの勤務経験もプラス材料だ。四十代前半という脂がのり始める時期でもある。

隣の加賀美の表情を見る。本人は感情を抑えているつもりだろうが、口元が嬉しさでゆるんでいるのがありありと見てとれた。

「それで私にお話というのは？」

「いや、だから」春日井がいらだった様子で言った。「加賀美君を公認するという話だよ」

「はあ。そうですか。私と何か関係ありますっけ」

深い意味もなく訊いたことだった。

春日井は一瞬戸惑ったような表情を見せたが、すぐに穏やかな笑みを浮かべて口を開いた。

「君は前の選挙でも圧倒的な得票数だったし、市役所の職員や有権者からの評判もいい。毎日駅頭演説しているのも立派だ。だから君には頑張ってもらいたいと思っている。だけど、国政となるとレベルが違ってくるんだ。しかも衆議院議員の小選挙区だ。議席を失うわけにはいかない。選挙のことを二十四時間考えて動けない人は、候補に選べないんだよ。君が女性だから差別しているってわけじゃない。女性でも二十四時間戦えますって人はいるからね」

話の方向性が見えず、間橋はぽかんとしていた。だが春日井は、間橋がショックを受けていると勘違いしたらしい。

「だから、そうしょげないで。君には期待してるんだ。実は補欠選挙をすると決まったとき、最初に君の名前が出たくらいなんだ。そのくらい、君の頑張りは色んな人が見ているということだよ。結果的に国政は厳しいということになったが、市政であれば、君にもできることがたくさんあるはずだから」

「あ、もしかして」口から言葉が飛び出た。「春日井会長、私が国政出馬を希望していたって思ってらっしゃいます？」

「違うのか？」

「違いますよ」驚いて大げさに手をふった。「どうしてそんな話になってるんですか」

国政に出たいなんて思ったことがない。だから当然、人に言ったこともない。

「そういう話を小耳に挟んだから。さぞ気落ちするだろうと思って、こうやって時間をつくってやってきたんだ」

十中八九、昨日の宴会でそういう話題が出たのだろうと思えた。欠席した宴会の席で重要な情報がとり交わされ、いつの間にか輪の外に身をおくことになる。よくあることだった。

「そうだったんですか。それはお気遣いをいただきありがとうございます」

とっさに頭をさげる。

「引き続き、市議会議員としてつとめを果たしたいと思っています」

と言った瞬間、ハッとすべてを理解した。

加賀美は国政に出たかったのだ。

だがB県のこのあたりの地区は世襲の朝沼がきっちり押さえている。他の者がつけいるすきはなかった。朝沼死亡の報は加賀美にとって福音だっただろう。公認は現職優先だ。この機を逃したら、次に出馬のチャンスがめぐってくるのは何年後になるかも分からない。

国会議員になるために、まず何より大事なのが、党の公認を得ることだ。

特にその土地で強い党——多くの場合は与党だが——の公認を得る。それがないとスタートラインにも立てない。

チラシ一つ配るのにも数百万円かかる。一つの選挙で総額いくらかかるのかと思うと、ゾッとする。事務所を構え、選挙カーを用意し、ボランティアを管理して、選挙活動をしていくのにもノウハウがいる。党の支援がなければまず無理だ。

つまるところ、政治家は国民が選んでいるわけではない。党の選挙対策委員会、そして各党の県連幹部に気に入られた人だけが立候補者として国民の前に並ぶ。

党は勝てる候補者を求める。勝てる候補者というのは、これまで勝ってきた候補者に基づいてイメージが形成される。つまり、選挙に一日二十四時間を投入できる健康な中高年男性である。そのイメージにあてはまらない人は、国民の選択肢に入る前にふるい落とされている。党の幹部も県連の幹部も多くが中高年男性だ。彼らが自らとよく似た中高年男性を政界に引き入れる。そうやって、政界に中高年男性が再生産され、増殖していく。

割を食うのは女性だけではない。介護負担を抱えた男性や、障害を持った男性、若い男性、学歴や職歴が十分ではないと判断された男性も弾かれている。

脇の加賀美をちらりと見る。加賀美は「なんだよ、文句あるかよ」とでも言うように、じっとにらみつけてきた。

その瞬間、なぜだか強い怒りが落ちてきた。不思議な感覚だった。腹が立つときは文字通り、お腹のあたりからムカムカといらだちがのぼってくることが多い。それなのに、頭上から重石ががつんと落ちてきて、身体の重力が何倍にもなったかのような衝撃があった。足の裏が地面にめり込みそうだ。

盗聴のこと、裏アカウントのことを言ってやろうかとも思った。

当初から間橋も公認候補者として名前があがっていたという。絶対に公認がほしい加賀美は慌てたことだろう。

思えば、「不思議の国のひこまる@ギター垢」が嫌がらせのDMを送ってくるようになったのは朝沼が死亡してからだ。間橋を一方的にライバル視して、嫌がらせを開始した。

盗聴は間橋の弱みを握るためだったのだろう。

民政党から立候補の誘いがきているということは、加賀美も知っているはずだ。盗聴器から発信された内容は確認しているだろうから。間橋は他党に寝返りかねないと、春日井に注進して、公認を勝ちとったのかもしれない。

「ところで春日井会長、私が国政に出たがっているというのは、この加賀美さんから聞いたんじゃないですか？」

あえてニコニコしながら鎌をかけた。

「いや、誰からというのは言えないが」

春日井の目が泳いだ。

「そうですか。最近、面談室の利用マナーの乱れが気になっていたんですけど。私の勘違いだったんですかねえ」

にっこりと加賀美に笑いかける。加賀美はこめかみに青筋を立てた。

「そうだ、君の勘違いだ」

こちらをギロリとにらむ敵対的な視線が答えだと思った。

とっさの判断だったが、盗聴のことは知ってるんだぞと釘を刺した。これ以上盗聴されたらたまらないからだ。ただ裏アカウントのことは知らんぷりをしておこうと思った。高月の言う通り、泳がせたうえで追いつめたほうがいい。

「あら、もう本会議が始まりますよ」

間橋は腕時計を見て言った。

今日は委員長報告と討論、採決がある。六月定例月議会の最終日だ。加賀美には視線もやらず、春日井に一礼をして会議場へと向かった。

採決はつつがなく終わった。実質的な議論は委員会ですませてあるから、最終日の採決は儀式みたいなものだ。

あれっと思ったのは、傍聴席に梅爺の奥さんが着物姿でちょこんと座っていたことだ。

閉会直前、議長がおもむろに「ここでお知らせがあります」と言った。

「これまで五十余年にわたり、市政に尽力してくださった梅本湧太郎君が、今期をもって勇退することになりました。深い感謝とともに、市政への長年の貢献をたたえたいと思います」

議長が一人、拍手をし始めた。他の議員もつられて拍手をする。皆の顔に驚きが浮かんでいた。

議長以外、誰も聞かされていなかったらしい。生涯現役を旨とし、会派の会長も絶対に譲ろうとしなかった梅爺の突然の引退だ。一年の中の区切りとしても六月定例月議会は中途半端である。

梅爺はすっと立ちあがって、誰に対してでもなく一礼した。傍聴席で奥さんがハンカチを目元にあてている。

驚きと興奮が冷めないままに閉会した。

議員たちは一斉に梅爺のもとに駆けよる。

「引退って、本当ですか?」素直な疑問が口をついて出た。

間橋が生まれる前から、梅爺は市議会にいた。当たり前にずっといた。そんな彼がいなくなるなんて、想像もできなかった。

梅爺は耳に入った補聴器の位置を直したうえで、

「うん、やめる!」

と威勢よく言った。

「俺、ガンが見つかったから。そっちと戦わなくちゃならん。やめるときはさっさとやめる。悔いはない」

ええっと悲鳴のような声があちらこちらからもれた。

梅爺はもう八十五歳で、持病の一つや二つ、あってもおかしくない。認知症も多少進行しているように見えた。けれどもガンというのは、梅爺にどうも似合わない。

「送別会は後日、開催しますから」

その場の収拾をつけるように議長が言った。

そういえば、このあいだ個別面談室に梅爺と議長の予約が入っていた。あのとき議長に話したのだろう。

間橋が気持ちのやり場に困って、鞄の持ち手を握り直したり、ジャケットを脱いだりしてオロオロしていると、梅爺がぬっと近づいてきて、

「みゆきちゃん、時間いいかな」

と言った。

周囲の視線が一気にこちらに集まる。

用件は分からなかったが、「はい、もちろん」と答えるほかない。

梅爺は傍聴席の奥さんに「ちょっと待ってろ」と声をかけると、ずいずいと歩き出した。いつになく元気で、意識もはっきりしているようだ。

梅爺は「予約してある」と言って、個別面談室に入った。

差し向かいで座ると、気まずい沈黙が流れた。

よく考えると、梅爺とこうして二人でじっくり話したことなどなかった。梅爺の周りには常に誰かがいたからだ。最近は老いぼれて訳の分からないことを言うことも多かったし、この税金泥棒と言ってやりたいこともあった。だがそれでも、何とも言えぬ愛嬌があって、放っておけないところがある。だからこそ間橋も世話を焼いてきた。

「みゆきちゃんのところの、お父さんは元気か？」

義父のことを聞いているのだと分かった。二人は旧知の仲だったはずだ。

「ええ、最近は漢詩にはまっているみたいで。いくつになっても勉強熱心な、立派なかたですよ」

「あいつは昔からそうだった」

言葉を切って、黄色い膜が張った目でこちらをじっと見た。

「それでな、時間もないから単刀直入に言うが、みゆきちゃん、あんた、国政に出なさい」

「えっ？」

聞こえていたが、思わず訊き返した。すると梅爺は聞こえなかったと思ったらしく、声を大きくして、

「あんた、国政に出なさい」

と言い直した。

「待ってください。なんで急に国政の話になるんですか」

春日井や加賀美、高月から話題を振られるならまだしも、梅爺に言われるのは意外だった。梅爺はO市のドンだが、県連や党本部とはあまり深く関わっていないはずだ。

「お嬢先生から頼まれてるんだ」

久しぶりに聞くお嬢先生という響きが胸にじんと落ちてきた。朝沼は地元の人たちからそう呼ばれていた。懐かしさで胸がつまった。

「朝沼先生から、ですか？」

「そうだ」梅爺がうなずいた。「あんたが議員になったとき、お嬢先生に、『くれぐれもあの子をよろしく頼む』と言われていた。だから俺はあんたに目をかけてきたつもりだ」

初耳だった。

朝沼に助けてもらったことが、政治と関わるきっかけになった。市議会議員になったのも朝沼に勧められたからだ。だが実際に議員になってから、朝沼に何かサポートされたことはない。

見守ってもらっているという実感すらなかった。けれども、間橋の知らないところで、朝沼は心を配っていたのかもしれない。

「お嬢先生が亡くなる前の晩、俺のところに電話があった。『自分に万が一のことがあったら、間橋さんを後任に擁立してほしい』って言うんだ。俺はびっくりした。そんなこと言うなよと伝えたが、お嬢先生はかなり強い口調で『間橋さんなら信頼できるから。万が一のときは、間橋さんが国政に出て、顕太郎を支えてほしい』って」

何が何だか分からなかった。

朝沼は自殺したと聞いている。原因は——考えたくなかった。

その朝沼が死ぬ前日に梅爺に電話をして、間橋を後任に指名したというのだ。

梅爺ではなく、県連会長である春日井に頼んだほうがスムーズだったようにも思う。だがおそらく、これまでも間橋の世話を頼んでいたからこそ、梅爺に託したのだろう。

朝沼は顕太郎と婚約していた。自分亡きあとに顕太郎の政治的な味方になってくれそうな人を探していたのだろう。それならば確かに加賀美みたいな野心をぎらつかせた議員より、自分のほうが適任に思えた。

だが顕太郎を心配する朝沼も微笑ましいものだ。今となっては、顕太郎は国民党の最大派閥のトップである。父の地盤から補欠選挙に出て衆議院に鞍替えし、そのまま総裁選に出馬するのだろう。史上最年少の首相の座に王手がかかったようなものだ。間橋の支えなど必要がなさそうである。

「でも、国民党の公認は加賀美さんだと聞いています」

「ああ、そりゃそうだ」梅爺が顔をしかめた。「春日井の野郎は頭が固い。自分は先進的な紳士のつもりでいるが、結局のところ、女嫌いなんだよ、あいつは。自分と同じようなエリート男を選ぶだろうって、お嬢先生も言っていた。お嬢先生だってな、春日井の野郎の顔を立てるのに苦労してたんだ」

知らないことばかりだった。一介の市議会議員からすると、県連会長と国会議員との間の鞘当てなど雲の上の戦いだ。

「あんたは民政党から出ればいい。お嬢先生だってそれを想定していた。今からでも高月さんに言って候補にしてもらいなさい」

梅爺の言葉に心臓がとまるかと思った。

「なんで高月さんが出てくるんですか?」

梅爺はにやりと笑って言った。

「しらばっくれるなよ。俺はね、意外と機械に強い。工業高校出てっから。ジジイでも、盗聴器くらい扱えるんだよ。タブレットとかいうのは使えねえけど」

雷に打たれたような衝撃だった。

「もしかして、盗聴器をしかけていたのは、梅本さんだったんですか」

「はあっ?」

唾が飛ぶほどの大声が返ってきた。

「そんなわけないだろうが。盗聴器をしかけるだなんて、姑息なこと、俺はしねえよ」

「でも、今そうおっしゃって――」

「このあいだ、面談室に入ったとき、見慣れないコンセントプラグが差さっていることに気がついた。すぐに盗聴器だと分かった。俺の前に面談室を使った加賀美の野郎がしかけたんだろうと想像がついたよ。周波数さえ合わせれば、盗聴器の電波を受信することができる。俺はすぐ、うちのに電話して、マルチバンドレシーバーを持ってきてもらった。盗聴器の周波数は三種類しかない。一個ずつ試していけば、どの周波数が設定されているか分かる」

梅爺は得意げに笑った。

「本当は加賀美の動きを探ろうと思ってたんだけどね。もっと大きいネタがあんたのところで引っかかったわけ」

「もしかして、明石さんって記者、ご存じですか」新聞社の名前を出して尋ねた。

「明石ってやつは知らない。だけど同じ新聞社の政治部にいる和田山さんっていう女性記者ならよく知っている。もう探りが入ったか」

間橋はため息をついた。「梅本さんがリークしたんですか」

「当たり前だ。こういうのは、外堀から埋めるのが大事なんだよ。和田山さんなら信頼できる。特ダネに振りまわされない。珍しいタイプの記者だよ」

梅爺が人を褒めるのは珍しい。驚きながらも、質問を続けた。

「私が国政に出たがってるって春日井さんに言ったのも梅本さんですか」

「そうだよ」梅爺は鼻の穴をふくらませた。「お嬢先生が亡くなってすぐ言ったね。本人も希望しているから出してやれって」

だから当初から候補として名前があがっていたのか。すべてが腑に落ちるようだった。てっきり加賀美が裏で動いているのかと思って、先ほど鎌をかけてしまった。加賀美は青筋を立てて怒っていた。あれは図星だからではなく、あらぬ疑いをかけられたからだろう。裏アカウントも盗聴も、クロだろう。だが春日井に注進したのは加賀美ではなかった。

「あんたはまっとうな政治家だ」

梅爺はかみしめるようにゆっくりと言った。

「身近な人を助ける。その範囲を少しずつ広げる。うんと広げる。日本中の人を助ける。それが国会議員だ。あんたはその基本ができている。昭和の大政治家は、みんなあんたみたいなタイプだった。ふにゃふにゃしたエリート野郎とは違う。俺が太鼓判を押すから、もっと大きい舞台で頑張ってこい」

目頭が思わず熱くなった。

「いや、でも」言葉をつまらせながら、「私はそんな」

「俺の言ってることが信用ならんというのかっ！」

梅爺が怒鳴った。

「俺だけじゃない。お嬢先生も推していた。あんた、お嬢先生に恩義があるんじゃなかったのか」

恩義と呼べるほど大げさなものではない。だが保育園移転が浮上したとき以来、たびたび世話になったのは間違いない。

今こうして市議会議員として働いているのも、朝沼のおかげだ。

こんな世界にどうして引きずりこんだのかと恨めしく思うこともある。だがふと胸に手をあてて考えてみると、自分はこの仕事が好きなのだ。頼まれなくてもやってしまう。お金を払ってでもやりたいくらいかもしれない。それを天職というのだろう。

朝沼は天職をくれた。

だが自分は一体、彼女に何を返したというのだろうか。

「朝沼先生は――」声が震えていた。「どうして死んじゃったんでしょう」

目を伏せると、自然と涙がこぼれた。

「死んでほしくなかった。生きていてほしかった。あの人は私の、憧れだったから」

顔をおおって、わんわんと泣いた。

梅爺は何も言わなかった。

目をこすりながら顔をあげるまで、梅爺はじっと待っていた。

「俺ももうすぐ、お嬢先生がいるところに行くんだ。そのとき、あんたが国会議員になってなけりゃ、お嬢先生に怒られてしまう。いいか、旦那に相談なんかするなよ。自分でさっさと決めちまえ。決めるのが政治家の仕事なんだから」

とめどなく流れる涙をふくのに精いっぱいで、その場では答えられなかった。

「梅本さん、もうすぐ死ぬなんて言わないで、長生きしてくださいよ」

一生懸命絞りだした言葉がそれだった。

「さみしいですよ」

「こればっかりは仕方ない」

梅爺はさっぱりと言った。

「喧嘩の梅さんも、死神には勝てねえんだ」


別れの日は思った以上に早くきた。

話をした三週間後、梅爺はぽっくり亡くなったからだ。送別会をした三日後のことだった。送別会では補聴器をつけていても耳が遠く、意識もぼんやりしている様子だった。奥さんが言うには日によって調子に波があったらしい。

ガンも進行していたが、直接の死因ではないようだった。突発的に心不全に陥ったという。老衰によるものだと見られた。遺言状もきちんと用意されていたという。本人は自分の死期が近いことを悟っていたのだろう。

梅爺に言われたことは、誰にも話していなかった。誰かに相談すると、決断が根腐れして、どう決めても後悔するような気がした。決めるのが政治家の仕事という梅爺の言葉がずっと胸につかえていた。

梅爺の葬式の帰り、立ちよったコンビニの駐車場でスマートフォンを取り出して高月に電話をした。

ツーコールで高月は出た。

「もしもし？」少しとげのある低い声だった。

いつもなら面食らったかもしれない。だがこのときは妙に肝がすわっていた。

「間橋みゆきです。補欠選挙、出ることにしました。民政党の公認を私にください」

テレビで原稿を読みあげていたときのように、はっきりとそう言った。

電話口の向こうで、息を吸う音が聞こえた。数秒の沈黙ののち、

「そうこなくっちゃ。勝つよ、絶対」

高月の力強い声が響いた。

「はい、勝ちます。負けません」

白々しいほど晴れやかな青空が広がっている。やはり今年は雨が少ない。農業用ため池の予算が不足しても、市議会で吠える爺さんは、もういない。

でも涙はこぼれなかった。

私、決めました。決めましたよ。胸のうちで唱えながら、天を見あげた。

5

九月に入ってから、台風で天気の悪い日が続いていた。下旬になって急に涼しくなると同時

に、カラッと抜けるような空が見える日が増えてきた。

秋晴れは、長い冬の始まりにすぎない。地元の人間は皆知っていることだ。

湿気を含んだ雪が延々と横なぐる冬、住民は家にこもり、雨戸を閉じる。職場やスーパーまでは車で往復する。駅を歩く人々もせわしない。駅頭演説をしていて一番辛いのは冬だった。誰も足をとめないし、耳をかたむけない。手ごたえを感じにくいからだ。

補欠選挙は十月でよかったな、と思いながら、間橋は自転車をこいだ。

駅から車で十分、自転車で二十分ほどのところに、不動産を借りた。食堂として使われていた平屋で、駐車場が広い。

「間橋みゆき後援会事務所」という小さな立て看板がおかれている。その脇に、自転車をとめた。

約半月後の公示日には「間橋みゆき選挙事務所」という大きい看板を掲げることになる。

事務所から、ママ友のミキが飛びだしてきた。

「高月先生がもうきてるよ」

目配せを交わして、一緒に中に入った。ミキには以前から選挙を手伝ってもらっていた。

事務所の中は、間橋のイメージカラーであるオレンジ一色だ。ポスターの背景もオレンジ色で、壁一面に貼られている。

横に長い建物の、入ってすぐのスペースには作業用のテーブルと椅子がずらりと並んでいた。右に移動していくと、パーテーションで仕切られた応接スペースがあり、さらに電話応対用のテーブルがあり、事務仕事用のデスクがおいてある。デスクにおかれたテープカッターやハサミの柄すらオレンジ色である。

応接スペースをのぞくと、高月と、その秘書、沢村が腰かけていた。二人とも興味深そうに事務所を見まわしていた。

「オレンジ色ばかりで目がチカチカするでしょう」笑いかけながら言った。「発注するときにどうしても目がいって、ついついオレンジ色のものが集まるんですよねぇ」

「間橋さんらしくて、いい色ね」高月は事務所の奥に顔を向けた。「しかもここは、大きい厨房があるんだね」

「ここ、昔はそば屋さんだったんです。選挙のたびに借りてるんですが、キッチンが大きくて便利なんですよ。私の支援者は主婦のかたも多いので、自分たちでちゃちゃっとお昼をつくったりしてます。やっぱりね、簡単なものでも温かいご飯を食べたいよねと思って」

「間橋さんが一番食べるもんねぇ」

作業スペースにいた中年女性がからかうように言うと、周りがどっとわいた。

事務所にはボランティアが女性ばかり、八人いた。年齢は様々だが、皆にぎやかに話しながら、選挙ハガキに宛名シールを貼っている。

いい雰囲気だった。誰も嫌々やっている感じがない。間橋抜きでもコミュニティとして自走しているのがありがたかった。

「もう選挙ハガキはすりあがってるのね」

「はい。ポスターも、証紙ビラもできています。本番タスキとか選挙事務所の看板も発注ずみですし、自転車用の本人のぼりもつくりました」指を折りながら確認して、「発注関係は全部終わったかな」と付け加えた。

選挙は何があるか分からない。だが多くの場合、「選挙は始まる前に終わっている」などとも言われる。衆議院小選挙区の選挙期間は十二日間しかない。その期間中、各陣営精いっぱいの動きをする。差がつくとすれば、選挙までの準備期間で、どれだけ効率よく態勢を整えられたかである。

間橋は市議会選挙を二度経験しているから、事前準備の段どりには慣れていた。

「よしよし」高月は満足そうにうなずいた。「間橋さんは過去の市議会選挙で、二位に大差をつけている。国民党から出る加賀美さんは、市議会選挙では五位当選。得票数は間橋さんと三倍以上離れている。もともと有利なうえに、きちんと選挙対策をしていけば、まず負けないでしょう」

間橋はほっと息をついてから、クリアファイルを差し出した。

「こちらが、これまでの進捗と、今後のスケジュールです」

中の書類を指さしながら説明していく。

「事前の政治運動として、戸別訪問はすでに三千軒ほどやっています。ポスティングは、戸別訪問が難しい市街地のマンションを中心に二万軒ほど。後援会名簿も更新ずみ。駅頭演説は毎朝していますが、市議会議員を辞任してからはお昼時にも商店街に立っています。やれることは全部やっていると思うんですが」

「あれっ？」

高月が急に大声を出すから、びっくりした。何か問題があっただろうか。不安な気持ちを抑えながら「どうしました？」と尋ねた。

「選挙期間の活動スケジュールに選挙カーがないね。発注ずみのＰＲグッズ一覧を見ても、選挙カーはレンタルされていない。車のレンタルだけじゃなくて、車の上にのせる看板を発注したり、使用するスピーカーと拡声器を手配したりする必要もある。今からだとかなり急がないと、選挙に間に合わないよ」

なんだ、そのことか、と胸をなでおろした。

「私は選挙カーを使わないんですよ。あれって、ほら、日曜の昼間に住宅街に分け入って、名前を連呼するでしょう？　お昼寝中の赤ちゃんが起きちゃって、私自身も嫌な思いをしたので、やらないって決めてるんです」

作業スペースにいる女性も口々に言う。「そうよねえ。あれは嫌だったわあ」「子供がやっと寝たってときに限って、選挙カーがやってくるのよね」「ほんと、ほんと」

高月の表情がくもった。

「でもね、選挙カーでの名前の連呼ってのは、実際に集票につながるんだよ。経験上もそう言えるし、社会心理学の論文でも実証されてる。当選のために万全を期すなら、絶対に使ったほうがいい」

「はあ、そうですか」

と答えながらも、釈然としない思いが胸中に広がった。

高月は、民政党からの選挙支援という名目でB県にきていた。心強い面もあるが、要はお目付け役だ。地域の事情やこれまでの経緯を無視して、上から物を言われているようで、カチンときた。

間橋は言葉を選びながら、慎重に口を開いた。

「でも、このポリシーを変えると、支援者の皆さんに申し訳が立ちません。私の政治活動は、身近な人の暮らしをよくしようというところから、始まっているんです。身近な人の暮らしを壊す戦いかたはできないんですよ」

「もしかして、そういうこともあって、活動参加者のところにパートナーとか、義理の両親の名前がないの?」

「はい。これまでの二度の選挙でも、夫や義父には手伝ってもらっていません。私の両親には色々とやってもらっていますけど、留守中の子供の世話をお願いしているので、いつもこられるわけではないです。家族に負担をかけないという条件で、議員をさせてもらっていますから。それでこれまでのところ困っていないんです」

でもねえ、と高月は言った。「国政選挙は総力戦なんだよ。男性候補者はたいてい、家族を総動員する。『本人です』『妻です』『娘です』っていうタスキをかけて、練り歩くわけ。私みたいな独身の女は、自分がいかに孤立無援か突きつけられて、毎回ぞわっとしちゃう。間橋さんは、せっかくご家族がいるんだから、頼れるところは頼ったほうがいいよ」

間橋は首を横にふった。

「家族をまき込みたくないんです」

国政に出ると言ったとき、夫はまったく動じなかった。「そうなんだ。みゆきなら大丈夫だよ」と穏やかに笑っただけだ。この人には敵わないな、と思った。妻が国会議員になると言っているのだから、普通ならもっと戸惑うはずだ。

テレビに追いかけられたり、週刊誌に悪しざまに書かれたり、国会議員のプライバシーはないに等しい。地方議員とは比べ物にならないほど、家族にも負担がかかる。想像がついていないのか、肝がすわっているのか、夫の胸中は分からない。だが、すんなりと受け入れてもらったぶん、家族には絶対に迷惑をかけたくないと、改めて思った。

高月は渋い顔で腕を組んでいる。

「釈迦に説法かもしれないけどさあ」

珍しく、高月の歯切れが悪い。秘書の沢村すら、不安そうな目を高月に向けていた。

「国政選挙と地方選挙、何が一番違うと思う？」

「必要な得票数、ですか」

前回の市議会議員選挙で、間橋は一万三千超の票を得た。当選ラインが二千三百票くらいだから、かなりのものだ。だがB県から国政選挙に出る場合、一人で八万五千票から八万六千票くらい集めなくてはならない。間橋のことを直接知らない人にも、広く浅く、名前を知ってもらう必要がある。

「そうね」高月はうなずいた。「一軒一軒訪ねてまわり、挨拶をして、ポスターの掲示をお願いするような、いわゆる『どぶ板』だけでは届かない層がある。国政選挙だと、選挙カーやSNSを使った不特定多数に向けた広報活動がより重要になってくる。この一般論は分かるわよね？」

警戒しながら、間橋はゆっくりうなずいた。

選挙カーを使わせようと説得を試みているのが伝わってきた。安易に話にのると、丸め込まれてしまうと思った。

「これまでは身近な人の暮らしをよくしよう、周りの困りごとを解決しよう、という姿勢でよかった。同じ地域に住む、間橋さんと同じような属性の人たちが、間橋さんの主張に共感して票を入れてくれる。だけど国政選挙では、異なる属性の人、異なる立場の人もまき込んでいかなくちゃ勝てない」

高月の言うことは理解できた。

梅爺は「身近な人を助ける。その範囲を少しずつ広げる。うんと広げる。日本中の人を助ける。それが国会議員だ」と言っていた。だがそれは、あまりに単純な理想論なのだろう。目配せする範囲を広げていくと、支援者の中にも意見対立が生まれる。皆にいい顔をすることはできない。

高月は間橋をじっと見すえながら続けた。

「選挙に勝って、永田町で議員活動をするときだって同じだよ。自分とまったく同じ意見の人なんていない。立場も意見も異なる人と、利害の重なる部分を見つけだして、連帯するの。政治ってのは、違いをこえてつながることなんだから」

「違いをこえてつながる、ですか」

「そうだよ。つながるのがうまい人が、最後に勝つんだよ。カリスマ性のある政治家は、嫌われることを恐れない。意見が対立していても、人間的には憎めない、人を惹きつけてやまない人であれば、根底のところで他人とつながっていられる。間橋さんも心配はいらないよ。明るくて人好きがするもん。話していると、健やかで快活、性根がまっすぐで裏表がない人だっていうのが自然と伝わってくる。間橋さんと話した人はみんな間橋さんのことが好きになる。これは政治家として何物にもかえがたい武器だよ。選挙カーを使ったくらいで、支援者は間橋さんから離れていかない。むしろ、もっと深いところで、もっと多くの人から支援を集めることになる。間橋さんならできるよ」

テーブルの上に視線を落とした。何と答えていいか分からなかった。

嫌われるのが怖くて、選挙カーを避けているわけではない。自分がされて嫌だったことを、他人にしたくないだけだ。

だけど、嫌だったことは他にもたくさんある。男性と比べても、女性アナウンサーばかり外見に言及されて、「テレビの顔」「職場の華」という扱いを受けていたこと。どんなにまっとうなことを言っても、「主婦が言っている」というだけで軽んじられ、誰にも聞いてもらえないこと。議員になってなお、下働きは当然のように女性にまわってきて、目立つ部分は男性議員がかっさらっていくこと。女だって働いていいけど、家庭のこともきちんとしてよね、という風潮。

自分を取り囲むピースが、自分のかたちを決めてしまっている。世間の扱いが先にきて、わずかに残ったすき間に、身体を無理やり合わせておさまっている。間橋は柔らかかった。周りに合わせることが苦痛ではなかった。少なくとも自分ではそう思っていた。だけど本当は、苦しかったのかもしれない。

「私が私のまま世に出ても、大丈夫なのでしょうか」

「何言ってるの」高月は目尻をさげて笑った。「大丈夫に決まってるじゃん」

「誰かのためではなく、私自身が嫌だと思ったことを解消するために声をあげてもいいのでしょうか」

「当たり前でしょう。自分勝手に自分の意見を言いなさいよ。それでも人がついてくるのが政治家なんだから」

ふっと、朝沼の顔が脳裏に浮かんだ。あの人は生粋のお嬢様で、人に合わせるということを知らなかった。常に自分が一番、すべてをやりたいようにやっていた。それでも皆に愛されていた。「お嬢先生はこれだから」と呆れながらも、皆がついていった。

すぐには決断ができなかった。朝沼は自分とは違う、という思いが強かった。何もかもが違いすぎて、朝沼にできたから自分にもできるとは思えない。

「失礼します」

と涼やかな声がして、三人とも首を入り口に向けた。

すらりとした女性が立っていた。黒髪を後ろで一つ結びにして、グレーのパンツスーツを着ている。女扱いされることを一切拒否するような、飾り気のない装いだった。

「毎朝新聞社の和田山です。アポイントメントをいただいておりましたが」

明石を通じて取材依頼がきていたのだった。朝沼の死による動揺がおさまらないB県で、補欠選挙が行われる。その様子を密着取材したいのだという。

間橋が立ちあがろうとしたそのとき、高月が先に、弾(はじ)かれたように立ちあがった。

「ちょっと、和田山さん。なんでここにいるのよ」

和田山は苦笑した。「それはこちらの台詞(せりふ)ですよ。私の行く先々に出てくるの、やめてもらえますか」

二人の顔を見比べて、間橋は訊いた。「お知り合いなんですか?」

「別に仲はよくないよ」高月が食い気味に答えた。「でも、呉越同舟。朝沼さんの死に関して、協力して調べていたの」

「協力というほどじゃないですけどね」

と言う和田山を無視して、高月がこちらを見た。

「あ、そうだ、間橋さんもチームに入れよう。間橋さんはB県の人だから、私たちの知らない情報を握っているかもしれない。間橋さんだって、どうして朝沼さんが死んだのか、気になるでしょ？　ねっ？」

妙に活き活きとした目を向けてくる。間橋が答えるより先に、和田山が言った。

「そのつもりでここに伺ったんです。間橋さんにお話ししたいことがあります。高月先生がいたのは想定外でしたが、ちょうどよかったのかもしれません。もしよかったら今夜、一席いかがですか」


その夜、集まったのは、地元でも評判の高い日本酒居酒屋だ。動線が工夫されていて個室が多いから、政治家がよく宴会に使っている。高月や和田山も来店したことがあるようだった。

座敷席に四人の女が座った。間橋の隣には和田山が並び、正面には高月と沢村がいた。

料理が一通り運ばれてから、和田山はぽつぽつと話し始めた。その内容は驚くべきものだった。

朝沼と顕造の間で何らかの仲たがいがあった。朝沼は顕造を殺そうとしたものの、返り討ちにあい、顕造に殺されてしまった――のだという。

「本当ですか？」間橋は目を見開いて訊いた。

朝沼の死についてずっと気になっていた。朝沼の母とは顔なじみだ。娘を失って以来、彼女のやつれ具合は見ているだけでも胸が塞がった。

いつも微笑の絶えないふくよかな婦人だった。生粋のお嬢様で、常におっとり、はんなりしていた。夫が総理大臣になったときも誰よりも落ち着いていたという。周りの議員からは「どちらが首相か分からない」と冷やかされたそうだ。

　ところが娘の死以来、骸骨のように痩せてしまった。それでも弔問客がくると、尖った頬を張りながら無理に笑顔をつくり、丁寧に遇した。大政治家を裏で支え続けた女の気丈さが、むしろ哀れを誘った。

「刑事訴追したり、報道したりするほど証拠はそろっていません。ただし、三好顕造が朝沼を殺したというのは動かぬ事実です。顕造自身が私の目の前で認めました」

　和田山が、こちらをじっと見て言った。

「朝沼さんが何に悩んでいたのか、顕造との間でどんないさかいがあったのか、分かっていません。間橋さんは生前、朝沼さんとも交友があったでしょう。何かご存じないですか？」

　急に訊かれても、おいそれと答えられるものではない。

　確か梅爺が、和田山という新聞記者を「信頼できる。特ダネに振りまわされない。珍しいタイプの記者だよ」と評していた。梅爺が人を褒めるのは珍しいから記憶に残っていた。

　間橋は注意深く、和田山を見た。本当に信頼していいものか分からなかった。

　和田山はまっすぐこちらを見つめ返し、

「こちらをごらんください」

　と、手帳から一枚の名刺を取り出した。

『横山ジェンダークリニック』

　と記されている。

「ここ、B県にある病院です。朝沼さんは、B県のジェンダークリニックに足しげく通っていたようです。何かご存じないですか？」

間橋は深いため息をついた。そこまで分かっているなら隠し立てしても意味がない。この名刺を見せてまわられて、噂が不必要に広がるよりは、事情を説明したほうがよいだろうと思えた。

大きく深呼吸をした。いつか誰かに見せるだろうと思って、持ち歩いていたものがある。まさかこの、女四人の場で披露するとは思っていなかったが。

鞄に手を入れて、A5サイズのノートを取り出した。表紙を開いて中を見せる。端に切り取り線がついていて、紙を綺麗に切り取れるタイプのノートだ。冒頭の一枚は切り取られている。

わたしはずっと、男になりたいと思っていました。

いいえ、正確には違います。わたしはずっと、自分が本当は男だと知っていたんです。

それなのに、自分自身、その事実を受け入れられなくて、何度も否定した。女として生きていこうと思った。

本当は男なのに、政治家としてやっていくにも男であったほうがいいのに、どうして女の見た目に生まれてしまったのだろう。

自分の身体の丸みを、脂肪のやわらかさをにくんだ。

でもあるとき、性同一性障害というものを知りました。自分の状態に名前がついて、ほっと安心したのをおぼえている。

でも今さら、このことを公にしたら、政治家を続けられないかもしれない。お父さん、お母さん、ごめんなさい。わたしはどうしたらいいのでしょうか。


下手な文字で書き殴られた文章が延々と続いている。

「これって？」和田山が訊いた。

「朝沼さんの遺品だそうです。自宅の書斎で見つかりました。警察が押収していたものの、最近お母様に返されたそうです。お母様は何も知らなくて、ただひたすら、驚いていた。『昔からあの子は、どちらかというと乙女趣味が強かったのに。もしかしたら、無理して女でいようと頑張っていたのかもしれない』って」

朝沼の母は困惑しきった様子だった。話を聞いた間橋も驚いた。

生前の朝沼はフェミニンな格好ばかりする人だった。自分は男だと思いながら、女性として生きていたのだろうか。本当だとしたら、想像を絶する苦悩の中にいたはずだ。

「本当は、このノートは誰にも見せないつもりでした。朝沼さんの秘密についてお話しするつもりはなかった。ですが、朝沼さんのお母様から、むしろ関係者に見せて情報を集めてほしいと頼まれたんです。娘の死を受けて、お母様はげっそりされています。せめて、娘がいつから何に悩んでいたのか、何をしたかったのか、知りたいというのです。遺族の了解を得ているものの、情報のとり扱いには注意が必要です。皆さんも、ここで聞いたことは一切、他言無用でお願いします」

三人は黙ってうなずいた。かじりつくようにノートの紙面を見ている。互いに読み終わったかを目顔で確認し合ってからページをめくる。座敷席にページのすれる音だけが響いた。

間橋も初めて読んだときは、同じような反応だったたと思う。

驚くべき内容が記されているからだ。

性同一性障害者であることを告白し、政治家としてやっていくために秘密を抱えることの苦しさ、両親への謝罪と続く。

ひそかに憧れていた朝沼の、隠された一面だった。

「これが、顕造とのトラブルの原因なのでしょうか」和田山が訊いた。

さあ、と答えるしかなかった。「分かりません。ただ、三好顕造は保守的な考えの持ち主です。朝沼さんの秘密を知ったら、激怒したことでしょう」

朝沼の性自認が男性だったとしても、顕太郎と愛し合うことはありえる。だが二人の関係に、顕造が理解を示すとは思えなかった。

和田山の話だと、「せっかく目をかけてやっていたのに、あいつはとんでもない食わせものだった」「朝沼を信用していたからこそ、法案にも賛成していた。根本の信頼関係が失われたら話は別だ」と顕造は言ったらしい。

朝沼の秘密を知り、不信感をつのらせ、法案への協力も撤回したのだろうと思われた。

「このノート、三好顕太郎が狙ってるよ」

高月が唐突に言った。

「私は顕太郎と定期的に連絡をとっている。顕太郎は、ノートの本体がどこにあるのか、しきりに気にしていたよ。和田山さんのほうにも探りが入ったでしょう？」

和田山はうなずいた。

「はい。今やっと、顕太郎が言っていたことが分かりました。ジェンダークリニックの名刺を見せた途端、彼の態度が豹変しました。名刺にまつわる情報を報道しないよう釘を刺されました。その理由が今となってはよく分かります。『人間の尊厳に関わる問題だ』とも言っていました。彼は朝沼さんの尊厳を守りたかったのでしょう。私たちだって朝沼さんを侮辱したくない。見ている方向は同じです」

「なるほどねえ」

高月は笑みを浮かべた。

「今の話を聞いて、合点がいったよ。私からも共有できる情報がある。ねえ、間橋さん、今度の補欠選挙、どうして国民党は加賀美を推すことになったと思う？」

「どうしてですか？」今更の話だが、見当がつかなかった。

「顕太郎と連絡をとりあっているなかで知ったのだけど。彼が朝沼さんの後任として、加賀美を推すつもりだと表明したことで、風向きが変わったらしい。実は、B県連内では間橋さんを推す声が強かった。だけど党執行部、しかも顕太郎から直々に、加賀美を公認する意向だと言われたら、反対しようがない。でもおかしいわよね。間橋さんのほうが強力な候補者なのに、顕太郎はどうしてわざわざ、加賀美を推すのか。何かあると思って調べてみたらビンゴ。加賀美は顕太郎を脅していたらしいの」

「一市議会議員の加賀美さんが、国政の、しかもサラブレッドの顕太郎さんを脅すなんて。本当なんですか？」

「うん。うちの秘書、沢村が調べてくれた。顕太郎の秘書、金堂という男の動きを追って、加賀美と密会しているのを突きとめてくれたよ」

高月の隣で、沢村はじっと座っている。業績を誇るわけでもなく、謙遜するわけでもなく、無表情を通しているのが不思議だった。

「でも、顕太郎をゆするネタが何なのか、分かってなかったんだよ。間橋さんと和田山さんの話を聞いて、なるほど、お嬢の秘密をバラされたくなければ言うことを聞けと、そう脅されたんだって分かったよ」

「今の経緯、間橋さんはご存じでしたか？」和田山が訊いた。

「いえ、まったく。知りませんでした」

胸のうちで、加賀美に対する怒りがふつふつとわいてきた。

面倒なことは他人に押しつけ、見栄えのする仕事ばかり手をのばす。盗聴やＳＮＳでの嫌がらせをするような男だ。もともと軽蔑していた。だが、その醜悪さは想像以上だった。朝沼の秘密をネタに公認を得て、朝沼の議席を引き継ごうとしている。何重にも彼女を踏みつけにしているようで、腹が立った。

「だいたいの真相が分かってきたわね」

　高月が日本酒をあおりながら言った。

「朝沼さんは性同一性障害に悩んでいた。おそらくそれがもとで、顕造と仲たがいした。法案も潰れてしまった。今考えると、まったく働かなかったお嬢があの法案だけは熱心だったのも合点がいく。当事者として叶えたいことがあったんだろうね。でも、どうしても分からないことが二つあるの。私が聞いた話だと、山縣という議員が三好顕造に告げ口をして、事態が動き始めたらしい。山縣は朝沼の秘密をどうして知っていたんだろう。顕太郎を脅した加賀美も、朝沼の秘密を知っていたことになる。山縣や加賀美は、どうやって秘密を知ったのか。これが一つ目の疑問。そして二つ目、朝沼はどうして顕造を殺そうと思ったのだろう。仲たがいしたからといって殺人はなかなか決意しない。何か事情があったんだと思うよ」

　間橋は、ふう、と大きく息を吐いた。

「二つ目は分かりません。でも一つ目の疑問、どうして秘密がもれたのかは、想像がつきます。朝沼さんは、B県のジェンダークリニックに足しげく通っていたようです。男性ホルモン剤を入手したいとうるさかったんですって。病院関係者から県連に苦情がきました。注意を受けた朝沼さんは、研究目的だと言っていました。ですが、自分で使うつもりだったのでしょう。男性ホルモン剤は三カ月に一回というふうに、定期的に投与する必要がありますから、毎回地元のクリニックに顔を出すのが面倒だったのかもしれません」

「その騒ぎについては、間橋さんも、加賀美も知っていたの？」

「はい。多くの人はお嬢先生がまたわがままを言っているという感じで、気にとめていませんでした。これまでも、アイドルのコンサートのチケットをとりたいだとか、花火大会の桟敷席を用意しろだとか、色々な無理難題を関係者に押しつけて、望みを叶えてきた人ですから。私もあまり気にしていなかった。ですが加賀美にはピンとくるものがあったんでしょう。クリニックやその周辺を調べて、朝沼さんの秘密にたどりついたんだろうと思います。ちなみに、旭日連盟という極右保守団体は加賀美さんを支持しています。そのつながりで、同じく旭日連盟をバックに持つ山縣さんに情報共有したのでしょう」

なるほど、と高月は言った。「あとはやはり、お嬢がどうして顕造を殺したかったか、ということだけが疑問だな」

「もう一つ分からないことがあります」和田山が口を挟んだ。「朝沼さんは日本果樹園連合会を通じて、毒を手に入れました。顕造殺害の計画は失敗に終わり、朝沼さん自身が殺されてしまった。ところがその二カ月後には、顕造も同じ毒で殺されています。偶然とは思えません」

間橋は首をかしげた。

「顕造に毒を盛ったのは、井阪という議員秘書だと報道されていましたよね。服薬補助ゼリーに毒を混入させたと。井阪という人が、朝沼さんの遺志を引き継いで、実行に及んだってことでしょうか」

井阪は、国民党陽三会所属の山縣という議員についている秘書だった。三好派に所属する朝沼と深い関係はなかったはずだ。どうして井阪が動いたのか、分からなかった。

「最近知ったんだけど」高月が言った。「井阪には心臓病を抱えた娘がいるらしいよ。それでお金が必要だったみたい。井阪の逮捕後、どういうわけか娘は渡米し、臓器移植手術を受けた。容体は安定しているんだって。高額の医療費をどうまかなったのか。臓器移植の順番がどうしてこれほど早くまわってきたのか。みんな疑問に思っているけど、永田町で表立って口にする人はいない。どういう条件で井阪が自首したのか、あまりに見えすいているもん」

テレビで見た井阪という男の姿を思い出した。背が高くて神経質そうな男だった。いかにも裏で悪いことをしていそうな人というイメージだったが、その実、病身の娘を救うために動いていたのか。自然と、同情の念がわきあがった。だからといって殺人が許されるわけではない。でも一番悪いのは、井阪を操った首謀者だろう。

「誰ですか。井阪さんに殺人を依頼したのは？」

他の三人を見まわしながら、間橋が訊いた。

「一人だけいるじゃない」

と、高月は笑みを浮かべながら言った。

「お金があって、権力があって、顕造を殺す動機がある人。顕造を殺すというお嬢の遺志を継ぐとともに、顕造に殺されたお嬢の仇を討ちたい人」

最後まで言わなくても分かった。

和田山が辛そうに眉根を寄せて、うつむいた。表情に乏しい沢村すら、小さくため息を吐いた。

「三好顕太郎ですね」間橋が言った。

そう、と高月はうなずいた。「顕造はお嬢を消して、踏み台にしようとした。だけど今は、顕造が消されて、踏み台にされている。食うか食われるかで食い合って、最後に残るのは誰なんだろう。顕太郎だって、いつかは誰かに飲み込まれるんだ」

ふふふ、と高月は笑った。愉快そうに口を尖らせている。自分こそが顕太郎を追い落とし、天下をとると信じて疑わないような無邪気な顔だった。

大変な世界にきてしまったと直感し、背筋が冷えた。

梅爺に説得されて国政に出ることにした。選挙に勝てるかも分からない。勝ったとして、選挙カーすら使うことをちゅうちょする自分が、永田町でやっていけるのか。想像がつかなかった。

お嬢先生のことを思った。秘密を抱えながら孤独に戦ってきたのだろうか。婚約者の顕太郎だけは、お嬢先生の味方であったと信じたい。でも結局、お嬢先生は殺人を決意する。追い込まれるだけの事情があったはずだ。

あの人はわがままだったけど、意地悪じゃなかった。意味もなく人を傷つけたりしない。

「どうしたの？　お困りごとですか？」

と、話しかけてくれたときの気さくな笑顔が、脳裏に浮かんで離れない。

その晩、自宅に帰るのが遅くなった。零時すぎ、普段なら寝静まり、家の灯りも消えている。だがリビングルームの窓から光がもれていた。

ただいま、と小声で言いながら入っていくと、夫がダイニングテーブルに突っ伏したまま寝ていた。

何気なく冷蔵庫を開けてみて、彼のもくろみが分かった。間橋が好きなクラフトビールが二瓶、冷やしてあった。

壁かけのカレンダーを見る。今日は結婚記念日だった。乾杯しようと間橋の帰りを待っていてくれたのだ。だがあまりに遅いから、途中で寝落ちしてしまった。

連絡をくれればいいのにと思った。けれど同時に、「みゆきの仕事の邪魔になるといけないから」と、連絡を控えてくれているのも知っていた。

高校時代よりも薄くなった夫の頭髪をじっと見た。苦労ばかりかけている気がした。壁にかかっている時計の秒針が進む音がいやに気になる。隣の和室から義父のいびきが聞こえた。

みゆきなら大丈夫だよ、と夫は言った。

本当だろうか。

冷静に、考えてみた。加賀美と自分、どちらが国会議員にふさわしいか。

ライバルのSNSに嫌がらせをし、盗聴をし、面倒な仕事は人に押しつけるが、成果はさらっていく。朝沼の秘密をゆすりのネタにして公認をとりつける。

朝沼が長く守ってきた議席を、そんな人に奪われてたまるか。

世間がどう言おうと、自分のほうが国会議員にふさわしいのだと思った。

「強くなりたいよ」

震える声で言った。

朝沼や高月のように強くなりたかった。敵を蹴散らし、我を通すだけの腕力がほしかった。

いつの間にか頬が濡れていた。

うーん、と声を出しながら、夫が顔をあげた。

間橋は慌てて涙をぬぐった。

「みゆき、どうしたの？　何か困ってる？」

「私、選挙カーを使おうと思うんだ」

「へえー」と、夫は感心したようにうなずいた。「すごいじゃん。めっちゃ政治家っぽいね」

思ってもみない反応に、間橋は吹き出した。

「もう、人がせっかく悩みに悩んで決めたのに。政治家っぽいって、何よ」

笑いをこらえたくても、口元が勝手に笑ってしまう。

「私は政治家だよ。今度の選挙、勝ちたいんだ。永田町でやっていけるか分からないけど、対抗馬の加賀美さんがやるより、私がやったほうがずっといいもん」

「ねえ」夫が真面目な顔になって言った。「みゆきが首相になったら、俺って、ファーストレディーならぬファーストジェントルマンってこと？　タキシードとか着るのかな？」

ひくひくと、引きつった笑いが出た。

追いかけるように、なぜか涙も流れてきた。

首相になんてなれるわけないでしょ、と言いそうになったが、やめた。きっと夫は、みゆきなら大丈夫だよ、と返してくる。

自分は首相になれないって、どうして思ったんだろう。女だから？　政治家の家系じゃないから？　人生はあと何十年もあるのに。どうして最初からあきらめていたんだろう。

日本で女性首相が生まれたことはない。

百年以上前から、百回以上組閣されているのに。女性首相はゼロだ。ネットで内閣総理大臣と検索すると、おじさんたちの写真がずらりと並ぶ。男、男、男、男……スクロールしても、しても、男の写真しか出てこない。

これがどれだけ異様なことか、気持ちの悪いことか、どうして今まで気づかなかったのだろう。

女は怒っていい。こんなのおかしいと言っていい。

百年後の女の子たちには、「そんなひどい時代があったのか」と驚いてほしい。その頃にはきっと、今よりマシな現実があるはずだから。

「タキシードはまだ買わなくていいよ。もう少し時間がかかりそうだから。でもいつか、必要になるかもね」

そうだよねえ、と夫はのんびり言った。

クラフトビールを出して、二人で静かに乾杯した。

十五回目の結婚記念日だった。

第四章　選挙

お父さん、お母さん。

わたし、政治家になったことは後悔していません。

誰かがやらないと日本は変わらないからです。

民主主義って何なのでしょう。選挙ではマジョリティが勝つ。マイノリティが政治を動かすのは、原理的に不可能なのです。マジョリティがマイノリティのことを考えないと、マイノリティの権利は永遠に実現しない。

だからわたしは政治家になろうと思った。

高校のスピーチ大会のことを覚えていますか。有名なスピーチを引用しながら、こう言いました。

「わたしには夢がある。日本の総理大臣になることです」

嫌いな飛行機に乗って大会を見にきていたお父さんは涙ぐんだそうですね。

わたしの秘密を隠し通さなくてはなりません。性的マイノリティが首相になるなんて、日本ではまず無理ですから。けれども一方で、この秘密を抱えたままにしておくのは人間としてのプライドに反するのです。

お父さんはそんなものよりも政治家としての成功を優先させろというでしょう。でもそんな生き方はできそうにありません。

わたしはやっぱり、どうしても、男なのです。

不届きな息子をおゆるしください。

1

国会議事堂一階の女子トイレで、高月馨は便器の中をじっと見つめた。

朱色の液体がたまっていた。

生理の経血ではないことは分かっている。十八年前の初当選からずっと生理はとまっているからだ。

首をかしげてトイレを流し、手洗い場に出る。高月の他には誰もいなかった。流水に手をひたした瞬間、低い独り言がもれた。

「あっ、血尿か」

一人でフフッと笑ってしまった。どうしようもないときに限って笑いが出るのはどうしてだろう。小さい頃からそうだった。上級生にいじめられたとき、受験に失敗したとき、派遣切りにあったとき。笑うしかないから、笑うのかもしれない。

ベージュのパンツスーツに血がつくといけないから、地下から議員会館に行き、コンビニエンスストアでナプキンを買って、近くのトイレであてた。

選挙のたびに血尿が出る。最初は泌尿器科に駆け込んだが、二度目以降は無視することにした。ストレスが原因だからどうしようもない。

直近で予定されている選挙は約一カ月後、十月の第四日曜日の補欠選挙だ。衆議院の二議席をめぐって争われる。先日逝去した朝沼侑子のＢ県一区、三好顕造のＣ県二区だ。

自分が出馬するわけでもないのに血尿が出るのは珍しい。

ストレスの大本はむしろ、国会議事堂の周辺で待ち構えている取材陣かもしれなかった。

以前高月の秘書だった井阪修和が、三好顕造への殺害未遂容疑で逮捕起訴された。

高月は、自身の事務所でも以前、井阪による着服があったことを公表している。隠したところで、高月事務所での着服の前科についても捜査が及び、警察の公表によって世間に知られてしまう。それならば、先にこちらから説明したほうがよかった。

あとから露見するよりはずいぶんマシだが、それでも散々な状況だった。

着服分は補塡され、会計上も問題ないと説明しているのにもかかわらず、「高月事務所、不正会計」というネット記事が出まわっている。中には、「井阪は高月の指示に従って顕造を暗殺したのではないか」という事実無根の陰謀論を唱える者すらいた。

胃の痛みを感じながら、四階の角部屋、田神幹事長の事務所に向かった。

補欠選挙に向けて話し合おうと言われていたが、選挙結果について責任を負うよう高月に迫るための場だと分かっていた。

田神事務所の扉の前に立ち、深呼吸をする。

脇のインターホンを押して名乗ると、秘書の古畑(ふるはた)がさっと扉を開けた。

「どうぞ、田神さんはお待ちです」

少し緊張したような、うわずった声だった。古畑の顔を盗み見る。

中肉中背、三十代半ばの男だ。東大法学部を出て財務省に勤務していたが、三十歳になったのを機に退職し、田神の政策担当秘書になった。抜け目なく、野心にあふれた男だ。そんな彼が硬くなっているところを見ると、よほど重要な話があるのかもしれない。

田神は応接室の上座に腰かけていた。手元にはいつもの大学ノートが開かれている。ゆっくりとした口調で言った。

「かけなさい」

高月は向かいの席に座った。

「お互い忙しいわけだし、結論から言うよ。今度のB県一区、民政党公認候補の間橋みゆきさんを、高月さんの責任で当選させてくれ」

これは予想通りの要求だった。

今年の四月、朝沼を死に追いやったという疑惑を受けて、高月は国対副委員長から退いた。そのかわり、女性活躍推進本部長という役職をおおせつかった。セクハラ、マタハラ、育児との両立等々、「女性にまつわることは全部そっちでお願い」という、実に都合のいい役職である。その職務の一環として、今回の補欠選挙で女性候補を擁立して、当選させるよう指示を受けていた。

「もちろん、そのつもりで取り組んでいます。間橋さんとは選挙に向けた事前準備も進めていると、以前もお伝えしたはずです」

同じ話をなぜ二度するのか分からなかった。

田神は表情を読みにくい男だ。話しかたも一定なのでつかみどころがない。ぬるりとした顔をこちらに向けて口を開いた。

「君が一番、実感していると思うが、朝沼さんが亡くなって以来、我々は非常に厳しい立場におかれている。朝沼さんは保守派のアイドル的存在だった。それを高月さん、君が自殺に追い込んだと信じる人もかなりの数いる。そしてこのあいだの井阪さんの逮捕」

田神は言葉を切って、こちらをじっと見た。

言いたいことは分かっていた。顕造殺害の黒幕は高月だと考える人がいるくらいだ。彼らは、朝沼の件も高月が死に追いやったと考えているだろう。つまり、朝沼と顕造という保守陣営の二人を、高月が殺したと考える人が一定数いる。そして彼らは過激な行動を辞さない。

田神は静かに言った。

「我が党にも相当数のクレームや嫌がらせがきている。君自身も嫌な思いをしているだろう」

高月は黙ったままうなずいた。

地元A県の事務所の窓には生卵が何度も投げつけられた。「高月馨は人殺し」と記された差出人不明のチラシ、政界名物「怪文書」がばらまかれた。いくつかの支持団体が怪文書の内容を真に受けて、高月への寄付をとりやめてしまった。

ＳＮＳで何かつぶやけば、コメント欄は「人殺し！」という書き込みで埋め尽くされる。よりダイレクトに「死ね」と書かれたものや、「このおばさんは駆除したほうがいい」「帰り道に気をつけたほうがいいっすよ。うしろから、ドスン、ですから（笑）」などと殺害予告めいた書き込みもある。法的に争えば損害賠償を勝ちとれる内容でも、数が多すぎていちいち対応しきれない。警察に相談して事務所近辺の見まわりを増やしてもらっているが、できることには限りがあった。

「まあ、平気ですよ」やや強がって言った。「人殺しとののしられ、殺害予告をされても気にせずに暮らす。そういう神経の太さが時に必要でしょう」

「そんな化け物じみたことを言いなさんな」

口から笑いがもれた。化け物とは言い得て妙だった。政治家として過ごす年月が重なれば重なるほど、自分の心から人間らしい情緒が失われていくのを感じていた。

「あーあ、このまま永田町にいたら、私、化け物みたいになっちゃうんですかねえ」茶化すような口調で続けた。「このあたりには、野心と虚栄の塊が人間の皮をかぶってうろついてますからね。あれ、ここにも」

わざとらしく田神に笑いかけた。田神はあからさまに嫌そうな顔をした。

「君は元気だな。いつまで威勢よくいられるか、見ものだけれど」

田神はため息をついた。

やはり、都合の悪い話があるのだと思った。それも相当に悪い話らしい。

「君自身も大変だろうが、我が党に生じた被害も無視はできない。党として君の処分を検討した」

もったいぶるように言葉を切り、こちらを見た。

「今度の補選で間橋さんが当選できなかったら、高月さん、君の次の選挙での、我が党からの公認はないものと思ってほしい」

「私の公認を外す、ということですか」

生唾をごくりとのみこむ。想像しうるかぎり、最悪の事態だった。まさかとは思ったが、伝家の宝刀、公認権を本当にちらつかせてくるとは。

政治の世界では、血で血を洗うような熾烈な戦いが生じることがままある。党内人事や内閣ポストの派閥間調整だけではない。もっとも激しく対立するのが、衆議院小選挙区の公認争いである。

無所属での出馬も可能だが、その場合、経済的な援助も受けられず、応援演説者を送ってもらうこともできない。党職員からの支援もない。非常に厳しい戦いになるだろう。当選したあとも、無所属では政治活動の幅が極端に制限されてしまう。

つまり、党から公認を外すと言われるのは、事実上の解雇、戦力外通告のようなものだ。

田神は机の上の大学ノートを指でトントンと叩きながら言った。

「恨まないでほしい。君の不祥事を契機に我が党は非常に苦しい状況に追いこまれている。そんななかで今度の補選。国民党が二議席とも獲得したら、政権の支持率はさらに安定する。来年の参院選まで盤石だろう。すると、来年も、再来年も我が党は国会で成果をあげられなくなってしまう。くさびを打ち込むとしたら今しかないんだよ。二議席のうちどちらか一つは必ずとる必要がある。C県二区は国民党の三好顕太郎が出ると見て間違いない。婚約者と父親を立て続けに失った顕太郎には同情票が集まる。何よりC県には三好家の地盤がある。弔い選挙としてまず間違いなく、三好顕太郎有利だ。C県二区で勝利するのは難しいだろう。つまり、天下分け目の戦いは――」

「B県一区、間橋みゆきと加賀美康彦の戦いですね」

田神はうなずくと、不気味なほど無表情のまま言った。

「高月さんが自分でまいた種だ。自分で挽回してもらう。のるかそるか、政治家としての正念場だよ」

放っておくと手が震えてしまいそうで、机の下で拳を強く握りしめた。

自分でまいた種、なのだろうか。よく分からない。タイミング悪く物事が重なっただけのようにも思えた。

「仮に私の公認を外したとして、その後釜に誰を立てるんですか？」

あえて涼しい顔で訊いた。田神は田神で、何食わぬ顔で答えた。

「全国の党員、議員秘書を含めて、広く公募するつもりだ」

「公募？」

もしかして、後任に目ぼしい人物がいるのかもしれない。だが表立って引き立てると角が立つから、公募というかたちをとる。

衆議院小選挙区の公認は基本的に現職優先だ。現職が選挙で勝ち続けているかぎり、現職が引退するときか、スキャンダルを起こしたときしか、公認候補をすげ替えることはない。だがそのぶん、公認を奪いとろうと、スキャンダルの種を待ち望む人たちもいる。

高月の地元A県でも、県連会長の峰岸が自分の息子を国政に送ろうとする素振りを見せたことがあった。どうにか峰岸をなだめすかして、その動きは防いだはずだ。

「もしかして、田神さんの秘書、古畑さんを後釜にすえるつもりですか？」

あてずっぽうで言うと、田神は黙った。

図星だと直感した。

党の危機に乗じて、自分の勢力を広げようとしているのだ。高月に火中の栗を拾わせ、成功すればよし。失敗したら高月に責任を押しつけたうえで、自分の息がかかった者を後釜にすえる。どう転んでも田神は損をしない。

確かに古畑は有能な野心家だ。一介の議員秘書として一生を終えるつもりはないのだろう。今度のB県の補選は時期が迫りすぎていて準備期間が足りない。だが次の衆議院選であれば間に合うと踏んで、高月の議席を狙っているわけだ。

「自分の子飼いにあてがうポストを探していたわけですね。今回の私の炎上があって、しめしめと思ったでしょう」

田神は何も言わない。

政策通の田神は温和で穏やかな人だと思われることが多い。だが実際の彼は、どす黒い池の底に潜んで何十年も生きるナマズのように、不気味でしたたかだ。

田神はわざとらしくため息をついてから言った。

「補選で勝ちきれば、高月さんが困るようなことは何もない。分かったね？　話は以上だ」

こちらの返事を待つ間もなく、大学ノートをぱたんと閉じて、立ちあがる。

「それは田神さん個人ではなく、党の決定ですよね？」

応接室を出ようとしている田神の背中に向かって言った。田神は振り返らずに「そうだ」と低く答えた。

「なるほど、分かりました。A県は当選六回の私に任せておいたほうが、党の議席確保の観点から言えば、安泰のはずです。その私を追い出して、自分の手下を出そうとしている。党の議席を危険にさらしてまで、自分の勢力を広げようとしているわけです。これは党の私物化に他なりません」

言いながら、胸の奥がじゅくじゅくと痛み出した。何者かによって胃がつかまれ、ひねられているみたいだ。吐き気が込みあげ、腹の内側がめくりあげられるようだった。

高月を政治の世界に誘ってくれたのは田神だった。

二十代半ばの頃、NPOの仲間たちとホームレス向けの炊き出しボランティアをしていた。その現場に、四十代半ば、ちょうど今の高月くらいの年齢の田神が現れたのだ。

田神はもともと、早稲田の文学部を出て、市民活動のかたわら、政治学の在野研究者をしていた。友人が選挙に出るというので手伝っていたところ、自分のほうが選挙に向いていると気づき、いつの間にか国政に出馬していたという。

当時は当選三期目、脂がのり始めた頃だった。髪の毛もまだ真っ黒で、インテリらしい細い身体つきをして、穏やかな目の奥には常に微笑みが浮かんでいた。

田神はスーツのジャケットを乱暴に脱ぐと、腕まくりをして大鍋を運んでくれた。まったく日に焼けていない白くて細い腕を一生懸命に動かして、ボランティアと一緒に汗を流す姿に衝撃を受けたものだ。

「田神さん、それは重いから、他のにしたら」

一番大きい鍋に手をのばした田神に高月が声をかけると、「いや、大丈夫。これが生活の重みだ」と訳の分からないことを言って、腰をかがめた。

ところが案の定、一人では持ちあげられず、腰がぷるぷると震えていた。「一緒に持ちましょう」と高月が鍋のふちを握った瞬間、田神は「うっ」とうなりながらうずくまった。

田神が鍋から手を離したせいで、高月はバランスを崩して鍋を取り落としそうになった。なんとか踏ん張って鍋を持ったまま田神のほうを見ると、田神は脂汗をにじませながら「腰が……」とつぶやく。

慌てて鍋をおいて、田神に駆けよった。

「ぎっくり腰です。何の心配もありません」

テレビで見るときと同じ、ゆっくりとした口調で言うから、吹き出してしまった。

政治家も人間なんだ、と目からうろこが落ちた。

政治家なんて遠すぎて現実味がなかった。偉そうなことを口で言うばかりで、明日の生活費の心配もなく、毎晩高級料亭で会食している「悪い人たち」のイメージだ。

それなのに、目の前にいる若手議員は腰に手をあてながら、秘書の名前を呼んでいる。駆けつけた秘書に「何してるんですか、先生。午後の演説会はどうするんですか」と叱られていた。こんなに泥臭くて、まぬけな政治家がいるのだろうか。秘書の肩を借りて起きあがる田神をまじまじと見ていたのを覚えている。

それから二十年、田神の背中は丸くなり、頭髪は半分以上白くなった。いつの間にか、田神も高月も、ずいぶん遠いところにきてしまった。

「田神さん、あなたのやりくちに、私は憤慨していますよ。昔はそんな人じゃなかった。もっと馬鹿真面目で、実直で、心の底から日本のことを――」

「政治はねえっ」田神が珍しく声を荒らげた。

振り返り、こちらをじっと見ている。

「結果がすべてなんだよ。何もできない善人と、政策を実現する悪人。国民はどちらに国を託したいと思うだろうか。時には鬼になるのが、政治家の、国民に対する責任なんじゃないか」

田神の目がぎらぎらと黒く輝いている。黒曜石を思わせる強い光だった。

政策屋の田神にとって、野党で過ごした数十年は悔しいことばかりだっただろう。与党の出す政策を潰したり、修正したりすることしかできない。政策を通すときも常に与党をまき込んで、超党派で動く必要がある。しかも政策が実現したところで、政権の実績にされてしまう。無力感にさいなまれながら過ごした日々が、彼を少しずつ変えたのだろうか。

時には鬼になると田神は言った。けれども一度鬼になった人は、永遠にこちら側に戻ってこられないような気がした。「これが生活の重みだ」と馬鹿真面目に言った田神の、まだ白くて細かった腕を思い出して、胸がしめつけられた。

大きく深呼吸をしてから高月は口を開いた。

「分かりました。結果がすべて。そうですね。じゃあ田神さん、今度の補欠選挙もそうでしょう。もし間橋さんをきちんと当選させて、つまり私が勝ったら、そのときは覚えておいてくださいね。田神さんも、田神さんの横暴を認めた党も、両方ですよ」

腹案があるわけではなかったが、ハッタリで言いきった。言われっぱなしは性に合わない。見得を切っておかないとなめられるものだと、長く喧嘩屋をしてきた高月は経験的に分かっていた。

田神は何も言わずに出ていった。

高月はその背中に向かって、深々と一礼した。これまで受けた恩は数知れないが、こうなったからには負けるわけにはいかない。

顔をあげ、「失礼しました」と大声で言って、事務所をあとにした。

2

どうして政治家になったのか分からない。

いつも怒っていたのは確かだ。財布の薄さにも、男運のなさにも、刺激のない生活にも。

怒りは胸の奥でくつくつとわき続け、高月を動かすエンジンになった。

就職氷河期で派遣の仕事しか見つからなかったときも、父が心臓を悪くして実家への仕送りがきつかったときも、派遣切りが年配女性から順に行われたことを知ったときも、高月は怒っていた。

「私たちは若いってだけで、職場に残されたんだよ。仕事ができるお姉さまがたはみんなクビになった。私たちだってあと何年かしたら放り出されるよ。こんなの絶対おかしい」

高月が言うと、同じ派遣先で働いていた笹岡里歩はあっけらかんと応えた。

「ぷんぷんしたって、仕方ないじゃんよ。良い人見つけて結婚しようよ。そうじゃなきゃ、私たち、お先まっくらなんだからさあ」

「あんたはいいじゃん。モテるんだから」

と高月が言うと、笹岡は手を叩いてゲラゲラ笑った。

「馨ちゃんだって頑張れば、どうにかなるんじゃない？」

高月は笹岡の話を真に受けなかった。笹岡は女子アナウンサーみたいな見た目をした女で、エリート社員からの誘いが絶えなかった。

対する高月は、顔立ちが地味なうえ、ガリガリに痩せている。女性らしさからは程遠く、男からモテたことなんてなかった。よってくるのは働きたくないヒモ系か、不倫したがるおじさん連中だけだ。彼らは高月だけでなく、全方位あらゆる人にアタックする。高月だけを愛してくれる王子様のような男が現れることはまずないと早々にあきらめていた。

でも、それが案外平気だった。

別に愛されなくたって、生きていける。毎日白米をたくさん食べて、よく寝て、女友達と馬鹿話をして。そういう毎日が連綿と続くと思っていた。

実家への仕送りがきつくて家賃の支払いがとどこおっていたけれど、高月は元気だった。アパートの一階に住んでいた大家のおばさんは口うるさい人で、顔を合わせるたびに「食費でも何でも削って、家賃を払いなさいよ！」と言ってきた。けれども同時に「商店街のパン屋で食パンの耳、もらってきたわよ。あんた、食べなさい」と両手いっぱいの袋を押しつけてくる面倒見のよさもあった。

商店街のパン屋のおじさんからは「パンの耳だけじゃ栄養が足りないよ。馨ちゃん、こんなに痩せて」と心配された。痩せ型なのは体質だから、腹を空かせていたわけではない。だがおじさんは「明日の朝、公園で炊き出しをするみたいだから、行ってきなさい」とチラシを手に押しこんできた。

言われるがままに出かけた公園には、小汚い格好をした男性たちがゆるい列をつくっていた。皆が皆、灰色や黒、茶色の上着を着ている。冬だというのに、汗の酸っぱいにおいがどこからともなくただよってくる。大変なところにきてしまったと思った。

一見すると、日雇い労働者やホームレスの人たちが集まる場所のようだった。だがよくよく周囲を見まわすと、赤ん坊を抱っこ紐で抱えた若い女性や、腰の曲がったおばあさん、ジャージを着た汚い金髪の女など、女性の姿もちらほら見つけられた。

「はい、どうぞ」

列の一番前までくると、人のよさそうな中年女性から豚汁を手渡された。

「よいお年を」

そう言われて初めて、今日は大晦日だと思い至った。

最近は事務系の派遣先が減って、工場での深夜勤務ばかりだった。日付の感覚も、季節感も、日々少しずつ、やすりをかけるように削られていた。

豚汁に口をつける。生姜(しょうが)の香りが口いっぱいに広がった。久しぶりの深い味わいにあごの奥が痛んだ。その痛みで、自分は飢えていたのだと気づいた。人がつくってくれた温かいものを食べたのはいつぶりだろう。

見あげると、冬枯れの桜の枝の間を炊き出しの煙がふわりふわりとただよっている。うこん色の柔らかい日差しの下で、背を丸めて黙々と豚汁を食べた。

突然、男がベンチの上に立ちあがった。黒い上着を着て、茶色いニット帽をかぶっている。六十代にも、七十代にも見えた。

男は空が割れるほどの大声で、

「バカヤロー！」

と叫んだ。

「この、税金泥棒が！」

天を仰ぎながら、まるでお天道様に向かって言うように吠えた。

周りの人たちは目を合わせず、すごすごと男から距離をとった。男はそれきり何も言わず、ベンチに腰をおろして、ぼんやりと手元の豚汁を見つめていた。

それを見て、幼い日の記憶がわあっとよみがえった。

高月は繁華街の片隅で生まれた。父は小さい建設会社で経理をしていて、母は駅前の弁当屋に長く勤めていた。仕事で忙しい両親にかわって高月の面倒を見たのは母方の祖母だった。

「私はね、あの市川房枝(いちかわふさえ)さんと一緒に働いたことがあるのよ」というのが彼女の自慢だった。

市川房枝が日本婦人有権者同盟の会長をしていたとき、そのスタッフの一人として働いていたという。祖母は東京の旧華族出身で、出稼ぎにきていた祖父と知り合って、A県に駆け落ちしてきた過去があるから、あながちホラ話とも断じられなかった。

ちゃきちゃきした人で、人一倍負けん気が強かった。高月が中学生の頃、我が家に下着泥棒が入った。繁華街の一角にある木造アパートで、しかも一階の角部屋だったから、ベランダに侵入しやすかったのだろう。

ベランダで物音がした瞬間、祖母は裸足のまま飛び出していき、柵を乗りこえて下着泥棒を追いかけた。そのときすでに彼女は六十代後半だった。とてもではないが追いつけなかった。下着泥棒の背中に向かって、どこから出ているのか分からないほど野太い声で、

「バカヤロー！」

と叫んだ。

その声は響きもせず、日当たりの悪い路地裏にすうっと吸いこまれていった。

祖母がバカヤローと叫んだところで、衆議院が解散されるわけでもなく、日本も、A県も、高月家も、何も変わらなかった。

けれども高月は、叫ぶ祖母の小さい背中を、ずっと忘れなかった。地方都市の暗い路地の一角で、美しくも若くもない、金もない女が叫ぶ。

思えば、祖母はいつも怒っていた。消費税が高い、医療費が高い、物価があがった、街に段差が多くて歩きづらい、バスで若者が席を譲ってくれない。口を開けば不満を言うような人で、その内容はあまりに一方的でわがままに感じることもあった。

高月が高校生になった年、祖母は町内会の集まりに行く途中で転倒し、入院した。寝たきりになった途端、どんどん衰弱して、認知症が進み、そのままぽっくり逝ってしまった。

祖母の葬式には、知らない人がたくさんやってきた。それぞれに「〇年前にお世話になって」と祖母との関わりを口にして、高月たち遺族に向かってしきりに頭をさげた。

停電のとき懐中電灯を貸してもらったという人、急な出張のときペットの世話をしてもらったという人もいれば、お金を貸してもらったという人や連帯保証人になってもらったという人までいる。

家族は何も知らなかったので、驚くばかりだった。

祖母はおしゃべりだったが、その多くは噂、不満、愚痴だった。意外にも自分自身についてはそれほど語らない人だった。一つの長い物語が風呂敷でくるりと包まれるようにひっそりと姿を消したということに、祖母が死んでから気づいて茫然とした。

そんな記憶があったからだろうか。

二十二歳の大晦日、公園で豚汁を膝にのせぼんやりとベンチに座る男を見ていると、ほろほろと涙が出てきた。どうにもならない人生がどうにもならないままに終わっていく切なさを急に感じた。祖母が最後に怒ったことは何だったのだろう。

高月はうずくまっていたらしい。気づくと炊き出しのボランティアの人が脇にいて、背中をさすってくれていた。

「大丈夫？　病院行こうか？」

まっすぐ向けられた事知り顔に困惑しながら、苦笑いを返した。

「なんだか、豚汁が美味しくて……」

と言うと、ボランティアスタッフは破顔した。

ぽつぽつと世間話をしていくうちに打ち解けて、その日は炊き出しを手伝った。翌月以降も手伝いにこないかと声がかかった。顔を出しているうちに友達が増えて、みんなでＮＰＯをつくった。

何がしたいというわけでもなかった。普段の仕事以外で人とつながれるのが楽しかっただけだ。ＮＰＯに出入りしていた国会議員の田神から、「国政に出馬しないか？」と訊かれたときも、「ウソでしょ！」と笑い飛ばして、真に受けなかった。

「出たい人ではなく、出てほしいと思われる人が出る。それが市民選挙の鉄則だ。君に出てほしいというのが、みんなの総意だよ」

田神はＮＰＯのメンバー一人一人から高月の評判を聞いていたらしい。曰く「へこたれない」「元気」「雑草のように強い」「いつも怒りながら笑ってる」などなど。田神はそれらを総合して、「政治家としての資質あり」と判断したらしい。

「毎日きちんと働いて、それなのに暮らせない世の中なんて、おかしいだろう。市民のせいではない。明らかに政治の失敗だ。それを正していくためには、市民のリーダーが必要なんだよ。そもそも近代社会の民主主義というのはトクヴィルという人が……」

田神は様々な先人の名前を出しながら、優に三十分は語った。高月にはその内容はほとんど分からなかったが、田神さんって大学の先生みたいだなあと呑気な感想を抱いた。

「どうだ？　君はいつも怒っているけど、その怒りを国政にぶつけないか？」

出馬を決めたのは、義憤に駆られたからではない。「私が国会議員だなんて、ウケる！」と思ったからだ。早々に結婚して子供を産んだ笹岡に「私、今度選挙に出るんだわー」と話したら、笹岡も「何それ、マジウケる！」と言っていた。

確かに高月はいつも怒っている。うまくいかないことばかりで、腹が立つ。お金もないし、お父さんの病気はどんどん悪くなるし、高校時代の友達はこのあいだ子宮頸ガンで死んだ。短大の同級生は、仕事の帰りに職場の上司に後をつけられて、自宅に押し入られた。パニック障害になって休職したという。高月みたいな女でも電車に乗れば痴漢にあう。工場の仕事はきつい。猛烈に腹が立つ。でも、誰かにそれを面白おかしく話せば、すうっと楽になる。だから平気だった。

これといってやりたいこととか、将来の夢とかがあったわけではない。選挙に出てみないかと言われて、それもアリだなと思ったのだ。エネルギーを持てあましていたのかもしれない。

選挙は勝てると根拠もなく信じていたから、一度目の選挙で惜敗したときは驚いた。と同時に、どうしようもなく、地団駄を踏みたいほどに悔しかった。そこから急に本気になった。派遣の仕事とＮＰＯの活動に加えて、支援者集めを始めた。地元の民家を一軒一軒まわって、頭をさげ、ポスターを貼ってもらう。

選挙に勝ちたいという気持ちがすべてを支えていた。睡眠時間を削って活動費を稼ぎ、足首の骨にひびが入るほど動きまわった。身体はぼろぼろだったが、楽しかった。

「高月さんは、喧嘩屋だね。戦が好きなんだな」

田神に言われて、初めて気づいた。高月は選挙が好きだった。演説中の高揚感、支援者からもらった言葉、開票速報を見守るときの緊迫感。どれもが刺激的で、こうしよう、ああしようと次々にプランが浮かぶ。一度負けたというのに、全然こりていなかった。

政治家としてビジョンがあるわけではない。政策も生煮えで、未熟だった。それでも後援会は次第に大きくなり、次の選挙で現職を破って当選したのは、高月自身が勝てると信じていて、ちっともぶれなかったからだろう。

初登院の朝、永田町で高月を囲んだ記者に「若い女性として一言」とコメントを求められた。

「若い女性？」高月は鼻で笑った。「政治家として一言。あんたたち記者にバカヤローと言いたいですね」

高月の発言はすぐにニュースで報道され、賛否両論を引き起こした。どちらかというと「否」の意見のほうが多かったのは間違いない。「品性がない」「言葉遣いを知らない」「気が強い」など、様々なことを言われたが、高月は気にしていなかった。

慌てたのはお目付け役の田神である。高月を呼びだして、こう言った。

「バカヤローはやめなさい。今度からは、憤慨していますと言うように」

3

十月中旬の火曜日、衆議院小選挙区補欠選挙が告示された。

晴れやかな秋空が広がる朝だった。赤とんぼの群れがすうと通りすぎ、事務所近くの稲穂が澄んだ風にゆれる。綿あめを薄く伸ばしたような鱗雲が穏やかに浮かんでいた。今日も一日いい天気になりそうだった。

高月は間橋みゆきの選挙事務所の前に腕を組んで立った。間橋の後援会のスタッフたちが事務所の壁にハシゴをかけ、看板をおおっていた幕をはがす。周囲から「おおー！」と歓声があがった。

ついに、選挙活動のスタートだ。

間橋は朝八時半から開く立候補受付に出向き、とどこおりなく立候補の届け出をしてきたらしい。

その後、九時からは事務所前で出陣式を行った。

後援会長の挨拶、応援に駆けつけた高月の挨拶、来賓紹介、祝電披露とセレモニーじみた内容が続く。その場の緊張の糸はピンと張りつめている。これから戦いが始まるのだという高揚感が事務所全体を包んでいた。

満を持して、間橋の候補者第一声が始まった。元アナウンサーで二度の選挙経験があるだけあって、さすがに堂々とした演説だった。

後援者たちが声を合わせて「がんばろう！　がんばろう！　がんばろう！」と叫ぶ「がんばろう三唱」を行い、選挙カーが出発した。

間橋を見送ると、後援者たちは頬を紅潮させ、興奮冷めやらぬ様子で「間橋さん、キマッてたねえ」「回数を重ねるごとに堂々としてきたわ」などと言葉を交わしながら、選挙事務所に入っていく。

高月とその秘書の沢村も、最後尾について事務所に入った。部屋の中は人いきれに満ちていた。椅子は足りず、半分近くの人が立っている。

正面の一段高いところにあがったミキという間橋のママ友が、テキパキと担当分けを確認しながら指示を出していった。

「初日はまず、何をおいても選挙ポスターを貼ること、選挙運動用のビラに証紙を貼ること。この二つをしっかりやり通すよ。選挙ポスターの貼りつけに必要な資材一式は、紙袋に入れて各チームのリーダーに渡してあります。できれば午前中のうちに、遅くとも今日じゅうに貼り終えるよ」

おおーッと気合を入れるような声があがった。

事務所の隅で、沢村がこそっと訊いてきた。

「選挙ポスターって、自分たちで貼らなくちゃいけないんですよね？」

「そりゃそうよ」

「街じゅうに設置された公営掲示板に、一枚ずつ貼っていくわけですか。インターネットが発達したこの時代に？」

高月は苦笑した。「沢村さんも若者っぽいこと言うのね」

沢村は作業用テーブルを指さした。

「あそこでみんなが貼っているシールみたいなものが、証紙ですか」

「そう、あれが証紙だよ。ビラに貼るシール。立候補の届け出をすると渡される。配るビラには必ず証紙を貼っておかなくちゃいけないんだよ」

「人力で一枚ずつ、シールを貼るんですか？　この二十一世紀に？」

「仕方ないでしょ。法律でそう決まっているんだから。金に物を言わせて、大量のビラをばらまくような選挙活動を認めると公平ではないということで、導入されているルールなんだよ」

金銭的な基盤が弱い間橋にとってはありがたいはずの制度だ。

しかし、選挙活動開始早々に、後援者たちが作業机に向かい背中を丸めて一枚一枚、証紙を貼っているのはどこか奇妙な光景だった。人手も馬鹿にならない。

先ほどの出陣式の間にも、数名のスタッフは事務所内で証紙貼りをしていた。できあがったビラを選挙カーにのせて、間橋は出かけていったのだ。

選挙カーを利用することに当初難色を示していた間橋も、最終的には導入を決めてくれた。選挙カーの通行時間と通行地域の割りあてを工夫して、子供の寝かしつけを邪魔しないよう、食事時だけ住宅地を回ることにしたらしい。

これには高月も胸をなでおろした。

対抗馬の加賀美は、国民党の全面的な支援を受け、親戚家族総出で戦ってくる。対する間橋の場合、民政党からの支援といっても多少の補助金がおりるのと、高月が選挙を手伝うことくらいだ。間橋は公の場に家族を出そうとしないため、その方面の支援も一切ない。

けれども下馬評では間橋有利である。地元での知名度と人気の高さは圧倒的だ。気は抜けないが、着実にやっていけば勝算は十分だった。

事務所の外に出て、政治記者の和田山に電話をかけた。和田山は三好顕太郎が出馬しているC県へと飛んでいた。

「もしもし？」和田山はすぐに出た。

「そっちはどう？」

「顕太郎は先ほど出陣式を終えて街頭演説に行ったばかりですが、もう圧勝間違いなしという雰囲気です。来賓に兵頭(ひょうどう)首相がきているので、テレビカメラも記者もたくさん」

「首相がねえ」

ククッと笑いがもれた。

告示日に大物が応援に駆けつけたのに、その選挙区で惨敗でもしたら、駆けつけた大物のメンツが丸つぶれだ。だから、勝算の高い選挙区にしか大物は送らない。それだけ顕太郎の勝利は確実視されているのだろう。

「あの件、何か分かった?」

「井阪の娘の医療費の出所、ですよね」和田山が低い声で言った。「警察も調べているものの、まだつかめていないようですよ。どうも、アメリカの病院に匿名で寄付があったみたいです。井阪の娘に使うよう、使い道に条件をつけたタイプの寄付です。送金の流れはつかめません。着金したのが海外の口座なので、警察も強制捜査をかけるわけにいかない」

「さすが顕太郎、手抜かりなくやっているようね」

「捜査は継続するようですが、金の流れを追うのは相当難しいでしょうね。そちらはどうですか。何かつかめましたか」

「いや、選挙準備に追い立てられて、それどころじゃなかったよ」

「間橋さん、勝てそうですか」

「正直なところ分からない。勝てるはずなんだけど。どうも胸騒ぎがするんだ」

ガラス張りの入り口から、オレンジだらけの室内が見えた。どんどん人が集まってきて、皆熱心に作業に励んでいる。

準備は順調だった。現場の士気も高い。間橋はもともと人気がある候補者だ。何も問題ないはずだ。これ以上ないほど、勝ち戦の条件がそろっている。でもだからこそ、気持ちが悪かった。

公認をとるために脅迫に及ぶような男が、すごすごと負け戦に甘んじるだろうか。とんでもなく汚い手を使ってきそうで、嫌な予感がした。

その予感は間もなく当たることになった。

電話を切って事務所に戻ると、ミキが青い顔をしてやってきた。

「高月先生！」スマートフォンを差し出した。「これを見てください」

ネットニュースの速報である。

『衆議院小選挙区補欠選挙　B県第一区　立候補者一覧（午前九時三十分現時点）

加賀美康彦（43）　国民党

間橋みゆき（39）　民政党

間橋みゆき（38）　SNSから国民を守る党』

高月は画面をのぞき込み、しばし黙りこくった。

大変なことになったぞ、と思った。十月だというのに額に脂汗がにじんだ。「カガミヤスヒコ、カガミヤスヒコをよろしくお願いします」という選挙カーの声が遠くから響いて、頭の中をがんがんとゆらした。

沢村が駆けよってきた。「二人の間橋みゆきが立候補した、ってことですか？」

「そのようね」乾いた声が出た。

高月は自分のスマートフォンを持ち直して、「間橋みゆき　SNSから国民を守る党」と検索した。本名は「間橋美幸」。北海道在住の主婦である。経歴を見ても、B県とは縁もゆかりもなさそうだ。

民政党の間橋みゆきは、平仮名が本名だが、こちらの「間橋美幸」は選挙候補者名としてあえて平仮名表示を選択し、同姓同名にしている。

「典型的な選挙妨害の手法よ。何度も何度も、使い古されている」

「S党が、間橋さんの選挙活動を妨害しているってことですか」

沢村は首をかしげながらも、「S党ならありえるか」と続けた。

SNSから国民を守る党、通称「S党」は五年前に設立された政党である。党首は有名ユーチューバーの神子柴（みこしば）という男だ。意外にも政策内容は筋が通っていて、「SNSの有害性と付き合いかたを義務教育で教える」といったネットリテラシー普及を目的とした提言を多く行っている。

しかし普段の政治活動は売名行為に近いものが多い。これまでも多数の地方選挙に大量の候補者を立てたり、同姓同名の候補者を立てたり、選挙妨害じみた動きが目立った。

S党はこれまでの選挙でも立候補者を立てるだけだった。選挙公約も出さず、選挙ポスターも貼らず、立候補者が選挙区を訪れることもなく、つまり、一切の選挙活動を行っていない。真面目に当選を狙っているわけではないことは明らかだ。

ミキが目を泳がせながら訊いた。

「先生、同姓同名の候補者がいるとき、どういう扱いになるんですか？」

「投票のときは、年齢を併記して区別することになるよ。だけど今回は三十八歳と三十九歳でしょ。紛らわしすぎて、S党の間橋さんに投票してしまう人もかなり出てきちゃうよ」

同姓同名の二人のうちどちらに投票したか分からない票は、それ以外の得票数の割合に応じて按分される。

結果的に、民政党の間橋が獲得するはずだった票の一部が誤ってS党の間橋美幸に流れ、対抗馬の加賀美が有利になってしまう。

「どうしましょう」ミキが肩を落とした。

選挙には化け物が潜んでいる、などと言われる。望みが薄いと思われたド新人が現職のベテラン議員を打ち破ったり、汚職続きの議員が手堅く票をとって圧勝したり。蓋を開けてみないと何が起こるか分からない。

今回もそれが起きた。

きっと偶然ではない。加賀美、あるいは国民党の関係者がS党をそそのかしたのだろう。S党は目立つために何でもする。地方選挙ばかりに出馬してきたが、ついに国政選挙にまで手を出してきたのだ。

だが犯人捜しをしている暇はなかった。選挙期間は十二日間しかない。いっときも無駄にはできない。

高月は深呼吸をした。笑顔をつくって言う。

「うぐいす嬢の原稿を変更しよう。名前のあとに年齢。『間橋みゆき、三十九歳。サンキュー と覚えてください』とか。『サンキュー、サンキュー、間橋みゆき』みたいにキャッチフレーズをつくって、とにかく連呼。いいね?」

顔をこわばらせたままミキはうなずいた。

「分かりました。至急、みゆきちゃんに電話します」

オレンジ色のジャンパーをはためかせて、持ち場に戻っていった。

隣で、沢村が気遣わしげにこちらを見ていた。

大丈夫ですか、と訊きたいだろうに、それを訊いてこないのが沢村らしい。

「あーもう、最悪!」冗談めかして、明るい声で言った。「せっかく手堅く勝てそうだったのに、これで分からなくなってきた」

「どうします?」

「どうもこうも、手の打ちようがないよ。ポスターもビラも、ハガキも全部すってあるから変更できないし。選挙カーと街頭演説でどれだけ年齢を覚えてもらえるか勝負だよ。間橋さんが覚えてもらいやすい年齢だったのが不幸中の幸い。それに、選挙カーの導入を決めてくれて本当によかった。もし選挙カーがなかったら悲惨だったからね」

話しているうちに気分も軽くなってくる。

昔から楽天的なほうだった。喉元すぎれば熱さを忘れるというか、嫌なことがあっても一晩寝ればけろりと元気になる。

高月は頭の後ろで腕を組んだ。「これ以上、私たちにできることはない。あとは間橋さんが頑張るしかない」

間橋が当選しなかったら高月の次の公認が危ういということは、沢村には伝えていなかった。言ってどうこうなるものではない。

胃がきりきりと痛む。きっとまた血尿が出るから、あらかじめナプキンをあてていた。

いっそのこと、ロボットになれればいいのに。完全無欠の政治ロボットだ。血尿は出ないし、胃も痛くならない。ののしられても、殺害予告を受けてもおびえない。病気になることもなければ、睡眠も食事もいらない。家事をしなくてもいい。

三百六十五日、二十四時間を政治にささげてもいい。内臓でも、血液でも、寿命でも、何でも差し出す。

だからせめて、政治家でいさせてほしい。

少しでもまともに、この国を変えさせてほしい。

本当に、心の底から、そう思っていた。

告示後四日が経過し、初めての週末を迎えた。

駅前での支持者集会には高月も参加して、激励の挨拶をした。

皆の前に立つ間橋の目は落ちくぼみ、しわが刻まれた目尻には疲れがにじんでいた。

連日朝八時から夜八時まで、外を駆けまわっている。交差点や商店街での辻立ち、スーパーマーケット前や家電量販店前での街頭演説など、分刻みのスケジュールだ。しかし常に口角をあげて笑顔を絶やさない。さすがの根性だった。

商店街を歩けば、有権者から「あんた、チャラチャラしていて嫌いなのよね」「国民党以外、政党じゃないと思ってます」「旦那さんを大切にしてあげてくださいね」などと声がかかる。間橋はその一つ一つに深く頭をさげた。

選挙戦は一進一退の様相を呈していた。間橋有利と見て加賀美から距離をとっていた県議会議員たちも、S党からの刺客「間橋みゆき三十八歳」の登場を見て、加賀美の事務所に駆けつけたらしい。そうなると加賀美の支持者も勢いづく。あちこちに、加賀美のイメージカラーである青いジャンパーを着たスタッフの姿が見られた。

間橋と高月が連れ立って商店街をまわっていたときだった。ちょうど和田山もB県に入って、ハンディカメラ片手についてきていた。

駅のほうから、耳をつんざくような大歓声が聞こえてきた。

何事かと思っていると、沢村が走ってきて叫んだ。

「首相です！　兵頭首相が応援にきてるみたいなんです」

小走りになって商店街の入り口へと向かった。

片道三車線の国道の向こう側、駅のロータリーに加賀美の選挙カーがとまっている。その上で兵頭首相がマイクを握っていた。

「……今年は大変な不幸がありました。B県が生んだ偉大な政治家、朝沼侑子君が志半ばで逝去されたのです。我々国民党は、朝沼君の志を決して忘れない」

選挙カーを取り囲んだ人々がわあっと歓声をあげる。道行く人々も振り返る。

ついに首相が出てきた。国民党は本気で、加賀美を勝たせようとしている。対するこちらは、高月以外、民政党から応援を得られていない。竹やりで戦車と戦うようなものだ。

首相がきたとなると、他の議員も続々と応援に駆けつけるだろう。五分五分と思われた戦況は加賀美有利に転び、後半になるにつれて逆転が難しくなっていくはずだ。

駅前は歓声と拍手に包まれていた。

勢いづいたように、兵頭首相は続けた。

「どうか加賀美君を、皆さんの力で、国会に送ってやってください。加賀美君を、男にしてやってください」

四人の女たちは、茫然と立ち尽くしていた。

しかし誰からともなく顔を見合わせた。

「男にしてやってください、だってさ」高月はニヤッと笑った。「女の国会議員は何なんだって話だよ」

間橋は苦笑いしながら言った。

「ほんとですよね。今の加賀美さんは男じゃないのかって感じですし」

選挙カーの脇では、「妻です」「娘です」と太字のタスキをかけた女性たちがしきりに頭をさげていた。

兵頭首相は、がなるように演説を続けている。

「……私は、加賀美君に尋ねました。男子一生の仕事に身をささげる覚悟はあるか、と。加賀美君は答えた。この身が朽ち果てようとも、日本の堆肥となるのであれば本懐です、と。ここまで言いきる男はあっぱれだ。是が非でも勝たせてやらなければ、私の男の沽券にも関わる。しかしね、外ではこれほど堂々としている加賀美君も、一旦家に入ると奥様に頭があがらず、靴下一つ買うにも決裁が必要なんだそうです。考えてみてください。三百円も自分で使えない。これほど金に綺麗な男がおりますでしょうか」

群衆から笑いがもれた。

「こんな演説でも、刺さる人には刺さるんだもんな」高月がしみじみと言った。「男になったとか、男子一生の仕事だとか、男の沽券とか、本懐とか。何でもいいけど。男の人って結構、スピリチュアルが好きだよね」

ハンディカメラを持っていた和田山がくすりと笑った。

週末に投票を控え、選挙戦も後半に入っていた。

間橋は粘り強く頭をさげ続けた。そのさまは当選六回の高月から見ても、堂に入ったものだった。

間橋本人は、予定と予定のあいまに弁当を食べながら、「アナウンサー時代のロケのほうが大変でしたよ」と屈託なく笑っている。手にした財布のチャックの引き手には、「ママ、ガンバって!!」と子供の字で書かれた紙製のお守りをラミネートしたものがゆれていた。

マンションが立ち並ぶ住宅街を、選挙カーでまわると、次々に部屋の窓が開く。ベランダに出てきた女性たちが、赤ん坊を抱えながら、こちらに手をふってくれる。その数に驚いた。これだけの女性が、平日の昼間から家にこもり、幼子の世話に明け暮れているのか。ドキンちゃん柄の幼児用Tシャツが秋風を受け、橙色の旗のようにはためいていた。

「これは、勝てるかもしれないね」高月がぼそりと言うと、隣に座っていた間橋が「いや、勝つんですよ」と笑った。

ところが、投開票日の四日前、水曜日の昼過ぎ、異変が起きた。

選挙事務所に戻ると、壁に生卵が数個、投げつけてあったのだ。

間橋は青い顔をして雑巾を持ち、自ら片づけようとする。呼吸が浅く、手が震えている。高月は慌てて間橋をとめ、事務所の奥へ連れていった。

「今朝、自宅の窓にも、生卵が投げられていたんです。垣根をこえて、庭に入ってこないと届かない場所ですよ？　気味が悪くって。うちには老人も子供もいるのに」

幸いなことに、間橋の夫は肝がすわった人で、生卵の掃除をしながら「これでスクランブルエッグでもつくるか」と笑ったという。だが間橋は気が気でなかった。

「嫌がらせの電話くらいはこれまでもきました。でもせいぜい、知人の知人くらいの範囲です。まったく知らない人から、いつの間にか恨みを買うなんて」

小刻みに震えながら、事務所の奥で背を丸めている。

高月は熱い茶を淹れてやった。

「生卵はなぜか本当によく投げつけられるのよ。うちなんて、マンションの三階なのに、ベランダに生卵が投げつけられたもんね。どこからどうやって命中させるんだろう。コントロールよすぎでしょ?」

公人としてより厳しい扱いを受けるのは、地方議員と国会議員の大きな違いかもしれない。多くの人に知られるぶん、自らのあずかり知らぬところでイメージがつくられ、恨みを向けられる。

「生卵じゃなくて爆竹だったらとか、考えてしまって。危ないことをしようと思えば、いくらでもできるじゃないですか」

間橋の唇からため息がもれる。お茶を口にして、そっと目を閉じた。

高月は腕時計を見た。次の予定のために、間橋は十分以内に事務所を出なくてはならない。それまでに気持ちを切り替えられるだろうか。候補者の心が折れていては、周りが何をしても無駄だ。

事務所の隅で、支援者たちが顔を見合わせ、深刻そうに話し込んでいた。手にはスマートフォンが握られている。何気なくのぞき込むと、素早く画面を隠された。

「何でもないんです」

と言うが、気になった。頼みこんで見せてもらった。SNSの投稿だった。

ある若手の女性テレビタレントが、

「誰とは言わないけど、選挙に出てるひとで、色じかけしているひと。すっごく不快。同じ女性として、こうゆうの迷惑だし、どうかと思うよ……。写真を見ちゃってから、もやもや」と書き込んで、二・五万「いいね」を獲得している。昨晩投稿されたものらしい。

コメント欄に、「これですね！」とオンライン記事のリンクが貼られている。

「間橋みゆき（三十九歳）、美熟女パワーで市議会のドンを悩殺」というタイトルだ。

背後に気配を感じて、高月はスマートフォンを伏せた。間橋が「見せてください」と硬い口ぶりで言った。

「間橋さんは見ないほうがいいんじゃない？」

「いえ、見えていましたよ。隠しても、あとで検索して、もう一度確認しますから。さっきの投稿、昨晩でしたよね。おそらくまとめ記事は少し前からあったんでしょうけど。あのタレントさんの投稿が呼び水となって記事が拡散されて、嫌がらせをしてくる人が出てきたんですね」

当のテレビタレントにどれほどの悪意があるのかは分からない。間橋を名指ししているわけでもないし、名誉毀損にも選挙妨害にもあたらないだろう。

オンライン記事には、扇動的な文字が並んでいた。

「B県O市で間橋みゆきといえば、知らぬ人はいない。地方放送局BBNの情報番組『おひるですよっ！』で司会をつとめたほか、『BBNライブニュース』でメインキャスターをつとめた看板アナウンサーだ。BBNを退社したのち、B県O市議会議員にトップ当選、順風満帆に見える彼女の成功には、ある『秘訣』があった」

というリード文の下に、間橋が前回の市議会議員選挙で使用したポスターが掲げられている。

「関係者はこう語る。『O市議会には、長年、言わずと知れたドンがいたんですよ。先日八十五歳で逝去した梅本湧太郎市議です。国民党の会派の会長を長くつとめていて、梅本市議の一存で決まった条例も多数あります』。いわば『O市の顔』であった梅本議員。『何を通すにも、梅本市議への根まわしは必須です。そのあたりをうまく利用していたのが、間橋さん、という感じでした』。間橋みゆきが市議として初当選を果たして以来、梅本市議は常に彼女をそばにおき、重用したという。『いつも、「みゆきちゃん、みゆきちゃん」と呼んで、離さない感じでした。B県一区の前衆議院議員、朝沼侑子の死去が報じられたあとも、梅本市議は朝沼の後任として間橋さんをねじこもうと、画策していたようです』。もっとも、国民党内部では、元日本銀行職員で戦略コンサルタントの加賀美康彦市議を推す声も強く……」

段落と段落の間に、市議会内で撮られたらしい写真が掲載されている。

議席に座る梅本の横で、おおいかぶさるように間橋がかがんでいる。カットソーから胸の谷間がのぞいていて、見ようによっては間橋が梅本を誘惑しているようにも見えた。

「こ、これ」

間橋が震える声で言った。

「梅爺はタブレットの使い方が分からないから、私が操作して、資料を出してやってるところですよ。それなのに、こんな文脈で切りとられたら、まるで……まるで私が、女を使ってうまいことやってるみたいじゃないですか。冗談じゃない。梅爺はこだわりが強くてわがままだから、他の人は面倒がって助け船を出さなかったんです。私は義父の介護で慣れているから、世話を焼いていただけで。でも誰かがやらないと物事が進まないでしょう。その善意をこういうふうに書かれるなんて」

記事内では明示されていないが、読者は十中八九、次のようなストーリーを脳内で構築してしまう。

間橋は市議会のドンである梅本に媚を売り、梅本に引き立ててもらって国政選挙に打って出ようともくろんでいた。ところが国民党内部では、経歴と実績で申し分ない加賀美康彦を推す声が強い。梅本の「お友達人事」を抑え込もうと党内で調整していた矢先、梅本が逝去した。結果として国民党は、「順当に」加賀美に公認を出すことができた。だが間橋は国政をあきらめきれず、離党して、対立陣営である民政党に頭をさげてまで、補欠選挙に出た。

実力が不足しているのに、美貌と話題性、権力者への媚で、正当な候補者である加賀美を邪魔する女――というイメージが、行間からにじみ出ている。

記事は告示前に公開されているが、選挙期間中に読まれることが想定されているのは明らかだった。

「これ、市議会内で撮られた写真、ということよね？」

高月が画像を指さした。

「そうです。会派や議員の活動報告のための写真撮影は許されているので、議員の誰かが撮ったんだと思うんですが。まあ、誰かというか、加賀美さんでしょうけど」

間橋は息をつくと、壁にかかった時計を見て、立ちあがった。

「時間です。行きましょう」

「大丈夫なの？」

「はい」表情は引きしまり、顔に生気が戻っている。「生卵にはびっくりしたけど、こんな記事まで拡散されちゃうと、逆にやってやるぞという気になってきました。私が梅爺にしたことは、ただの親切、手助けです。それをこんなふうに書かれて。政治家として議席を争う場面で、女というだけで足を引っ張られる。女が政治の場に出ていくのが我慢ならない人たちが、どういうわけか、いるようですね。そういう人たちを利用して、加賀美さんが私を叩きのめそうとしている。このまま負けたら相手の思うつぼって感じで、悔しくってたまらないですよ」

支援者によりそわれながら、間橋は事務所を出ていった。

「私たちも行きましょうか」

後ろに立っている沢村に声をかけた。

高月はこれから東京に戻る予定だった。夜に会食が一件、翌日には党の役職員らが集まる会議がある。

「私だけ帰るから、沢村さんはこっちで、間橋さんを手伝ってあげてね」

胸中の不安を抑えて、つとめて事務的に言った。不安定な間橋を残して、B県を離れてよいものか、迷いがあった。

間橋は勝ちきれるだろうか。彼女自身の戦いであると同時に、高月の進退をかけた戦いでもある。見守るだけでいいのか、あるいは――。

駅まで送ってもらう道中、沢村は一言も口をきかなかった。高月が車をおりるときになってやっと、小さい声で「あのう」と言った。

「私、秘書仲間から聞いて知っています。今回の選挙で間橋さんが負けたら、次の選挙で先生の公認が外される。つまり、今回の補欠選挙には先生自身の首がかかっている。このままでいいんですか。間橋さん、負けてしまうかもしれない」

「勝つかもしれないよ」

と言い返した。だが沢村は、暗い表情のままだ。

沢村は他人に興味がないようでいて、意外と人をよく見ている。高月の様子から異変を感じとり、秘書仲間を通じて情報を集めたのかもしれない。

「私は私で、動いてみてもいいですか。以前、出柄さんに言われました。秘書の仕事は、先生を選挙に勝たせることだ、って。最初は反発心を抱きました。ですがだんだん、出柄さんの言っていることが分かるようになった。私は私の仕事をしたいと思います」

そんな、と高月は言った。「出柄さんの言うことなんて、気にしなくていいのに」

沢村の生真面目な態度に頬がゆるんだ。

採用面接のときから沢村はずっとこうだった。短所を訊くと、迷わず「融通がきかないところです」と答えた。そして長所を訊くと、数秒言いよどんでから、「やはり、融通がきかないところです」と言った。

その答えを聞いて、高月は手を叩いて笑った。地元に常駐している公設第一秘書の出柄も、永田町と音声だけつないで面接に参加していたが、電話口で「ブフウッ」と吹き出して笑っているのが聞こえた。

実際に沢村と一緒に働いてみると、淡々とした表情の中に確固とした情熱がある豆電球のような子だった。堅すぎて障害にぶつかると割れてしまいそうな危うさがあるものの、仕事はきっちりやってくれる。不正や裏切りを警戒する必要がないのがありがたかった。

「何かあったら、連絡してね」

初めてのお使いに出向く子供のように、沢村は大きくうなずいた。

高月は新幹線に乗った。車窓から、素早く流れていく紅葉の色をぼんやりと見る。高月にしては珍しく打ち沈んだ気持ちだった。間橋が口走ったことを思い出していた。

「女というだけで足を引っ張られる、か」

政治の世界ではよくあることだ。加賀美の手口は褒められたものではないが、際立って卑劣というほどでもない。そう思うのは、世間の常識から外れているのだろうか。

男同士でも血みどろの権力闘争をしている。女は女というだけで弾かれてしまう。それはいわば、これ以上競争相手を増やさないための男同士の紳士協定である。そこに食い込んでいくには、男にとって都合のいい女になるか、あるいは力ずくで突破するか。皆が何でもありでぶつかっている環境で、一人だけ品行方正にしていても勝てっこない。

どうして自分は政治家になったのだろう。新幹線の静かなゆれに身を任せながら、ぼんやりと思った。どうしてやっているのか分からない。だが始めた以上おりられない。

窓の外には、無数の民家がずらりと見えた。少しずつ灯りがともり始める。人々の生活の重みが、一つ一つの灯りに宿っている。東京の街は夜を迎えようとしていた。

4

翌朝、着信音で叩き起こされた。和田山からの電話だった。

「高月先生？　今東京ですか」

「そうだけど」

枕元で眼鏡を探しながら、欠伸をかみころした。

「井阪の件、調査を続けていた同僚から連絡がありました。三好派と、陽三会の諸川一派が合流するって話、ありましたよね」

「ああ、そうね。みんなが寝耳に水だった、派閥合流。よくまとまったわよね」

「その一極、諸川が逮捕される見込みです」

「諸川が逮捕？」

勢いよく身を起こした。一気に目が覚め、頭が冴えた。

「警察からリークを受けました。まだ報道しませんが、時期を見て、出すつもりです」

「待ってよ。話が見えない。どうして逮捕されるの？」

「三好顕造への殺人未遂。井阪と共同正犯です。諸川が金を出して、井阪に指示をしていたようです」

混乱した。黒幕は顕太郎だとばかり思っていたからだ。

「諸川が顕造殺しの首謀者ってこと？　確かなの？」

「少なくとも、外形上は確かです。お金の流れが物語っています。諸川がポケットマネーから寄付したお金が、いくつかの団体の口座を経て海外送金され、最終的に井阪の娘を助けた病院に振り込まれている。ちなみに、顕太郎から諸川へのお金の動きは、一切確認されていません。警察は粘り強い捜査の末、諸川逮捕に踏みきる方針を固めました」

「いつ逮捕される予定なの？」

「補欠選挙の投開票日の翌日です。それより先に逮捕すると、選挙への影響が出かねないと懸念しているようです。私たちは、投開票日の夜には、先行して速報を打つ予定ですが」

「でもどうして諸川が？　顕造を？」

「派閥合流の条件でもめていたようです。諸川は自分が首相になりたかった。だが顕造が生きているかぎり、総裁選に出るのは三好派の者に限られてしまう。顕造は邪魔ものだった。だから消したんです」

筋は通っている。だが理屈が整いすぎていて、不気味だった。井阪が逮捕されたときと同じような違和感を抱いた。

派閥のトップが逮捕されたら、傘下の者たちは行き場を失う。諸川一派は名実ともに三好派に吸収される。諸川不在のなか、三好顕太郎が一強になる。

「できすぎてるよね。そう思わない？」

「思います」和田山が言った。「顕太郎さんにあたってもらえませんか」

高月は請け合った。

顕太郎と築いた協力関係が、まさかこういうかたちで活きるとは予想していなかった。改めて考えると、顕太郎が情報交換のかぎりで協力することに同意したのは、周辺をかぎまわる高月の動きを監視する狙いがあったのだろう。

顕太郎は早い段階で、婚約者と父のいさかいに気づいたはずだ。婚約者が父を殺そうとし、結果として父が婚約者を殺した。渦中にいる顕太郎の心中には想像が及ばない。だが顕太郎の動きだけを冷静に追うと、彼の意図が見えてくる。

総裁選出馬の報道が出たときは否定していたものの、いざ父が死去したら、素早く派閥合流をまとめた。陽三会所属の議員の秘書が父を殺害したのだから、普通の神経だったら、陽三会との合流には心理的抵抗があるはずだ。だが合流を阻む障害が消えてこれ幸いとばかりに、合流の合意をしている。顕造の死を受け入れている、あるいは積極的に望んでいたように見える。

さらにもう一つ、見逃せない点がある。

井阪は毒を使って朝沼を殺した。毒の入手経路は明らかになっていなかった。和田山の話だと井阪が使った毒は朝沼が殺された毒、つまり顕造を殺すために朝沼が用意した毒と同じだという。朝沼が保管していた毒の一部を、井阪に受け渡した者がいるはずだ。その役割をもっとも容易にこなせるのは、顕太郎だ。

電話をすると、すぐにつながった。

「はい」愛想のない、事務的な声だった。「何ですか」

「あれ、選挙は大丈夫なの」

「大丈夫に決まっているでしょう」鼻で笑うのが聞こえた。

強がりや誇張ではなく、実際に余裕があるのだろうと思われた。

「諸川さん、逮捕されるんだってね。どうやったの?」

単刀直入に斬り込んだ。

電話口で一瞬、沈黙が流れた。だが、さすが顕太郎というべきか、

「そうなんですね」

と涼しい声が返ってきた。知らぬ、存ぜぬを貫くつもりなのだろう。

「あら、知らなかったの?」わざと明るい声で訊いた。

「ええ、初耳ですよ。教えてくれてありがとうございます」

よし、釣れた、と思った。間髪入れずに言った。

「特ダネを教えてあげたんだから、そっちも何か教えてちょうだい。そうじゃなくちゃ、バランスがとれないよ」

知っていたら知っていたで、どうして知っているのか問いつめる予定だった。知らなかった

のなら、教えてやったと恩着せがましくつめより、新情報をとる。どちらに転んでも逃がすつもりはなかった。

「何を知りたいんですか？」

「そうね」高月は深呼吸した。「あなたが指示を出して、井阪に顕造さんを殺害させたと思っていたんだけど。違うのかしら」

「違いますよ」硬い声が返ってきた。「つくづく失礼な人ですね」

「顕造さんと諸川さん、派閥合流の条件でもめていたようね」

「そりゃもちろん、大もめでしたよ。両者とも、合流しないことには他派閥との関係で力を発揮できないと分かっている。だけど合流後にどちらが主導権を握るか。双方ともに譲ろうとしませんでした」

「あなたはどうなの。諸川さんとどういう話をしていたの」

「僕は父より紳士的ですよ。年長者の諸川さんを敬って、総裁選に出るのは、まずは諸川さんでしょう、とお話ししていました」

顕太郎の口ぶりから、大筋が見えてきた。

「その話、顕造さんの存命中に、諸川さんに耳打ちしたんでしょう。顕造さんさえいなくなれば、諸川さんの天下だと思わせるために」

「確かに、諸川さんと話をしたのは父の生前でした。ですがまさか、諸川さんが父を殺すなんて思いもしないでしょう。そそのかすつもりはありませんでしたよ」

「朝沼さんが持っていた毒、あれを井阪に渡したのはあなたでしょう?」

さあ、と気の抜けた声が返ってきた。「朝沼さんの遺品の一部を、井阪さんに手渡したのは事実です。でもその中に毒物があるなんて思いもしませんよ、普通」

「井阪に物を渡したことを、諸川にも教えたんでしょう?」

顕太郎はけろりと答えた。「教えちゃいけないいんですか。ただの世間話ですよ」

「タヌキオヤジの子供もタヌキだな」と嫌味を言ってみた。「顕造を殺せばこんなにいいことがあるよとちらつかせて、殺すための道具、毒も犯人役も用意して、諸川に差し出した。すべてあなたが裏で仕組んだことでしょう」

「解釈は自由ですけどね。確かに僕は、父を脇において僕と直接交渉した場合の派閥合流の条件を諸川さんに話した。井阪に物を渡した。そのことを諸川さんにも伝えた。やったのはそれだけです。違法なことは何一つやっていない。警察にもこの通りのことを話していますよ。捜査に協力するのは市民の義務ですからね」

反論ができなかった。

確かに、一つ一つの行動に違法性はない。全体を通して見ても、顕造殺害の教唆やほう助の罪に問われるようなレベルではない。

「僕の言葉や動きによって、結果的に諸川さんが触発されたとしても、決断したのは諸川さん自身ですよ。僕は無理強いも、指示もしていない」

「でも一番得をしている」思わずかぶせるように言った。

つくづく賢い男だと思った。自らの手を汚さず、しかし思い通りに事態を動かしている。政局図をじっと見て、その一部をそっとつまむ。権力の流れに沿って人々が動き、顗太郎の望む未来が実現していく。政界の貴公子などという呼び名は、彼にふさわしくない。もはや魔術師のようだった。

「すべてあなたの思い通りというわけね。婚約者の仇を討ち、ライバルに責任をおっかぶせて、権力を独り占め。今週末の選挙で圧勝して、与党最大派閥の長として首相の座に王手をかける。できすぎていて、笑っちゃうわ」

「さあ、何のことでしょうか。運とタイミングに恵まれているだけじゃないですかね」

「ついでにもう一つ教えてちょうだい。ほとんどの謎が解けたけど、一つだけ分からないことがある。朝沼さんは、どうして顗造を殺そうとしたの？」

重い沈黙が返ってきた。呼吸の音すら聞こえないほど、押し黙っている。

まぜっかえすような答えがすぐにくると思っていたから、意外だった。

「何の話だか分かりませんが。彼女にも、守りたいものがあったんじゃないですか」

それ以上、彼は何も言わなかった。

電話を切って、深く息を吐いた。

最後の質問は残酷だったかもしれない。朝沼の死後、事務所で顗太郎と対面したときのことを思い出した。彼は婚約者を失って憔悴しきっていた。誰よりも朝沼の死をいたんでいた。演技だとは思えなかった。

朝沼と顕太郎は、幼い頃から顔見知りだったという。幼少期から憧れ、数十年の時を経て交際に至った相手を失ったのだ。心の痛みは測り知れない。

いや、だからこそ——顕太郎は権力を手に入れようと躍起になっているのだろう。権力さえあれば、朝沼の悲願だった改正案を通すことだってできる。それが彼なりの弔いなのかもしれなかった。

ふとスマートフォンを見ると、沢村からメールが入っていた。

『朝沼さんのお母様の説得に成功しました。間橋さんの応援演説に、駆けつけてくれるそうです』

思わぬ吉報に、深く息を吐いた。

朝沼の母は、国民党内部の権力争いの末、娘が殺されたと理解している。国民党が「朝沼さんの志を忘れない」などとうそぶいて、弔い選挙のていをとるのを、空寒い気持ちで見ていたことだろう。間橋に協力する意向を固めたのもうなずける。

すぐに沢村に電話した。「どうやったの？　すごいじゃん」

「いえ、ひとえに間橋さんのお人柄ですが」

沢村は相変わらず、淡々と言った。

「和田山さんに紹介してもらったのも大きいです。和田山さんは、同僚のかたと一緒に、お母様のもとを何度も訪れていた。朝沼さんの死について調べを進めて、お母様の信頼を勝ちとっていたようですから」

沢村さんもすごいよ、と何度も言ったが、沢村はそのたびに「いえ」と答えて、他の要因をあげた。朝沼の母の気っ風の良さゆえだとか、加賀美の態度の悪さゆえだとか。謙遜しているわけではなく、もともと控えめな性格なのだろう。

「昼すぎにはそっちに戻るよ」と約束して電話を切った。

その足で、国会議事堂に向かった。

まだ朝だというのに、どうしても牛丼が食べたい気分だった。中庭を抜け、吉野家に入った。大盛りを注文し、七味唐辛子をたっぷりかけて食べた。辛すぎて涙が出た。洟をかみ、中庭を横切って引き返す。

ふと、足がとまった。

視界の端で、色鮮やかな鯉をとらえた。

いつも思いだすのは国会の中庭にいるコイです、と朝沼は書いていた。その部分は高月の記憶に強く残っている。なぜなら高月も、永田町のことを考えるたび、不思議と中庭の鯉を思い出すからだ。

黒いスーツの男たちが行き交うあの建物で、色があるものを身に着けているのは、高月らのような女性議員と、中庭の池に閉じ込められた色とりどりの鯉だけだ。だから自分と重ねていたのだろうか。

国会見学ツアーの参加者たちは、好んで池の前で写真を撮る。「とっても綺麗ですね」と感激した調子で言うけれど。存在意義があるのかと問われると、分からない。

池に近づいて、見おろした。

鯉たちは高月を気にする様子もなく、悠然と泳ぎ続けている。池の底に、動かない鯉が一匹いた。他の鯉と比べて黒ずんでいて、生気がない。もしかしてあの鯉はもう――と思っていると、急に尾ひれを動かして、泳ぎ出した。生きていた。なぜか胸をなでおろした。華やかな色が集まった池に、一匹だけ黒ずんだ鯉がまぎれこんでしまったのだろう。

そのとき、かすかな違和感が胸に走った。

もしかして。

高月は池の前に立ち尽くした。

とんでもない勘違いをしていたのかもしれない。ヒントはいくらでもあったというのに、どうして気づかなかったのだろう。

雷に打たれたようだった。

頭の中で、ピースが一つずつはまっていく。すべてのピースがはまるのを確認してから、高月は歩き出した。

5

日曜日の朝、選挙事務所には緊張感がただよっていた。投開票日だ。

選挙運動は禁止されているので、できることは何もない。

間橋は昨晩遅くまでユーチューブライブとインスタグラムライブに出演していた。だが日をまたぐ前にすべての活動を終え、それ以来、SNSでの発信も控えている。

「本日は投票日です。投票はおすみですか?」と投票率をあげるための電話をかけるのはグレーゾーンだ。支援者が個人的に行うならまだしも、選挙事務所から組織的に行えば違法となる可能性がある。

間橋自身も早々に投票をすませてきたという。事務所には続々と支援者たちが集まり始めていた。皆、手持無沙汰で落ち着かないらしい。一時間ごとに選挙管理委員会が発表する投票率の推移を追いながら、時間を潰している。

投票は午後八時までだが、午後五時をすぎても投票率は三十%に満たない。こちらが血眼になって取り組んでいる選挙でも、世間の関心はこんなものだ。

六時をすぎた頃には、いくつかのテレビカメラが事務所にやってきた。これはいい兆しだ。メディアは出口調査でだいたいの勝敗予想をつけている。負けると分かっているほうにはテレビカメラをよこさない。間橋が善戦している証だろう。

六時半、間橋の夫と息子、義父が連れ立ってやってきた。選挙事務所に顔を出すのは初めてだという。

夫は眼鏡をかけた柔和な男で、いかにも優しそうな見た目をしている。事務所の隅に立って、通りかかる支援者たちに遠慮がちに会釈をしていた。

義父は厳しい顔つきをして腕を組んでいたが、高月が話しかけると相好を崩した。

「高月先生、生で見られるとは。国会中継でよく拝見していますよ。憤慨していますってね、いつも歯切れよく吠えてらっしゃる。このたびはうちのみゆきのために力を尽くしてくださったそうで」

壁によせておかれたパイプ椅子に、間橋の息子が腰かけて脚をゆらしていた。

「こんにちは」

と声をかけると、警戒したように上目遣いでこちらを見て、

「……こんばんは」

と答えた。確かにもう「こんばんは」が正しい時間帯だった。

「ママ、勝てそうですか？」

「きっと大丈夫だよ」と、半ば願望を込めて言った。

開票が始まる午後八時、事務所は支援者でいっぱいになっていた。ところ狭しと並んだパイプ椅子の正面には、大型テレビが設置されている。その隣に立った間橋家の人々は、まるで職員室に呼び出された生徒のように、神妙な顔をしていた。

高月と沢村も、間橋一家の脇に控えていた。和田山は会場の入り口で、ハンディカメラを回していた。

大型テレビが開票速報番組を映し出す。番組冒頭、キャスターが挨拶をしたのと同時に、速報テロップが出た。

『C県二区　三好顕太郎　当確』

すぐに画面が切り替わり、顕太郎の選挙事務所を映す。顕太郎が右胸に赤い花をつけてもらいながら、マイクを握った。

「このたびは、多くの皆様のご支援のおかげで……」

開票開始の八時と同時に当確が出る、いわゆる「ゼロ打ち」である。

さすが顕太郎、圧倒的な差で勝利したのだろう。通常なら支援者から歓声があがり、事務所は一時歓喜と混乱にのまれるはずだ。けれども顕太郎の場合、皆がゼロ打ちを予測していたようだ。喜びの声もほどほどに、顕太郎が落ち着いた口調で当選の挨拶をしている。

「……今回の勝利はあくまで通過点、いや、スタートラインにすぎません。皆様の思いとともに、永田町でいかに政策を実現し、この国をつくっていくか。それが大切だと心得ています。ここで皆様に私は一つ、お約束をします。私、三好顕太郎は、日本の歴史を変える。世界の歴史を変える。よりよい未来を次世代に見せるその日まで、全身全霊、戦ってまいります……」

弁舌爽やかな、しかし同時に熱気に満ちた演説が続いている。顕太郎のつるりとした顔、まっすぐな目には、ゆるぎない自信が感じられた。

それから一時間経っても、間橋の当確は出なかった。

事務所内にじりじりとした空気が流れ、次第に、緊張の糸がゆるみ始めた。

事後買収になるといけないから、食事や飲み物を出すわけにもいかない。支援者たちはめいめい、鞄からお茶やチョコレートを出して口に入れながら、雑談を交わしていた。子供連れの主婦の姿も多い。子供たちはすっかり飽きた様子である。床に転がって寝始める子もいた。

事務所全体がどんよりと、うむような空気にのみ込まれていた。手で「ごめんね」とジェスチャーをしながら帰路につく女性たちもいる。

待ち続けた。待ちに待った。

だが、結果が出る瞬間はあっけないものだった。

九時五十三分、ピロリンという電子音に続いて、大型テレビに速報が出た。

『B県一区　間橋みゆき（三十九歳）当確』

その瞬間、事務所内は「うおおおおっ」という歓声が地響きのように広がった。「きゃああ」「やったあ」「おめでとう、おめでとう」「みゆきちゃん、やったね」と支援者たちが大喜びしながら、ハイタッチをしたり、ハグをしたりしている。事務所全体が熱気でゆれているようだった。

高月は結果を見ても、一言も発しなかった。ふう、と大きく息を吐いただけだ。喜びよりも安堵が大きかった。選挙は何度やっても慣れやしない。

「やりましたね」脇で沢村が静かに言った。

「うん、やったね」高月は微笑んだ。「朝沼さんのお母さんの応援演説が効いたのかも」

演説自体はつたないものだった。素人がマイクを向けられて、しどろもどろになりながらも言葉を探して話している、という感じだ。だがそれがむしろ、人々の胸を打ったらしい。

『私は、娘の侑子が抱えていた悩みに、気づいてあげることができませんでした。ですが、彼女を追いつめたのは、まぎれもなく、あの国民党なのです。ここにいる間橋みゆきさんは、侑子に勧められて、政治家になったそうです。侑子の遺志を継いでいるのは、国民党でも、加賀美さんでもなく、この間橋みゆきさんです。だからこそ間橋さんは、民政党から公認を得て出馬してくれました。B県の皆さん、これは朝沼侑子の弔い選挙でもある、ということを決して忘れないでください。侑子の母である私は、この間橋みゆきさんを応援しています……』

街頭演説、選挙カー、集会、様々なところで朝沼の母は話してくれた。あまり更新していないというSNS上でも、彼女は自身の思いの丈をつづり、拡散してくれていた。

それが実際のところ、どれほどの決め手になったのかは分からない。

だが加賀美の側で間橋を悪者にするストーリーをつくって発信している以上、こちらもそれを塗り替えるだけのストーリーが必要だった。

結果的に間橋は勝った。それだけでいい。原因や経緯がどうであれ、選挙に勝ち続けることが政治家にとって一番重要である。

高月はトイレに向かった。膀胱がじりじりと痛むと思ったら、やはり血のまじった尿が出た。この血尿ともしばらくお別れだ。

とにもかくにも、選挙に勝ったのだから。

6

秋晴れのお手本のような朝だった。

高く広がった空には羊雲が薄く伸びているだけで、他に日差しをさえぎるものはない。永田町にもからりとした秋の風が吹き抜け、行き交う人々の足取りも軽い。

間橋と高月、沢村は議員会館のロビーで待ち合わせた。真っ白いパンツスーツを着た間橋が、議員会館に入ってくる。その後ろを、ハンディカメラを手にした和田山がついてきているのが見えた。

議員会館への入居は、当選後すぐに行われる。

現職議員が落選した場合、失意から立ち直る暇もないまま地元を離れ、永田町で撤収作業を進めることになる。

間橋の場合、朝沼が使用していた部屋をそのまま使うことになる。朝沼が死亡した際に荷物の撤去はあらかたなされていたが、完全な退去はまだだという。朝沼事務所の元秘書たちが部屋で目下作業をしていた。

入館手続をすませてエレベーターホールに出た。いくつかのエレベーターの前に列ができている。間橋が最後尾につこうとしたから、呼びとめた。

「こっちを使えるよ」

誰も並んでいないエレベーターを指さした。

「議員用エレベーターなんだよ」

衆議院議員会館には一般用エレベーターが六基、議員用エレベーターが三基ある。それでも陳情のために多くの来訪者があると、エレベーターはすぐにいっぱいになってしまう。来訪者がこっそり議員用エレベーターを使おうとしてトラブルになるほどだ。

エレベーター壁面には議員名と部屋番号が並んでいる。朝沼の名前は消えていて、間橋の名前はまだない。

四階の角に近いところに、間橋の新事務所となる部屋はあった。扉は半開きになっている。中で大きいものを動かすような音が聞こえた。

間橋は脇の壁をノックして、「失礼します、おはようございます」と言いながら入っていく。

高月は窓際によって、外を見渡した。高月自身の部屋から見る景色とそう変わらない。灰色の永田町を冴えきった太陽が照らしていた。常緑樹の植木がまぶしいほどの色艶をたたえながら風にゆれる。

選挙期間中、B県から永田町に戻ったとき、田神幹事長に面会を申し込んだ。

民政党から間橋への選挙支援を強化してくれないかと依頼するためだ。表面上は慇懃に頭をさげたが、内心、田神に最後のチャンスを与えるつもりだった。もし田神が改心して、党の利益のために選挙に協力してくれるなら、これまでの経緯は水に流そうと思っていた。

だが田神は、「間橋さんを勝たせるのは君の職責だ」と言って、高月の依頼を一蹴した。それで高月の決意は固まった。

政治の世界に誘ってくれたのは田神だったし、ここまで引き立ててくれたのも田神だった。だから恩義を尽くすつもりだったが、すでに十分義理は通したと感じた。これから高月が何をしようと文句を言われる筋合いはない。

「間橋さん、それじゃ私はこれで」と声をかけた。

「あれ、このあとご予定が?」

「他にもお祝いを言わなくちゃいけない人がいてね」

その言葉で察したようだ。

間橋、和田山、沢村の三人が、一斉にこちらを見た。

「あ、それなら。頼まれていたものをお渡ししますね」

と、間橋が紙袋を高月に手渡した。つられるように和田山もクリアファイルを差し出した。受け取って、二人に礼を言う。

「ついに、対決のときですね」沢村が言った。

「私の推理は、みんなに話した通りだよ。合っているかどうかは、本人にぶつけてみないと分からないけど」

四人で目配せし、それぞれに神妙な顔でうなずいた。

高月は「じゃ」と短く言うと、廊下に出た。

目的の部屋はすぐに分かった。胡蝶蘭の鉢植えが部屋に入りきらず、廊下にまでおかれていたからだ。

インターホンを鳴らすと、「はい」という低い声がして、すぐに扉が開いた。

三好顕太郎が、ネイビーのスリーピーススーツをきっちり着て立っていた。

事務所内は異様な状態だった。鈴なりに咲いた白い胡蝶蘭の花が、家具を取り囲むように、ぎゅうぎゅうにおかれている。無数の白い目で見つめられているようで気味が悪い。

「約束通り、一人なのね」

「僕は約束を守る男ですよ」きざな笑みを浮かべて言った。「どうぞ、中へ」

高月は遠慮なく、応接室中央の椅子に腰かけた。

茶の用意をすることもなく、顕太郎は高月の正面に座った。

「それで、ご用件は何ですか?」

「当選、誠におめでとうございます」にこやかな笑顔をつくって言った。

「それはどうもご丁寧に、ありがとうございます」

顕太郎もすぐに営業用の笑顔になった。「わざわざお越しいただかなくてもよかったのに。高月先生もお忙しいでしょうから」

「いえいえ、ついでの用事があったし」

高月は紙袋から一冊のノートを取り出して、テーブルの上においた。

「こちらの手記を、三好さんに返そうと思ってね」

あえて、借りた漫画を返すような軽い口調で言う。

顕太郎の右頬が一瞬だけぴくりと動いた。だがさすが百戦錬磨の政治家というべきか。素早く表情をとりつくろい、次の瞬間には柔和な笑みを浮かべていた。

「これは?」と言いながら中身をパラパラと見た。「もしかして、朝沼さんが残したメモ書きの、本体のノートですか」

「切りとられた冒頭の一枚もおまけでつけといたわよ。ほしかったでしょ？　探していましたよね」

「ええ、ありがとうございます」

顕太郎はノートに手をかけて引っ張ろうとした。同時に高月も手をのばし、ノートをつかむ。両方から引っ張られる格好になり、テーブルの中央でノートはとまった。

「いただけるんじゃなかったんですか？」

「朝沼さんのお母様はこの手記の内容を広く報道してほしいと願って、私たちに託しました。朝沼さんの抱えていた悩み、無念を伝えたいのだそうです。しかし私たちは、この手記に書いてあることを報道するべきではないと考えています。この手記はあなたが持っているべきだと。この意味が分かりますね？」

顕太郎は答えなかった。

表情のない白い顔をこちらに向けている。

「大丈夫。録音はしていません。調べてもらっても結構です」

間橋から借りたバグチェイサーを取り出して、スイッチを入れた。

「盗聴も問題なし。今から話すことが、あなたの許可なく外部にもれることはありません」

顕太郎は背もたれに身体を預け、観念したように、大きく息を吐いた。だが顕太郎から物を言う気配はなかった。

やはり、高月から言うしかないようだ。

「顕太郎さん、これは、あなたの手記ですね」

一拍おいてから続けた。

「あなたは女性の見た目に生まれた。今は男性として暮らしている。あなたの本名は顕太郎ではない。双子の妹、三好由香利さんですね。本物の顕太郎は、三十年以上前、サンフランシスコ地震による火災で亡くなっている。あなたたちはそのときに、入れ替わったんだ」

顕太郎は微笑を浮かべた。

そのまま、どれくらい黙っていただろう。いやに長い時間に感じた。だが実際は数秒だったのかもしれない。

「どうして分かったんですか」顕太郎は静かに口を開いた。「ずっと隠していたのに。このノートを調べた警察ですら気づかなかった」

高月は、ノートをめくった。

「ここを見てください」


いつも思いだすのは国会の中庭にいるコイです。

まだ小学校にあがる前のことでした。お父さんに連れられて、国会に遊びにきたことがありました。お父さんは再選が決まったあとで、すごくきげんが良かった。

お父さんに肩車してもらって、中庭をまわった。「ここがお父さんの職場だよ」と言って、中庭から国会議事堂を見あげた。

「あの窓の向こうが、本会議場だ」

白と灰色の石づくりの立派な建物で、海外の映画の中みたいだった。中庭の池には色とりどりのコイたちが優雅に泳いでいた。

「いーち、にーい、さーん……」と指をさしてコイを数えた。白っぽいのもいるし、赤がまざったのもいる。お母さんが正月に着る着物のようでうきうきした。


「父の職場の国会議事堂。中庭の池に色とりどりの鯉がいる。衆議院の中には色鮮やかな鯉がいる。だけど参議院の中には黒い鯉しかない。つまり、この手記を書いた人の父親は、衆議院議員だ。でも、朝沼さんの父は参議院議員しか経験していない。これは朝沼さんが書いたものではないと分かります。警察は国会内の鯉の色なんて知らないから、見落としたのでしょうけど」

「衆議院や参議院を区別せずに、国会議事堂全体を『お父さんの職場だよ』と言ったんじゃないですか」

「それはおかしいですよ。会話は『あの窓の向こうが、本会議場だ』と続くんです。普段、父親が働いている本会議場を指していると理解するのが自然です。つまり、所属する議院の中庭に立っていないとおかしい」

「では、これが朝沼さんのものではないとして。どうして僕が書いたと?」

「そんなの決まってるじゃない」

高月は笑った。

「朝沼さんがこの手記を持っていたのが、何よりの証拠ですよ。彼女には親しく付き合う友人もいなかった。心の大事な部分、誰にも言えない秘密を託す関係。朝沼さんとそれほど深い仲だったのは、一人しかいない。あなたです」

顕太郎は目を伏せ、寂しそうに笑った。「そんなことか」

「他にも一応、理由はある。ここを見てください」

ページをめくり、ノートの一部を指さした。

高校のスピーチ大会のことを覚えていますか。有名なスピーチを引用しながら、こう言いました。

「わたしには夢がある。日本の総理大臣になることです」

嫌いな飛行機に乗って大会を見にきていたお父さんは涙ぐんだそうですね。

わたしの秘密を隠し通さなくてはなりません。性的マイノリティが首相になるなんて、日本ではまず無理ですから。けれども一方で、この秘密を抱えたままにしておくのは人間としてのプライドに反するのです。

「高校のスピーチ大会のことを書いている。朝沼さんは都内の名門校、雙葉高校に通っていた。当時実家は武蔵野市にあった。スピーチ大会を見るために飛行機に乗る必要はない。他方、顕太郎さんはどう？　幼少期から大学卒業までアメリカで過ごしている。日本の国会議員である顕造がスピーチ大会を見学するためには、飛行機に乗る必要がある」

「日本国内の、どこかの地方で大会があったのかもしれませんよ。別に開催地がアメリカでなくても飛行機に乗って見にいく可能性がある」

ふふ、と高月は笑った。

「ああ言えばこう言うのね。でもさ、ここには『わたしには夢がある。日本の総理大臣になることです』と書いてあるのよ。わざわざ『日本の』と言ったのは、アメリカでスピーチしたからでしょう。日本でスピーチしたのなら『日本の総理大臣になる』なんて言わない。『総理大臣になる』と言うだけよ。有名なスピーチを引用したと書いてあるけど、これはキング牧師の『私には夢がある』というスピーチでしょう。日本でも有名だけど、アメリカではより一層知られていて、人気があるものね」

ダメ押しのように、高月は紙袋から一冊の本を取り出した。

「これは顕造さんが二十五年前に出版した自伝『漢(おとこ)一匹、吠える！』です。『――年で唯一とった休暇は、息子のスピーチ大会を見に弾丸で行ったアメリカの旅だ。息子は流暢な英語で、総理大臣になるという抱負を語っていた。私は思わず涙ぐんだ。若い志が折れることのないよう、親としてできることをしていきたい』と、書き記しています」

さすがの顕太郎も苦笑した。

「そんな古い本をよくもまあ、見つけてきましたね」

「他にも、不自然な点はいくつもあった。例えばこの下手くそな字。朝沼さんは政治家の娘らしく、達筆だった。感情が高ぶっていたせいで筆が乱れているのかと思っていたけど、字が下手なだけではなく、平仮名が多いのも気になる。『おゆるしください』とか、『迷わく』とか。顕太郎さんが書いたものと考えれば、つじつまが合う。海外育ちのあなたは漢字が苦手で、日本語の字を書きなれていないんでしょう」

「そこまで分かっているなら、言い訳のしようがない。正直に話しましょう」

顕太郎は座り直し、息をついた。

「この手記にある通り、僕はほんの小さいときから、自分が男だと知っていた。外形上の性別に対する違和を、早い子は三歳くらいから訴え始めるんですよ。地震があった七歳のときには、自分は男の子だとはっきり分かっていたし、周りにもそう言っていました。そのときの母の苦悩を考えると、めまいがしますけどね。日本にいる父には、口が裂けても相談できなかったでしょうから」

国際疾病分類に「性同一性障害」という名称が現れたのは一九九〇年になってからだ。当時は世界的にも、性同一性障害が知られているとは言いがたかった。いわんや、日本の保守政治家の家庭で生まれた子が性同一性障害だったら。今後の人生で降りかかる困難の数々が、具体的に想像できただろう。

一番苦労の少ないかたちで、しかし、その子らしさを曲げることなく大きくなってほしいと母親は願ったに違いない。

そんなときに起きたのが、サンフランシスコ地震だ。不幸にも長男、顕太郎が亡くなってしまう。息子を失った悲しみに打ちひしがれながらも、母親は決意した。

『由香利の死亡届を提出して、生き残ったこの子は顕太郎として育てよう』

火災による死亡のため、遺体の損壊が大きかったのだろう。遺体の性別と異なる死亡届がそのまま受理された。

それから三十年以上、由香利は顕太郎として生きてきた。

「でもどうやって、男性の見た目に近づけてきたの。あなたは戸籍上も男性だから、性同一性障害者として性適合手術や男性ホルモン投与治療を受けることはできないよね」

「アメリカにいるときはどうにかなった。旧知の医師に相応の金を積んで、こっそり治療してもらっていたから。日本に帰る頃には、ほとんど完璧に、男性の見た目になっていた。あとは定期的な男性ホルモン剤投与をすればいい」

顕太郎には学歴詐称疑惑があった。アメリカ時代の写真を公開すれば、疑念は容易に晴れたかもしれない。だが彼は、治療前や治療中の姿を見せたくなかったのだろう。高月がもらった写真は、治療がある程度進んだあとのものだろうと思われた。

「アメリカ人医師から日本人医師を紹介してもらって、日本でも治療を継続した。今年のはじめ、その医師が亡くなった。後任を探すのに、少しバタバタしました。ですがやっと見つかって、今も治療を続けられている」

「朝沼さんがB県のクリニックに出入りしていたのは、顕太郎さんを治療する医師を探していたんですか」

「そうです。彼女は手を尽くしてくれました。でもそのなりふりの構わなさがあだとなった。加賀美に勘づかれ、山縣に伝わり、ついには父の耳に入った。父は激怒しました。幸か不幸か、父に告げ口をした山縣や、秘密を探りあてた加賀美は、朝沼さんが男になりたがっていると解釈しているようでした。僕が渡していた手記をあたかも自分のものであるかのように父に見せ、僕の秘密を守ろうとした。そのおかげで僕の秘密は守られ、今もこっそり、治療を続けられている」

「もしかして、朝沼さんが顕造を殺そうとしたのは？」

「僕の秘密を守るためでしょう。父は朝沼さんを疑っていました。『あいつはどうみても女だ。男になりたいなんて嘘だろう』と。母や姉は僕の秘密を知っていますが、父にはひた隠しにしていました。だが父が騒ぎ出したら、もらしてしまうかもしれない。僕の秘密を父が知ったらどうなるか。想像もしたくありません。散々ののしられた挙句、縁を切られるでしょう。父は僕の秘密を悪しざまに言いふらすかもしれない。そうなったら僕はもう、生きていけない。手記に書いた通り、秘密を抱えて生きていくのは辛い。事情を知ってほしいと願うこともあります。でも理解は得られないことが多い。他人に秘密を知られるのは本当に恐ろしいことなのです。朝沼さんがやろうとしなかったら、僕が父を殺していたかもしれません。でも彼女のほうが決断が早かった。僕のせいで、僕を守ろうとして、彼女は死んだ」

　顕太郎の目は潤んでいた。涙はこぼれなかった。

ただじっと、虚空を見つめていた。

かける言葉が見つからなかった。

気まずい沈黙を破るように、「治療は順調なんですか」と尋ねた。

「まあ、一応」顕太郎は短く答えた。

「隠れて治療するのは、危険じゃないですか。あなたを害しうる顕造さんはもういない。戸籍の入れ替えを認めて、正規の治療を受けたほうがいいのでは」

高月は何気なく言った。

だがその瞬間、顕太郎の目に強い光が宿った。

「あなたには分からないでしょうね。どうしてこんなに面倒なことをするのか。でもね、答えはこのノートにそのまま書いてある。僕は首相になりたかった。だけど、この国で、トランスジェンダーは首相になれない。これは誰が何と言おうと、動かぬ現実です。人口の半分を占める女性の首相すら、一人も生まれていないんですよ。いわんや、性的マイノリティが首相なんて、まず無理です。そういうトップが誕生する未来がありえるとしても、何十年先になるんでしょうか。性同一性障害を公表したら、選挙に通るのも難しくなる。仮に、数限りない誹謗中傷を乗りこえて、票をかき集め、なんとか当選したとしても、シスヘテロ男性が支配する永田町で勝ちあがることはできません。普通の男だったら気にすることもない障害が次々と降りかかる。つまりそういうことです。差別というのは」

顕太郎はすっくと立ちあがり、窓の外を見た。

「だから僕は、これからも三好顕太郎として生きていくことにしたんですよ。権力さえ手に入れれば、すべて実現できるんだから」

何と言っていいか、分からなかった。

顕太郎が感じている痛みは、想像できた。高月のような女性も、同じように感じることが多いからだ。「普通の男」なら経験しないような障害が、毎日毎日、何十年も降りかかる。それにめげてしまうと「女の人は長続きしない」「出世する気がない」「意欲がない」「適性がない」と、個人の資質のせいにされる。女であるだけで、有権者に嫌われることもある。

だが軽々に「あなたの気持ちが分かる」と言うこともできなかった。

直面する障害の重さも、数も、顕太郎の場合は、比べ物にならないだろうから。

「僕が愚かだったんですよ」

唐突に、顕太郎が言った。

「朝沼さんが、彼女が分かってくれたから。期待してしまったんだ。他の人も分かってくれるかもしれないと。自分がマイノリティであることを公表したくなった。気持ちの整理をつけるためにその手記を書いた」

高月は、手記の冒頭部分、朝沼の遺書に見せかけて、顕造に使われた部分を思い浮かべた。

女に生まれてごめんなさい。

お父さん、お母さん、迷わくをかけました。

わたしは男に生まれたかった。お父さんもお母さんも、そう望んでいたよね。政治家としてやっていくなら、男のほうがだんぜんいいから。

任期が終わるまではガンバろうと思っていたけれど、ダメでした。

家の名前に泥をぬることを、おゆるし下さい。

この秘密を抱えたまま、生きていくことはできない。


そうだったのか、と高月はつぶやいた。

「この秘密を抱えたまま、生きていくことはできない」というのは、死にたいという意味ではなかった。生きるために、秘密を公開したいということだったのだ。

それほどまでに重いものを顕太郎は抱えてきた。朝沼が一緒に背負った。他にも、分かってくれる人がほしいと思うのは当然だ。

「僕が愚かだったんですよ」

と、顕太郎は繰り返した。

「あなたの秘密を知る女が、私を含めて四人います。朝沼さんの死を追うなかで、真相にたどりついた四人です。よく話し合って、私たちは決めました。秘密は決してもらさないこと。顕太郎さん、あなたが困っていたら、できるかぎりの協力をすること」

顕太郎が振り向いた。目を見開き、きょとんとしている。

「協力？」

「忘れたんですか。私たち、最大限の協力をする関係だったでしょ」

高月は笑いかけた。

「いつでも電話してちょうだいよ。ツーコール以内に出るよ。飲んで愚痴りたいなら付き合ってあげる。それが私の約束できる最大限の協力だから。他のことは、その都度交渉してちょうだい。私たちは政治家なんだから」

初めて対面したときに顕太郎が口にした台詞をなぞるように言った。

顕太郎はくすりと笑った。

「僕の愚痴より、高月さんの愚痴のほうが長そうだな」

目元には柔らかい笑みが浮かんでいた。

「それじゃ、また国会で会いましょう。衆議院へようこそ。当選おめでとう」

と言うと、高月は歩き出した。

入り口の扉に手をかけ、「あ、そうだ」と引き返した。

「もう一つ、相談したいことがあったんだ。むしろここからが本題だわ」

ニコニコと愛想のよい笑顔をつくりながら続ける。

「三好さん、今度の総裁選出るんでしょ。で、おそらく、国民党の総裁に就任するでしょう。そしてそのまま、総理大臣になりますよね」

顕太郎は困惑したように、高月の顔を見た。

「小さい頃からの夢が叶って、大変めでたいことだなと思うわけだけど。せっかく権力を得たわけですから、できることが増えるでしょ。性同一性障害特例法の改正案もスッと通しちゃったりしてね。それでさ、ついでなんだけどさあ、党人事でね、私を党幹部に入れてほしいんですよ。そうだなあ、幹事長とは言いませんから、副幹事長なんて、どうでしょうかね?」

えっ、と顕太郎が言った。「なんで?」

心の底から驚いているような自然な声だった。気負っていないときは、こういうふうに話すのかと、新鮮に感じた。

「ちょっと私、困ってるの。党内で干されているし、田神幹事長と喧嘩しちゃったし、帰るところがない。というか、もう帰ってやんないって気持ちなのよ。民政党に憤慨しているの」

「それで国民党に入れろと? 党幹部のポジションで?」

顕太郎の口元がゆるみ、小さなえくぼができた。

ハハハッと、声をあげて笑った。腹を抱え、真っ白な歯を見せて笑った。

「何を言い出すかと思ったら。そんな素っ頓狂な」

「でも、副幹事長くらいなら、実際なんとかなるでしょう? だいたいね、民政党内で干されたのだって、あなたの家の問題にまき込まれたからなのよ。骨折り代だと思って、堪忍してちょうだい」

顕太郎は髪をかきあげ、こちらをじっと見た。目が合った。数秒のあいだ、二人とも身じろぎしなかった。

「副幹事長、いいですよ。なるほど確かに、幹事長は派閥力学的に、どうしても諸川一派か、あるいは陽三会から出す必要がありますけど。副幹事長なんて何人もいますから。一人分くらい融通できるでしょう。高月さんも、なかなかピンポイントに、いいところを狙ってきますね」

「そりゃそうよ」高月は鼻で笑った。「女が永田町で権力をとるのも、相当大変なんだから。しかもこっちは、あなたと違って、地盤・看板・鞄なし、ド庶民の出なんだし」

「民政党には筋を通してあるんですか？」

高月は黙ってうなずいた。

田神幹事長とは袂を分かつことになる。国会では敵味方に分かれてやり合うことになるだろう。決心はついていた。

顕太郎がすっと右手を差し出した。

高月よりも小さい、ほっそりとした手だった。深呼吸をしてから、手を握る。ほんのりと体温が高くて柔らかい。だが力は強かった。

負けじと高月が力を入れると、顕太郎は「腕相撲じゃないんだから」と笑った。

「侑子もああ見えて、僕より腕相撲が強かった。あの人は負けず嫌いでね。負けると泣くんですよ。ピィーッと子供みたいに、泣くんです」

「さすがウソ泣きお嬢」

「いや、あの人は常に、マジ泣きでした。他人からいかに嘘っぽく見えても、次の瞬間には機嫌を直していたとしても、泣いているその瞬間は本気なんですよ」

顕太郎は懐かしそうに目を細めた。

「笑っている顔じゃなくてもいい。泣いている顔でもいいから、もう一度見たいんだよ」

高月の事務所に戻り、成果を報告すると、沢村は目を丸くした。

「驚きました。離党、国民党に合流、そのまま副幹事長にねじ込むなんて」

ぽこぽこと、コーヒーポットにコーヒーが落ちる音がする。電話も鳴らない、来訪者もいない、ごく平和な昼前だった。

議員会館前で抗議活動が始まったらしく、拡声器で「税金泥棒！」と怒鳴る声が聞こえる。

「税金を、返せー！　税金泥棒！　この、バカヤロー！」

拡声器が音割れするぎりぎりまで声を張っているのが分かる。声の主を高月は知っている気がした。あの日公園で一緒に豚汁を食べていた彼も、二十年以上、怒り続けていたのだろうか。

「ねえ、バカヤローって言うのと、憤慨していますって言うの、どっちがいいかな？」

高月が訊くと、沢村が珍しく吹き出した。

「バカヤローはやめたほうがいいんじゃないですか。小学生じゃないんだから」

「そっか」訳もなく嬉しくなって、その嬉しさを心に沁み込ませるように、何度もうなずいた。

「そうだよね」

「国民党に合流して、それからどうするおつもりですか？」

「そんなの、決まってるじゃん。首相になるんだよ」

ギョッとした顔で、沢村が見つめ返してきた。

「なんでそんなに驚いてるの。別にいいじゃん、私が首相になったって」

「でも、高月先生、今までそんなこと、一言もおっしゃってなかったから」

「でも腹立つじゃん。男だけで権力のボールをまわしてるんだよ。女がてっぺんをとって、変えなくちゃ。他にやる人がいないなら、私がやる」

机の上におかれた國會議員要覧を手に取った。深緑色の表紙をめくり、ベテラン議員たちの顔写真をじっと見つめた。

「三好顕太郎内閣がどれだけ続くか分からないけど。彼が権力を握っているうちに、国民党内部で根を広げなくちゃ。一人ずつ、倒していくよ」

顔をあげて沢村を見つめた。

「どうする？　ついてくる？」

「もちろんです」沢村は背に定規を入れたような姿勢のよさで立っていた。「どこまでも、お供します」

「それじゃ、とりあえずお昼を食べにいこう。腹が減っては戦はできぬ、だよ」

欠伸をかみころしながら立ちあがった。

連れ立って地下から国会議事堂に入り、中庭を通り抜ける。目の端にちらりと、朱色の鯉の尾ひれが見えた。池の水面がきらめいている。

日差しがまぶしい。白々しいほどの明るい光が、永田町に降りそそいでいた。

本書は「小説幻冬」ＶＯＬ．72〜ＶＯＬ．82に掲載されたものに、加筆・修正を加えたものです。

この物語はフィクションであり、実在の人物・団体とは一切関係ありません。

新川帆立

1991年、アメリカ合衆国テキサス州ダラス生まれ、宮崎県宮崎市育ち。東京大学法学部卒業後、弁護士として勤務。第19回『このミステリーがすごい！』大賞を受賞し、2021年に『元彼の遺言状』でデビュー。他の著書に『剣持麗子のワンナイト推理』『競争の番人』『先祖探偵』『令和その他のレイワにおける健全な反逆に関する架空六法』『縁切り上等！』などがある。

女の国会

二〇二四年四月十五日　第一刷発行

著　者　新川帆立
発行人　見城　徹
編集人　石原正康
編集者　壷井　円
発行所　株式会社　幻冬舎
〒一五一-〇〇五一　東京都渋谷区千駄ヶ谷四-九-七
電話　〇三-五四一一-六二一一（編集）
〇三-五四一一-六二二二（営業）
公式HP：https://www.gentosha.co.jp/

印刷・製本所　中央精版印刷株式会社

ISBN978-4-344-04263-6　C0093

この本に関するご意見・ご感想は、下記アンケートフォームからお寄せください。
https://www.gentosha.co.jp/e/